侗歌师

杨顺丰／著

UNITY PRESS
团结出版社

图书在版编目（CIP）数据

侗歌师 / 杨顺丰著. -- 北京 : 团结出版社,
2022.12

ISBN 978-7-5234-0078-4

Ⅰ. ①侗… Ⅱ. ①杨… Ⅲ. ①长篇小说-中国-当代
Ⅳ. ①I247.5

中国国家版本馆 CIP 数据核字（2023）第 050009 号

出　　版：团结出版社
（北京市东城区东皇城根南街 84 号　邮编：100006）
电　　话：（010）65228880　65244790
网　　址：www.tjpress.com
E - mail：65244790@163.com
出版策划：力扬文化
经　　销：全国新华书店
印　　刷：成都兴怡包装装潢有限公司

开　　本：145mm×210mm　1/32
印　　张：8.375
字　　数：185 千字
版　　次：2023 年 4 月第 1 版
印　　次：2023 年 4 月第 1 次印刷

书　　号：ISBN 978-7-5234-0078-4
定　　价：58.00 元

目录

第 *1* 章

南下广东寻财路　北行京城唱侗歌

救火了，救火了，救火了……中寨最早目击者是黄秋月，她半夜起来到茅房小便时发现，于是，使出吃奶的力气，大声喊救火。全寨人都投入紧张的救火当中，提尿桶，拿斧头，扛梯子，握水枪。这次火灾，烧了 20 户，开出防火通道，打烂了 8 户，总共受灾 28 户。其中，秋月家是被打烂的一家，未能躲过这一难。出火警——火灾祸首的一家是个光棍，在别人紧张救火之时，他怕被人打死，仓皇逃出寨外，不知去向。

次日，全寨人都出工出力，建设新家园，先设计建造被打烂的 8 家，然后，设计建造被烧的 20 家。

过几天，秋月要去北京参加华夏杯原生态歌曲演唱大赛。一方面，她要再练练侗族大歌，另一方面，要考虑穿怎样的服饰更搭配。她是这样想，要十分珍惜这次难得的大赛机会，表现侗族姑娘的淳朴、美丽和大方，展现侗族人民淳朴、聪明和智慧，给世界人们认识侗乡是个诗的故乡、歌的海洋。

这几天，秋月要洗菜、煮饭、扛木头。女人的内务事她要做，男人的重活路她要干。体重减轻几斤，声音沙哑了几分，颜色憔悴几分。

妈妈跟秋月说，算了吧，这次的北上京城大赛就不用去了，去了也白去。你这个样子，想得奖，要换个姓氏。秋月白了妈妈一眼，妈妈，我一定要参赛，一来，机会难得，二来，开开眼界。人们常说，不观世界，如何有世界观。妈妈再说，书本上的东西，你也信，傻姑娘。秋月回答，妈妈，刚才我说的是理论的东西，给我去参赛试一试，就是实践了。

秋月一家6口人与舅舅一家同住。秋月与妈妈正在聊去还是不去参赛这件事，秋月爸爸推门进来。爸爸很同情秋月，并支持自己的女儿。女儿从小爱唱歌，在同龄中，是优秀歌者。刚刚初中毕业季，寨里其他女孩都到广东打工去了，秋月有想法，去北京参赛后再去打工。秋月爸爸说，秋月妈，我同意秋月去参赛，虽然我家目前暂时有困难，但是，办法总比困难多，给秋月去看看世界。秋月妈妈一言不发，沉默表示同意了。

京城之秋，秋高气爽。俗话说，人逢喜事精神爽，月到中秋分外明。秋月第一次去京城，第一次看到这么平坦的地方，就联想到自己村没有一块像样的平地；第一次看到这么多的小轿车，就联想到自己村的泥沙路，用人工开了26年，还有一截未通，更谈不上有车了；看到这么高的房子，就联想到自己的家，古朴的吊脚楼一夜之间化为灰烬。秋月有时候笑容满面，有时候泪水涟涟。

这次去京城参赛，随行的还有杨林乡的3位侗族姑娘，除秋月外，她们是杨机农、罗暖衣、李知足。

晚上8点，比赛现场。主持人说，有请3号选手——江南三河县杨林乡侗族姑娘组合演唱原生态歌曲侗族大歌《蝉之歌》。

热烈掌声之后，一片寂静。侗族姑娘演唱之后，又是一片热烈掌声。“蝉之歌，这首原生态歌曲，是三河县侗族大歌之一。侗族大歌是中国侗族地区一种多声部、无指挥、无伴奏、自然合声的民间合唱形式，起源于春秋战国时期，已有 2500 多年的历史。侗族大歌无论是音律结构、演唱技艺、演唱方式和演唱场合均与一般民间歌曲不同，是一领众和、分高低音多声部谐唱的合唱种类，属于民间支声复调音乐歌曲。侗族大歌不仅仅是一种音乐艺术形式，对于侗族人民及其精神的传承和凝聚都起着非常重大的作用，是侗族文化的直接体现。2006 年侗族大歌列入国家级非物质文化遗产名录，2009 年侗族大歌列入世界教科文组织非物质文化遗产名录。”京城的点评嘉宾说。

比赛尾声，主持人说，获得本次华夏杯全国原生态歌曲大赛金奖的是《蝉之歌》。掌声又一次响起，秋月、杨机农、罗暖衣、李知足沉浸在无限的欢乐中。

回到家里，爸爸妈妈舅舅舅娘仔细地端详着秋月她们四个姑娘上台领奖的照片，花甲之年的奶奶也移步过来。一边端详获奖照片，一边握着秋月的一双嫩手。奶奶说，秋月你真的到京城了，我，你公公，你公公的长辈一辈子都没到过京城，只是听说而已。听老人说，从我村到京城要走 3 个多月。过去，从南方到京城考进士，在途中，有的被盗财，有的迟到。以不成功而告结束。现在，我的孙女秋月和她同伴，不但到了京城，而且获取了大奖。真是不容易，秋月你要好好珍惜。珍惜时间，珍惜机会，把侗族大歌继续唱下去。传承黄家爱唱歌的光荣传统，弘扬侗族真善美的优良传统。

秋月一家人在舅舅家同住了三个月，在房族亲戚的鼎力帮助下，伯父当木匠，亲戚当助手，砍木头，抬木头，刨柱子，制梁枋。树柱上梁，盖瓦镶房。几个月工夫，秋月新的吊脚木楼原地落成，其他受灾户新建木楼在侗寨拔地而起。

秋月妈跟秋月爸说，十多年的积蓄做新房后已经全部用光。现在有政府的救济，粮食不成问题，但是，在亲戚的红白喜事开销和其他费用，就成问题。老大秋月初中毕业，完成了九年义务教育，老二还在读小学。我们的两个千金非常可爱，宁愿自己辛苦一点，不让孩子受苦。其他家孩子都出去打工，我不愿秋月去外面受苦。我俩多种几块菜园，拿到菜市销售，平常开销也够用了。

秋月在闺房里听得清清楚楚，她的眼泪从眼角流到下巴直至脖子，眼睛红得像鲜血染过一样。她走出闺房，再走下二楼厅廊，后到溪边。用溪水洗手，洗脸，洗脚。从溪边爬上半山腰，汗流浃背，再登高至山顶。在望远亭遥望远方，东南西北四个方向都望了，尤其仔细遥望南方。山峦重重，云雾慢慢。由于太困，她斜靠在木凳上，不知不觉进入了梦乡。她看见她的初中同学在南方都市工厂里努力干活，加班加点，自己却变成一只鸟，自由自在地飞到她们的身旁。

秋月跟爸爸妈妈说了第三遍，一定要下广东打工去。一是为减轻家里的经济负担，二是考验考验自己，到底有多少能耐，走走世界，长长知识。秋月父母劝不了，只能勉强同意。有一个条件，一定要给家里写信。多跟同学同伴在一起，人多办法多。不要一个人乱走乱跑，听说城市不像农村，很复杂。希望小心为妙，不要被别人骗了，还为别人数钱。

初冬的南方，阳光暖和。

清早，秋月乘班车到三河县城，没有去南方的车。次日，乘坐 15 个小时的南方班车，顺利到达目的地，几个同学到南方车站迎接秋月。

无巧不成书，秋月到南方后，在朋友的介绍下准备进蜡烛厂。要面试，其他都没问题，问题是要验证身份证。秋月在三河县城住客栈时，一个同乡的妹妹没有身份证登记住宿，秋月用自己的身份证作为抵押，万一出什么事秋月来承担。一夜无事。第二天，秋月赶路乘车南下前，去跟老板取回身份证时，老板还未起床。答复说，讲好地址，过几天寄过来。老板一定要身份证，秋月暂无身份证。只能等着寄来的身份证，这几天，在蜡烛厂附近的市区走走看看，指指画画。

当秋月走到一个饭店旁边，一个服务员出来招呼，请进喝茶吃饭。秋月走了半天，觉得有点口渴，顺便进里面喝杯茶。她朝着服务员指示的方向走，然后，坐在八仙桌旁，来一杯红茶。服务员倒满一杯茶，秋月慢慢地喝完一杯茶。自己倒了一杯茶。在倒茶水的瞬间，秋月看到茶壶旁有 8 个字，意思是“免费喝茶，敬请用茶”！喝了第二杯茶后，秋月站起来朝大门回去，刚走到第三步，满脸胡子的老板立刻站到她的面前说，不准走，要交茶钱。秋月说，您店里茶壶有提示是“免费喝茶，敬请用茶”。老板回答，是的。你吃饭了，就免费用茶。现在是，你不吃饭，因此，要交茶钱。秋月说，我明白了。要交多少钱？老板回话，要交 1008 元。秋月说，老板坑人，两杯茶这样贵。我从乡下来，总带路费等费用都不到 1000 块。为了生活，才到这里来打工。上有体弱多病的老奶奶，下有妹妹在校读书，我家得的几个钱很不容易，请老板手下留情。我给您 50 块，一杯 25 块，可以吗老板？

满脸胡子的老板说，一块不能少，一定要 1008 元。秋月看情况不妙，又难以脱身。秋月急中生智，她跟老板说，我的钱包在我姐姐那里，她在店外。我裤袋里有 500 块，先给 500 块，再到店外取508块。满脸胡子的老板左手接了500块，右手拿着闪闪发光的大型厨房菜刀，满脸横肉，像在刑场准备杀人一样。当到店外10米处，秋月斜眼看到一个穿着制服的工商人员往自己这边走来，在老板略有走神之际，她三步并作一步，半爬半跑地倒进工商人员的怀里。这个时候，工商人员像丈二和尚摸不着头脑。秋月跪在地上，工商人员扶着秋月。秋月把事情的经过说一遍，工商人员明白原委。次日，工商局成立调查组到满脸胡子的老板经营的饭店——友谊饭店调查。经查，友谊饭店自经营10年以来，前5年遵纪守法，后5年偷税漏税，欺骗顾客，罪大恶极。吊销营业执照，罚款50万元，退给秋月茶钱500元。满脸胡子的老板的老婆在店里发牢骚，我很早就说过嘛，做人要做好人，做事要做好事。你哪时做过好事？我没有脸面见人，孩子也没有脸面见人。

秋月跟同学同住一宿舍，晚上睡前她把自己的故事讲给大家听，姐妹们觉得好险啊。提醒她，以后，要千万注意，要万分小心。

一周后，秋月的身份证收到了。第一天进蜡烛厂，秋月觉得样样新鲜。同学画一笔，秋月画一笔。同学怎样做，秋月怎样做。依样画葫芦，秋月样样行。秋月在这样的环境下干活，不知不觉就唱起了侗族大歌。她根据当时的情景，自编自唱，由微弱的声音到略大的声音，又由中音到高音。连唱不断，同乡的姐妹没有谁说她，其他地方的人到南方来打工，不了解底细，说秋月是傻妹子。

一月后，秋月干活熟练程度越来越高。早出晚归，两点一线。从宿舍到工厂，再从工厂到宿舍。虽然单调，但是，收入不错。一个月4000块，这是她看见现金最多的一次。是自己的劳动所得，非常高兴。次日，留1000块给自己做伙食费和零用钱，余下的3000元寄回家给父母。

两个月后，秋月和同学去海边玩。白天，在海边游泳。晚上，到海边激情OK厅唱歌。秋月以一曲《故乡的云》赢得了在场观众的热烈掌声。然后，即兴清唱一首侗族大歌《故乡的桥》，除演唱本人和几个侗族同学听懂之外，其他人根本不知是何意思。虽然不知其中内容，但是旋律很美。这首歌比上一首歌获得的掌声更加热烈。一个牛高马大的男青年过来邀请秋月跳舞，秋月说，不好意思，不会跳舞。建议我唱歌，您跟其他女士跳舞。牛高马大的男青年说，不行，一定要秋月跳舞。不管秋月愿不愿意，右手用力拉着秋月的右手，瞬间就拉到舞池中央。在秋月面前胸前做些无礼貌不雅观的动作，秋月右手一巴掌过去，再加左手一巴掌过去，牛高马大双手抚摸着两边脸，眼前一片漆黑。吞吞吐吐说，你敢打我，我跟你没完。话音刚落，安保人员送他到另一个地方去。

三个月后，蜡烛厂的老板请秋月到三楼老板办公室。老板敬秋月一杯红茶后说，秋月好，我这个月要到香港办事，你在我这个办公室工作，主要是做些室内清洁、文件交办、电话接听等等常规工作，薪水是你上个月结账总数的两倍。你思考三天后再回复我，你先回去，我先忙。

秋月把老板说的事跟同学说了一遍，再打电话跟父母说一遍。征求父母和同学的意见是，要保重自己，不要上老板的当。分析父母和同学的意见，结合自己的实际，最后到老板的办公室工作。

一步跨入老板的办公室，最先映入眼帘的是一幅书法作品，内容是“人求近利，我图远功”。书法作者是南方名家。这幅行书，苍劲有力。既有王羲之的苍劲，又有颜真卿的秀美。秋月不只爱唱歌，而且喜欢书法。她欣赏了很久，才去做相关的工作。

秋月做了一个月的工作后，有了心得体会，觉得老板没有什么坏心眼，秋月的警惕性减弱了。秋月天天做好自己的本职工作。她想，反正出来打工，只要遵纪守法，付出了努力，流下了汗水，就应该得到相应的报酬。

老板原来说出差一个月，因计划赶不上变化，实际是出差 3 个月。老板回到蜡烛厂以后，从上到下，工作一切正常。

秋月问同事，同事说，老板姓黄，名叫广财。广财，真的广进财源。秋月说，我们家乡也有叫广财的，为什么一点财气都没有。有的叫富贵的，实际距离富贵十万八千里。这个富贵应该跟观念和地理有关，这里是改革开放的前沿，思想进步，思维活跃。观念新颖，勤劳奋进。

在南方，做生意的喜欢别人叫老板。其实，黄广财的头衔是，南方蜡烛工艺有限公司董事长，董事长下面有总经理、副经理、业务主办、会计、出纳，等等。董事长是法人代表，是拿公章的人，也就是要负法律责任的人。不是喊一个当就当，而是有章程、有规章、有法律，依规经营，依法办事。

秋月在老板办公室干了整整一年的工作，环境无限好，工作蛮轻松。秋月聪明、勤快、忠诚、努力、认真，老板看在眼里，记在心上。有一天晚上，老板打电话给秋月，要她同老板出去到一个叫福有缘的酒店接待香港客商。秋月一口答应，瞬间到位。这位香港客商，头发卷曲，脸色微黑，左手戴高级手表，无名指戴金戒指，脖子上戴金项链。派头十足，一米八高。有时说普通话，有时说广东话。从谈吐中知晓，是一个数亿家产的客商。主要从事工艺品生产和营销，兼营房地产。一桌八仙，喝了八件啤酒，再喝八瓶红酒，又添八瓶五粮液。凌晨三点，划拳猜码。有一个服务员已经斜靠在椅子上，喝酒人半醉半醒，半坐半站，半走半倒。

秋月有时喝有时唱，有时走来走去，有时打电话，三种酒下肚，自己半醉，站得还稳，心里明白。她继承奶奶的基因，奶奶一辈子还未醉过酒，畅饮天下酒坛无对手，有酒坛“酒仙”的雅号。在歌坛上，可连续唱歌对歌三天三夜，又有“歌仙”的称号，人称“双仙萨老”。

在回厂的宝马轿车上，有秋月、老板和司机三人。司机在驾驶室注意力高度集中，四个轮子奔驰在笔直的公路上。秋月和老板在后座上，老板充满酒气的身体斜靠秋月的右边身子，并把左手搭在秋月的左边肩膀上，秋月闪电般躲开，并用尽吃奶的力气扶着老板坐正而靠在软椅上。

在蜡烛厂工作了三年的秋月，既长了身体，又长了见识。

中秋佳节，老板约秋月到厂里的感恩亭。黄老板双脚跪地两手拿着玫瑰花向秋月求婚，说，你若同意，我在南方买一套商品房送给你，名字写你，房产权归你。你若不合意，我送给你三年一次性奖金 3 万元，是你为公司做出积极贡献的补贴。你考虑一下，回答我。如果不好回答，之后，回答也可以。哪怕是一天后，或一月后，或一年后回答都可以！

秋月说，三年来，感谢黄董事长对我的关心、呵护和帮助，关于爱情，要讲缘分。我俩之间，有缘是，能在茫茫人海遇见。无分是，只能成为朋友，不能成为夫妻。您的家庭，我基本了解。您的妻子未能实现接续香火的愿望，您俩要去检查一下，问题在哪儿，要弄清楚。弄清楚后，按规律办事。您的大恩大德，我永生难忘。我过几天要回家，我对父母有个承诺，在南方打工三年后就要回家，我要把侗族大歌唱下去，一代传着一代。有侗族大歌《总是想着家里人》为证：

无论走到山村还是走到京城，
总是想着家里人。
无论是在夜晚还是在清晨，
总是念着家里人。

无论在茶园还是在田埂，
总是想着家里人。
无论当工人还是当农民，
总是念着家里人。

无论在吃饭还是在品茗，
总想着家里人。
无论是干活还是在旅行，
总是念着家里人。

无论充满愉快还是满脸愁情，
总是想着家里人。
无论干怎样的累活还是多么的闲心，
总是念着家里人。

第2章

进厂打工结好友　临台表演拜良师

秋月跟妈妈通电话了，说一些家常话，尤其是说秋月的婚事。妈妈说，在古代的侗族地区，18岁就结婚，有三到五年的磨合期，23岁生孩子。母亲平安，子女健康，五代同堂居多。现在你也20岁，不大不小，按当下的婚姻法，也是可以结婚的黄金年龄，过些年纪，你就没人要了。秋月说，没人要，我就在家养您一辈子。

次日，秋月把3万元现金通过邮局寄回家里。家里收到汇款后，妈妈很是惊奇，哪来那么多钱？更加害怕女儿在外面受苦吃亏，被坏人骗，干一些坏事。一天几个电话，催着秋月尽快回家。秋月说，我转到制衣厂打工，这里的工作很合我的意。我在这里能学到课堂外的很多东西，包括为人做事，做事先做人，把人做好了，还怕什么？

在制衣厂，秋月结交了三个好朋友，一个是湖南的，叫黄春月；一个是贵州的，叫黄夏月；一个是广东的，叫黄冬月。这四个好友，四个省份，都是姓黄，把一年四季的月亮全要了。

在缝衣服的时候，按流程来。春月缝领子，夏月缝口袋，秋月缝袖子，冬月缝衣襟，其他同事最后一道工序是缝整衣。

秋月在家里，喜欢裁缝。在侗族地区，从种棉到轧棉，从轧棉到纺纱，从纺纱到织布，从织布到染布，从裁布到缝衣，一整套的工序，秋月全掌握。这些基本功，是侗族姑娘心灵手巧的标志，谁掌握这些技巧，谁就把握自己的婚姻命运。在制衣厂里，秋月吃得香。她为厂里立个大功。在一次衣服设计大赛中，秋月的团队以古典美与现代美而获得全国金奖，所获奖金够“四月朋友”在海南旅游半月还有余钱。

秋月感冒了，春月第一个去看望她。紧接着，夏月和冬月马上就到。春月经常打电话给秋月的妈妈，嘘寒问暖。夏月寄着冬装给秋月的父亲。冬月委托在广西办事的哥哥到秋月家，帮助拉了水管解决了饮水难的问题。

一个星期天的晚上，秋月与三个好友到南方大厦以及附近逛逛商店。从 1 楼逛到 2 楼，再从 2 楼逛到 3 楼，最后逛到 18 楼。其他没有适合的东西可买，后来，也不白来，各买了 12 条精致短裤，在里面可以装钱那种。回到 1 楼，再绕过一栋大楼，有一幅非常显眼的大型广告。意思是，南方原创歌曲大型演唱会于 6 月 30 日晚上 8 点整在南方大厦多功能广场举行。春月说，离现在还有半个月，如有时间，我们几个如期而至。

“明天晚上是南方原创歌曲大型演唱会，如没有特殊情况，我希望四个好友都去，这回的四个人入场票我做东全买。”秋月躺在女生宿舍床铺上对大家说。春月说，我们还是 AA 制，一个人买单，压力大负担重。夏月说，以前购物或办什么事都是秋月买单，不能这样，我请大家。冬月说，还是给我一次机会，我请大家。秋月说，大家统一意见，都去吧。

6 月 30 日晚 8 点整，南方大厦多功能广场人山人海。秋月把入场票分发给春月、夏月和冬月。虽然一张票用去半个月的工资，但是，与三个知心朋友同行共享，是一件非常愉快的事。

演唱会开始了。南方的演唱爱好者、歌手、歌唱家云集南方大厦，各位选手都备好参赛曲目，希望赛出高等次，获得高水平，彰显自己的演唱实力。主持人宣读大赛规则，请出大赛评委。7 个评委评分，去掉一个最高分，去掉一个最低分，中间 5 个评委合计数的平均分，就是参赛选手的最后得分。

第 1 号参赛选手是海南的陈爱唱女士，她演唱的曲目是《海南风》。这首通俗歌曲，词意深厚，曲调悠扬，观众掌声不断。第 2 号到第 29 号参赛选手，一个比一个独具特色，观众笑声连连。第 30 号参赛选手是南方制衣厂的黄金衣，她演唱的曲目是《衣的故事》，作词、作曲、演唱全是她，是一个正牌的打工妹，南漂的真正代表。“这首原创歌曲，继承了传统，讴歌了当代，将古典美与现代美有机融合，堪称经典之作。”评委点评说。

主持人宣布，30 号选手南方制衣厂黄金衣以 99. 8 分的成绩获得南方原创歌曲大型演唱会金奖。秋月她们四个女孩听到南方制衣厂几个字，倍加激动，不听主持人宣读后面谁得银奖和铜奖，就赶往靠近领奖台的地方站着。

秋月四姐妹紧跟着金奖获得者黄金衣的脚后跟出了南方大厦的门。到了门外，四姐妹围成一圈把金衣紧紧地拥抱着。金衣的身上有四双手在滑动，一下子在额头，一下子在脖子，一下子在胸前，一下子在后背，金衣沉浸在无限的幸运、幸福和愉快中。

回到制衣厂宿舍，秋月问，金衣你老家是哪里？金衣回答，我是新村的，全寨说侗话。原来，金衣老家是秋月老家中寨的邻村，即新村，金衣和秋月的宿舍距离一条通道。秋月，确实是一轮中秋明月，有神的眼睛，圆圆的脸蛋，长长的秀发，白嫩的双手，白皙的皮肤，修长的身材，1.66米高度，标准的三围。镶嵌在脸上一双酒窝，微笑的时候，更加突出。既有仙女的姿态，又有西施的容颜。秋月聪明、勤快、忠诚，上尊长辈、下爱晚辈，再加上歌声甜美，真是人见人爱，花见花开。秋月四个姐妹与金衣同时站在一起，分不清姓甚名谁，像孪生姐妹一样。

大赛后的金衣融入了秋月四姐妹当中，学习、工作和生活在一起。现在，成了南方制衣厂的“五朵金花”。有时，前后列队进厂，是一道靓丽的风景线。

月亮出来了，吴刚与嫦娥品尝美酒之时，秋月与金衣在一起交流演唱侗族大歌的体会。秋月拉着金衣的右手说，自从在京城演唱获金奖后，没有时间练歌，主要是打工，多赚一点钱回家，以减轻家里父母的经济负担。家里的旧房受灾，新房虽建，但是，还欠亲戚的债。在老家，建房债、人情债多得很。我家几年内，应该能还清各种债。其他家庭就难说，有的年老体弱，有的几个孩子读书。要很多花销。本来很好的家庭，一把火回到了穷光蛋的时代。还好，有上级的关心和亲戚的帮助，渡过了难关，慢慢地变好。秋月讲到动情处，自然留下了心酸的泪水。秋月的脸像无依无靠的孤儿一样流出了一条泪溪。

7月30日，也就是南方原创歌曲大型演唱会圆满结束一个月。主办方的负责人来到南方制衣厂回访金奖获得者黄金衣，回访地点在厂外的“思源亭”进行。主要是问问金衣有什么心得、什么思路、什么困难？金衣回答，最好的心得是认识了老师，增长了知识。今后的思路是，为家乡多办点好事实事。困难是，经济基础薄弱，想办一点唱歌的略微大事困难。刚才金衣所回答的，就是秋月在前夜所谈的。

回访现场，除金衣外，还有秋月、春月、夏月和冬月。回访者就是南方原创歌曲大型演唱会的策划人、著名编剧、知名导演，中国（南方）国际电影节导演金奖获得者，他叫黄南兴。比秋月大一圈，刚好大 12 岁。比实际年龄成熟、老练。满脸的胡须，像马克思一样。睿智的眼睛，宽阔的额头，四方脸谱，宽大嘴巴。脖子上挂着沉沉的金链，与手指上金戒指匹配得当。给人的第一印象就是有财的人、有文化的人、有内涵的人。谦虚谨慎，戒骄戒躁。女人如能嫁给这样的男人，是幸运园中的幸运者。

五朵金花围着黄导问这问那，春月问家庭的生活、夏月问打工各种怪事、冬月问是怎样当上导演、金衣问如何演戏、秋月问怎样作词作曲和演唱？黄导有时答得出，有时转移话题另回答问题，有时脸红，有时无语。

黄导觉得五个姑娘很好很有趣，工作和生活充满快乐，他在她们身上学了很多东西。五朵金花觉得黄导平易近人，充满智慧，喜欢教人，能遇见这样的老师而感到自豪和骄傲。

谈来聊去，五朵金花邀请黄导在制衣厂附近的大排档吃个便餐，刚好是午餐时间，黄导也不客气。

席间，秋月先敬黄导酒。按侗族习俗，敬酒者唱酒歌，唱者不喝，被敬者喝，有酒不断歌不断的浓厚氛围。敬酒歌词大意是：手拿碗酒敬亲人，酒烈歌浓振精神。四海行游吟美善，八方导演铸灵魂，黄导一碗酒一饮而尽。

金衣已经在秋月后面，也拿着碗酒在排队向黄导敬酒。她不甘示弱，开口便唱：手拿碗酒敬老师，喜爱杜康天下诗。小妹一来为求教，姑娘二来为多知，黄导一碗酒再次一饮而尽。

还有三朵金花，你敬一杯，她敬一碗，黄导已经迷迷糊糊。清代郑板桥说过“难得糊涂”，一小时前后的黄导变成两个人。

之前是群众中难得的智慧的人，之后是郑板桥般难得的糊涂的人。

黄导与五朵金花的联系越来越密，他们谈唱歌唱戏的机会越来越多。黄导说，下个月，即8月底，在南方大厦举办中国（南方）国际电影展，展前有一系列的表演节目，假如五朵金花排练一个节目参与活动，你们五朵金花看看，有什么意见和建议？秋月很快就回答，这是千载难逢的机会，我们五朵金花一定配合黄导做好这件事。五朵金花都举起双手，简单的征求意见会后，在五朵金花唱着侗族大歌充满欢乐的情景下结束了。

进入彩排阶段，黄导按时到场，五朵金花跟厂里负责人请假，很早就在等候辅导老师。黄导从内容上、时间上和造型上，都已经深思熟虑。内容要突出这次影展的主题——当代真善美，时间长度是5分钟，造型要朴素而美丽。一首侗族大歌《母之恩》，刚好5分钟，造型是老少感恩图。金衣饰演母亲，秋月饰演儿子，其余的春月、夏月分别饰演侄子和侄女，冬月饰演孙子。

黄导双手扶着饰演母亲的金衣到椅子上坐下，要求满脸欢笑，享受着儿孙满堂的幸福；黄导又把饰演儿子的秋月带到母亲面前，演出“羊羔跪乳”之状；要求饰演侄子侄女的要有“饮水思源”之状，要求饰演孙子的要有“感恩谢德”之状。各位饰演者都努力演好自己的角色，有模有样，黄导是近段时间以来最开心的一次，参加活动前的第一次小组排练圆满结束。

第二次小组排练在下午进行，这一次，主要巩固第一次排练的动作，提升造型的整体效果。黄导满意，演员高兴。晚餐，黄导做东在制衣厂附近的大排档请五朵金花吃饭。酒足饭饱后，他们六个人到附近的最高楼顶层仰望星空。在秋月抬头远望东边之时，黄导过去靠近秋月的左侧，几句寒暄后，问，秋月你有男朋友吗？秋月回答，有了，在老家，是我舅娘的房族侄子。一是父母之约，二是我也愿意。他们那边有两个儿子，我家这边有两个女儿。他是长子，叫吴和寨。愿意到我家这边住，也就是说，百分百愿意上门。我父母比较开明，女婿在他家住，或者在我家住，都可以，一个样。女儿是孩子，女婿是半个儿子。父母经常说，现在身体好，自己可以照顾自己，等老了，需要女儿照顾的时候，父母不开口，女儿和女婿自然要照顾。黄导继续讲，我也可以上门到你家。秋月说，黄导您的好意我心领了，非常感谢您，感谢您对我的看中和追求。我已经山花有主，我俩有缘无分。再说，一辈子的事，我已经考虑好了，已经跟和寨订婚，我们是自由恋爱，同时有共同的爱好，喜欢唱侗族大歌。黄家与吴家都是侗族大歌世家，这就是我和他既有缘又有分。

黄导的脸由白变红，红颜色由脸颊延伸到脖子，像美丽的晚霞一样。

他们从月亮上山聊到月亮下山，黄导与五朵金花下了电梯到了一楼，黄导往东而去，秋月她们五姐妹朝南往制衣厂宿舍而走。

朝阳似火。已经有半个月不下雨了。人们久旱盼甘霖。人天共处，人与自然和谐。人们想雨了，真的就有了雨。下午，下了一场大雨。甘霖洗大地，大地更加干净。椰树翠绿向上，柳絮欢快飘扬。秋月走出厂门，马路笔直地伸向远方。她想到老师讲的一个有趣的故事，故事里讲一个学生与私塾先生到街上走，这条街刚好是南北走向，先生说了上联：一条大路通南北。话音刚落，学生对了下联：两旁小店摆东西。先生根据实际情况考考学生，学生触景生情，对答如流，对仗工整，堪称绝对。学生长大后考取了进士，为建设国家做出了贡献。秋月又想，那个学生思维敏捷，思路清晰，确实是读书的料。再想想自己，才初中毕业就出来打工，不是读书的料。忽然，白里透红的脸变黑了，泪水往下流。秋月又想到李白《将进酒》诗里的一句话，“天生我材必有用，千金散尽还复来。”唐代诗人李白有通达的情怀。既乐观，又自信。我生在当下，要更加乐观，更加自信。突然，满脸忧愁变成满面春风，无限欢乐，像获得全球大奖一样。

星期天，当秋月沉浸在无限的欢乐中，她展开想象的翅膀飞翔在蓝天中，金衣一首侗族大歌《故乡》飘向空中，穿入秋月耳朵。秋月回眸一看，金衣带着三朵金花朝自己的方向走来。五朵金花平常加班加点，很少得到休闲。今天是星期天，真正得到放假，她们朝着白天开放的休闲园方向走去。

在休闲园里，坐落着四个亭子。位于东边的叫东兴亭，南边亭叫南旺亭，西边亭叫西发亭，北边亭叫北达亭。东南西北亭里镶嵌着“兴旺发达”吉祥如意四个字。各亭高度一致，边角各异。兴旺发达亭分别是四角、五角、六角、八角形状。木质结构，匠心独具，精雕细刻，实是经典。为南方制衣厂一道靓丽风景。不仅是厂里员工的休闲之地，也是中外游客南方旅游的必到之地。在东兴亭休闲的五朵金花又是风景中的风景，实属锦上添花，吸引了无数游客聚焦，照相机闪光不断，有的请求合影留念。五朵金花落落大方或坐或站正中，精美的照片永远珍藏在中外游客的家中。

一位马来西亚的游客游过南方制衣厂休闲园，又到过秋月的老家侗乡中寨。当游客拿着照片给秋月的父母看时，父母眼看照片，握手旅游贵客，谢谢您！祝福你们，愿平安健康！晚上，马来西亚的游客在秋月家住了一夜。这一夜，是不平常的一夜，是欢乐的一夜。这一夜，是主客对歌之夜，马来西亚语与侗歌对答。这一夜，歌声不断，掌声不断。原来，马来西亚的游客是大学音乐教授，专攻方向是民族声乐，尤其是中外民族声乐的比较研究。这次到中国南方少数民族地区来，是寻找侗族大歌的发祥地，为自己撰写一书《探索东南亚民族声乐发展之路》提供第一手材料。有侗族大歌《都乐》为证：

自古学生敬老师，
原来不知到知之。
侗族大歌发祥地，
音乐教授中寨痴。

黄导金花戏里痴，
梨园绿树百花奇。
寻道求理城乡找，
百里侗乡百姓知。

侗寨金花是歌师，
织布读书学又知。
开口就是唱歌态，
站着就是跳舞姿。

你学我学大家学，
你知我知大家知。
教学相长天天上，
一寨一亭一路诗。

第3章
赴京参赛赢艺奖　回乡献艺有实招

秋月妈妈借村委主任的手机给秋月打电话，聊了一些家常事外，就讲到正题。今年腊月，把婚事办了，妈妈就放心了。秋月回答，妈妈您放心，我去京城参加比赛后，就回家。现在，正在排练，有名导演指导。

这次赴京参加才艺大赛的事是黄南兴导演告诉秋月的，并愿意当秋月参赛节目的指导老师。黄导和秋月研究了很久，最后，确定侗族大歌《家乡美》作为参赛曲目，侗歌伴舞蹈就是《团圆舞》，选歌选舞完毕，就进入紧张的排练当中。

秋月参加过一次全国性的大赛，并得过金奖。黄南兴导演指导过若干次比赛，积累了一些经验。秋月有信心，黄导有魄力，秋月与黄南兴导演算是强强联手型的参赛组合。

排练进入了最后阶段，离比赛有一周时间，除去路上的时间和购买服装等准备，剩下的时间不多了。他们更加努力，不放过一分一秒。早上，不到7点钟，参赛选手个个到位。除秋月外，还有四朵金花。原来想用金衣来唱，因为金衣歌舞都行。黄导说，这次，歌舞大赛，秋月更适合唱歌，金衣作为主舞，带领三朵金花伴舞，每个参赛者分工不同，职责分明。

黄南兴导演排练结束后回到自己的房间，他总感觉在某些地方不够完美，沉浸在深深的思考中。比如歌唱得很好，舞还要设计一下，才能更加完美。

参加比赛，尤其是全国性的大赛，黄导一向是认真的。在秋月看来，一直都努力着，从来不敢怠慢一点。秋月和四个姐妹像一个人一样，同样的想法，奋力地拼搏。

明天就要去京城比赛了，大家上午最后一次排练，五朵金花有序进场，从唱歌到伴舞，从造型到转型。和谐统一，歌甜舞美。唱歌像行云流水，伴舞像彩云伴月亮。黄导一边走出排练场，一边自言自语。

晨曦，黄南兴导演和五朵金花乘坐南方航空公司波音飞机往北飞去，3 个多小时后，飞机降落在京城国际机场。

参赛选手都安排住在离大赛地点不远的祥云酒店。这是一个 4 星级的酒店，但像 5 星级的酒店一样。进入大门，首先映入眼帘的是八个大字，“顾客至上，服务第一”。从服务员的言谈举止来说，或者是从仪表上来说，都堪称一流。

全国原生态歌舞大赛在北方祥云大厦举行。这座大厦每年有几十场的大赛，各种灯光、音响设施齐全，舞台效果俱佳，主持人也是一流中的优秀者。秋月暗暗想着，不像老家举办的一些赛事，灯光暗淡，音响不佳，主持人普通话也不太标准。有人调侃，侗乡普通话，即“侗普”。真是“天不怕地不怕，就怕南方人说北方话”。其他人都到各自房间放好行李，秋月还在 1 楼大厅，东看看，西瞧瞧。这个稀奇，那个新鲜，总有她的看头。

比赛开始，秋月她们的参赛曲目《家乡美》抽签得号是 16 号。全国各地的选手都是很优秀，不是优秀的，也不敢来。可说是，高手云集，大比才艺。在连接不断的掌声中终于轮到秋月她们16号上场，一曲《家乡美》伴以《团圆舞》，把全国原生态歌舞大赛推向了高潮。掌声、欢呼声、尖叫声，一拨刚停，一拨又起。一拨接一拨，有的站着，被后座叫坐。有的跑到前台，被工作人员叫回原座。主持人报分，16号选手除去最高分10分和最低分9.988，最后均分也就是最后得分9.99分。当场，有人预测，可能是最高分了，后面没有谁能超越了。有的说，很难说，可能后有平分。

“33位选手全部演唱完毕，都赛出了自己的最佳状态和最高水平。其中有两个一样的分数，都是9.988分，他们是16号选手和33号选手。按照大赛规则，要再加一个节目进行第二次比赛决出第一。”主持人说，并且强调了一次。

秋月组合已经有一个备案。如加赛，就用《美丽侗乡》节目跟他们比拼。这次的加赛是33号先上场，毕竟是高手中的高手，最后得分是9.989。然后，秋月她们上场，5朵金花再次亮相，首先，精美而靓丽的服饰，获得观众热烈的掌声。再次，演唱比第一个节目唱得更加自然、更加顺畅、更加甜美、更加自信。黄导在第一排观众席，满脸汗水，不断地往下流，一直流到脖子，再流到肚子。他瞪大两眼，没有闭过，聚精会神地看着秋月她们的加赛节目，像大蛤蟆在水井底下朝天空望白云一样。

主持人宣布，16号选手最后得分9.990，在场1万多观众一边鼓掌，一边起立。欢呼声、尖叫声、喇叭声，声声入耳。有人把秋月抛到半空，然后，又抛到半空，像抛绣球一样，以这种方式祝贺她们的节目获奖。人们要跟她们五朵金花同框照相。镁光灯闪亮不断，欢笑声不断，祝贺词不断。

黄南兴导演和秋月、春月、夏月、冬月及金衣正在往祥云酒店走，各级媒体记者追着金奖获得者。人民日报记者火速赶到秋月前面，16 号选手您好！您稍停片刻，接受我采访一会儿。秋月说，您好，记者！记者问，您是哪里人，得奖的最大感受是什么？秋月答，我是广西侗乡人，家在三河县中寨村，在南方打工，从小喜欢唱歌跳舞。这次在黄导的指导及带领，来京城试试嗓子，唱得不好，不好意思。我最大感受是，来京城体验城市的生活后，觉得很开心。我刚刚答应我妈妈回去，回老家结婚，在老家跟姐妹们载歌载舞。

记者再问秋月，您不继续在南方工作？年纪还轻，就结婚了？我原来答应父母，去南方打工 3 年就回家。现在，我已经超过 1 年了，也到女孩的结婚年龄。在老家，我的同伴，都当妈妈了，我算是女孩中提倡晚婚的那一类，经常挨妈妈骂个不休。伯母、姨妈、姑妈都跟妈妈一边，一到过年，就是一个话题，快结婚，快生孩子，快过好日子。在老家，除了这些，就是耕田织布，再就是唱歌跳舞。路不拾遗，夜不闭户。有一次，一个湖南的小杂货商人到我老家，走了半天，全寨没有发现一把铁锁。门是敞开的，对联是“门迎春夏秋冬福；户纳东南西北财”。横批是“瑞气盈门”。原来，白天，中青年人都到田间地头干活去，老年人集中在鼓楼里讲故事。夜晚，大家聚集一起唱歌演戏。无论是阳光沐浴，或是月亮抚摸，老家中寨的人们都沉浸在无限的平安、和谐和快乐中。

大赛结束后次日，黄南兴导演和五朵金花载誉乘南方航空公司波音飞机飞回南方。

黄导住院了，五个姐妹去制衣厂的医院看望她们的指导老师。在参赛前、中、后，她们和黄导和谐相处，黄导爱护她们，她们尊敬老师。

五个姐妹一进病房，南北朝向的病床上躺着黄导，右手扎针，输液管的药水一滴一滴地往血管里流着，他脸色苍白，像一张白纸一样。精神萎靡，眼睛半开半闭。秋月问主治医生，没事吧？医生说，他是因为劳累过度而致病。无大碍，多喝点开水，过几天就可出院。听到这话，姐妹们心里踏实多了。这时的病房里没有任何声音，连一根绣花针掉下地都能听得清清楚楚。

五个姐妹去医院里办理黄南兴导演出院的手续。中午，五个姐妹在大排档请黄导吃个便餐。黄导脸色红润，精神饱满，眼睛有神，与前几天相比，像两个人一样。

秋月说，黄导好，感谢您！谢谢您的支持和帮助！感恩遇见，感恩有缘。我明天回老家，欢迎您到我老家旅游休闲、采访调研！再见！我等您在风雨桥头！

金衣、春月、夏月、冬月送秋月到南方火车站，南来北往的人络绎不绝。都市的人口本来密度大，加上打工一族从四面八方走进南方，这个改革开放的前沿，看到哪里，哪里都是人，黑压压一片人海。从全国来说，京城站、东方站和南方站，是旅客最拥挤的 3 个站。在南方火车站候车室里，有的坐在椅子上，有的躺在走道边，有的睡在墙角后。

秋月在上火车前，五个姐妹拥抱在一起，形成一个圆圈，这个圆圈，像月亮一样，象征着团结、和谐、进步。

秋月上了火车，在车窗边，她不停地向 4 个姐妹挥手，4 个姐妹也在向她挥手。一双眼睛与 4 对眼睛互相注视，都依依不舍。4 个姐妹看着火车往北缓缓而动，由慢而快，由一条线变成一个点，直至火车的影子消失在天边。

秋月坐了 15 个小时的火车到了三河县城，她火速转到汽车总站，问服务员，还有到中寨方向的班车没有？“很遗憾，没有。”服务员回答。秋月在车站附近的平安客栈住了一夜。

次日清晨，太阳上了山岗，阳光普照大地。秋月坐着早班往老家奔驰而去。窗外，一座座鼓楼、一座座风雨桥、一栋栋吊脚楼从眼前飞驰而过。秀美的自然山水，精美的人文景观，吸引着无数个中外游客。在溪边，有几个蓝眼睛白头发的荷兰人在照相。在路旁，有三五位老太婆跟几位老外聊几句简单的英语，有时，旅客点头，有时，主人双手比画。有时，主客双方都笑容满面。

秋月右手拉着拉箱，左手拿着水果袋。左肩一个黑色旅行包，右肩背着一小包。后面跟着一帮小孩，到了老家中寨。

中午，叔伯、伯母婶娘、姑妈姨妈、要好的朋友到家做客。聊一些家常事，谈一些打工事。酒足饭饱，饮一两杯家乡红茶，大家就唱起了侗歌《父母恩》。这个时候，笛声、歌声、欢笑声，声声入耳；村事、农事、戏曲事，事事关心。

歌友们最关心的是，最近要接待贵州邻村的文艺队。首先是定主村演的是什么节目，其次是后勤接待工作。两个工作搞定了，其他就没什么大的问题。大家讨论一下，确定秋月负责文艺工作，叔叔黄贵仁负责后勤接待工作。

时间很紧，下周客队就要到来。秋月经过认真考虑，用她到京城参赛的曲目《家乡美》作为这次桂黔两省邻村文艺联欢的节目。秋月通过精挑细选后，决定伴舞的四个歌友，她们是黄秋树、黄秋果、吴仁枝、吴仁叶。

秋月的 4 个姐妹，4 个歌友。她们从小爱唱歌跳舞，颜值高，身材高，属于聪明、勤快、诚实型女孩，是“人见人爱，花见花开”那类。嘴巴甜，敬长辈。有个老寿星说，如果她们是我家的孙媳妇就好了。

排练场，即中寨鼓楼坪。秋月她们主唱和伴舞，一进排练场，就进入非常和谐的状态。老家伴舞 4 姐妹不亚于在京城参赛的南方制衣厂的 4 姐妹，从唱歌到伴舞，从动态到静态。从圆形到方形，从入场到出场。处处满意，人人开心，排练在月亮下山后结束了。

时间过得真快。明天，贵州杨家寨文艺队到中寨进行交流活动。

星期天下午，中寨寨门两边排着整齐的迎宾队伍，左边是侗歌组，右边是舞蹈组，后边是芦笙组。各就各位，满面春风。门联是“老中青幼人人演唱，文旅繁荣和睦寨；春夏秋冬季季耕耘，桂黔旺盛幸福时”。

对了拦路歌，喝了拦门酒，吃了入门茶，跳了芦笙舞。

主寨人右手拉着客人，左手拿着芦笙琵琶各自回家待客去了。百多位客人在鼓楼坪刚刚站着，就被主寨好客的人们尊拉敬抢一空。“这一习俗，是中寨乃至侗族地区热爱公益、热情好客、情系文艺的具体表现。”侗族戏师说。

秋月请了六位贵客进自己的家门，她拉这么多客，把别人的指标拿了，别人对她有意见。一个村的客人，你请得多，别人家就得少。

在秋月家，主客围着一大圆桌。有十二菜一汤，菜是井水煮土鸡、白切鸭、炒猪肉、黄豆猪脚、酸炒大肠、禾花鱼、鱼生、酸汤鱼、酸草鱼、酸猪肉、酸鸭、韭菜，汤是鸡蛋芥菜汤，另加糯米饭豆油茶。油茶三碗，米酒三杯。吃油茶有敬茶歌，喝米酒有敬酒歌，“酒不醉人人自醉，茶不醒客客自醒。”交杯换盏，歌声不断。主客融合，其乐融融。

月明星稀，中寨寨主宣布，桂黔两省比邻村屯文艺交流晚会现在开始。鞭炮齐鸣，鼓锣同响。

第一个节目是客寨演出，他们演《侗寨欢歌》，该剧是侗族艺术的经典之作。是当地名编剧编、名导演导、名演员演。一出场，观众送去热烈的掌声，紧接着，一片寂静。夜晚的中寨，显得很小很小，小得像一件小小的东西。从山顶往下看，一个锅盖就可以把全村覆盖。

第二个节目是主寨演出，他们演《贵宾送宝》，该剧是主寨在前一周排演的最新节目。它融歌、舞于一身，集芦笙、琵琶、笛子、牛腿琴四大侗族器乐于一炉。主题思想鲜明、诙谐幽默，内容艺术俱佳。

第三个节目是《美丽中寨》，客寨演出。一个老妇说，不要说演戏，单看演员脸蛋就够了。确实是，演员们脸蛋圆圆，辫子长长，头发黑黑，身材高高，她们都是颜值高、演技高的高手。

演过两个小时，观众都沉浸在欢乐之中，都没有退场的意念。最后一个节目是《家乡美》，由主寨演出。“这是压轴剧目，其他戏看不看可以，压轴戏不可不看。”客寨一个导演声情并茂地说。

秋月她们五个姐妹出场，掌声不断，持续有三分钟之久。后来，主持人强烈要求，观众们暂时不鼓掌了，演员要正式进入演出阶段。秋月高音演唱，像天籁声音一样。4 个伴舞接着出场，造型美得像孔雀开屏一样。时而歌，时而舞。歌舞和谐，其造型融古典与现代于一体，加上佳人演出，确实是人美歌甜技高。一个老奶奶看戏入迷，忘记自己坐的是单人凳，往后一靠，人仰落地。幸亏后面有几个孩子刚过，有惊无险。月亮休息后，晚会在《团圆多耶》欢快的曲调中圆满落幕。

“本台晚会，前面的演出节目是高水平的，无可挑剔，尤其是最后的节目《家乡美》，独具风格，颜值一等，技高一筹，堪称一流，是经典中之经典。”这是客寨文艺队长、编剧和导演及部分演员在吃夜宵时评论说。

"文艺交流，主客融合。"近年来，广西贵州比邻村寨你来我往，已成常态。中寨因为文艺创作成绩突出，旅游兴盛，经济发展，被评为省区文艺工作先进村。秋月一家，祖孙三代喜欢唱歌，侗族大歌研究好、挖掘好、传承好，被评为省区文艺工作先进家庭。秋月获得省区非物质文化遗产侗族大歌传承人称号。中寨全国非物质文化遗产侗族大歌传承人吴祖荣赞叹有加。有侗族大歌《四季歌唱八方乐》为证：

春耕夏耘在田头，
秋收冬藏在木楼。
糯谷挂晒禾架上，
丰衣足食无忧愁。

生产生活戏里头，
赞山赞水歌里头。
忙时跑到田里去，
闲时走进排练楼。

侗寨中心建鼓楼，
村民聚会在里头。
白天唱歌晚上舞，
演戏消除万古愁。

唱歌唱到湖南头，
演戏演到贵州楼。
跳舞跳到京城去，
梨园旺盛有新谋。

第4章

殊荣满满人满满　艺苑长长术长长

秋月回家后，中寨更加热闹，寂静的山村，沸腾了。

每当夜幕降临，鼓楼坪的文艺排练更加繁忙。东边，演员在练唱，南北两方坐着两排乐器手，西面为热心的观众。导演手把手教着初进戏班的演员，平常老演员教新演员，先进的带落后的。

夏末初秋，京城电视台的记者在三河县委宣传部副部长的带领下走进了中寨。这次的编导是王晓宁，主要任务是拍摄侗族刺绣，题目叫《侗族刺绣》。主题是通过在生产和生活以及重大节庆中唱着侗族大歌，来展现侗族人们的服饰之美和刺绣之精，歌颂和谐、美丽、幸福的侗乡。说是这样说，真正拍起来可不是容易的一件事。

秋月的妈妈在厨房里已经做好了饭菜，主客围在八仙桌边。王编导说，吃完饭就去干活。秋月说，好的好的。秋月的叔叔站起来到客人面前说，王编导第一次到中寨，不远三千里到我侗乡，我敬您一杯。双手捧杯，嘴里敬酒歌就唱了起来，“北往南来到侗乡，没有佳肴待品尝。一杯米酒心中意，敬您撰写世间章！”王编导感动，体会到侗家人的热情，双手接杯，一饮而尽。

秋月的伯母平常不太说话，三碗酒下肚后，就进入侃侃而谈阶段。她起身到王编导面前毕恭毕敬地说并唱着，“王导帅气记者好，贵客大歌宝中宝。一曲侗歌心中记，永远不忘侗家嫂。”她虽然声音沙哑，但是独具风格。即兴演唱，幽默诙谐。王编导笑对大嫂，看看左边，看看右边，碗底朝天。

王编导说，再喝酒，我就不能干活了。秋月她们回答说，在侗乡，您不喝酒，您就不能跟群众融合在一起。不能融合在一起，活就不能干下去。王编导，您觉得如何？王编导在京城也算是酒坛豪杰，心里想，我不会倒在侗乡酒坛下面。

于是，王编导由被动变为主动，由“要我喝转变为我要喝”。他移步到秋月奶奶面前说，感谢您为侗族大歌的传承所流下的汗水而干杯。秋月奶奶说，谢谢您，不远千里来到这里。王编导又移步到秋月爸爸面前说，感谢您培养这么优秀的秋月，为侗乡挣得了面子。我干杯！秋月爸爸说，我做得不好，感谢您的包涵和指导！王编导又继续移步到秋月面前说，秋月好，你年纪轻轻就得到这么好的成绩，希望你继续努力，为侗族大歌走向世界而努力。我干！秋月说，刚才是您自己干杯，我还未敬您的酒。在侗乡的习俗是，我唱歌，您喝酒。歌不断而酒不断。“拍摄刺绣下南方，喜欢侗歌到我乡。喜欢记者把酒敬，喜欢侗乡把酒尝。”秋月双手捧碗致敬，王编导、记者碗口朝下，一滴不余。

酒足饭饱，拍摄工作有条不紊。在鼓楼里，姑娘们穿着美丽的服饰、精美的刺绣，银光闪闪，再配以天籁之音侗族大歌，歌声甜，刺绣美。歌声传出楼外，播到山上，乃至天空。

半个钟头过后，王编导走路不稳，心里不定，手足无力，大脑一片空白。原来坐在凳子上，一会儿，坐在木板上，最后，倒在地上，他像一坨烂泥巴堆在大地上。

秋月拿来一个大碗，里面装着已经开了的井水，把白糖倒进里面，变成糖水。稍等一下，等糖水温度降低后，秋月的爸爸开王导的嘴巴，秋月把糖水倒进嘴里，像一条小渠流向需要灌溉的农田一样。

王导的衣服湿了，裤子没有一个地方干着，秋月的爸爸帮他换洗去。

酒后醒来的王导，其他都不记得了，只记得身上穿的是侗族服装。穿侗装的王导，如不听京城的声音，犹如一个堂堂正正的侗仔。身高 1 米 8，黑黑的头发，浓浓的眉毛，大大的眼睛，厚薄适当的嘴唇配大小适当的嘴巴，好看的嘴巴镶嵌在四方的脸庞，肤色白净，身强体壮，充满睿智，像一名金庸武侠大型电视连续剧中常见的武士。

王编导、穿刺绣服饰的演员都投入到紧张的拍摄中。在家里，姑娘们在打油茶；在风雨桥上，姑娘们在唱侗族大歌；在田间地头，姑娘们在做放水、抓鱼、晒田的农活。在去年，这个时候，已经是收割完毕的季节。今年雨水少，多多少少会影响收割的进度。稍等几天，也进入收割季节。

各个镜头，都按照王编导的意图拍摄。要求高，除一两个镜头是一次过外，其他的镜头不好又拍，拍了再拍，最后王导说可以就算完工。

特别是在拍唱歌的时候，从服饰上、从口型上、从表情上都要考虑，通过 10 多次的反复拍，才能最后完成，真是不容易。

在中寨住了一周，所有的拍摄任务完成了。清晨，炊烟袅袅。王编导在秋月吊脚楼墙壁前站了好久，仔细看墙上的荣誉。从国级到省区级，再从省区到市县级，共有 101 份。在王编导看来，是他走过的地方，获得荣誉最多的一家。一座吊脚楼，就是一座荣誉殿堂。王编导又走进鼓楼里。前些天，忙于拍摄，没有认真地看看鼓楼里的荣誉，现在，他早早就去鼓楼里看个够。鼓楼里的集体荣誉挂满墙上，有锦旗、有奖状、有奖牌、有奖匾。王编导想，对城里来说，是一件多么了不起的事。但在侗乡，在中寨，在秋月这里，就是几张奖状、几张红纸、几块布料而已。没有跟职称挂钩，没有跟晋级挂钩，没有跟补助粮食挂钩。

吃过油茶早饭，秋月一家和几个唱歌姑娘，以及寨里的文艺爱好者把王编导和县委宣传部的人送到寨门外。主客互相看望，依依不舍，最后，挥手告别。王编导等客人朝县城而去，伴随着的是秋月的侗族大歌《送别》的声音，声音由响亮变弱小，直至消失在小桥流水间。

秋月刚刚送走王编导他们，一批近百人的北方大学师生又朝中寨走来。他们来采风、田野调查、体验生活。总的来说，中寨，山好水好人更好。一传十，十传百，想来的人，就来了。

秋收时节，晴空万里，各家各户都赶在中午最热之前能打收一担谷子回家。

秋月和爸爸、妈妈去打谷子，奶奶在家做饭，妹妹在县中读高中。秋月家承包田离家较近，也有 3 公里。扛着打谷机、挑着箩筐、戴着草帽、拿着毛巾、装着井水。第一天，别开最热的中午，上午下午，秋月和妈妈用镰刀割稻子，排成一排排，然后，扛着稻子放在打谷机两旁。爸爸踏着打谷机用力打谷子，每个人都汗流浃背。秋月流汗最多，汗水从额头流下脸颊，再流下脖子，后流入身子。她的全身湿完，用毛巾不断地抹着脸上汗水。汗水总是对着干，越抹越流，越流越多。有时候，汗水流进眼里，很久都睁不开。

昨天用箩筐装谷子挑上山时有点不便，次日，改箩筐为麻袋，这样更简便。一双绳子捆着两个麻袋，挑上山时，不怕倒失一粒谷子。

最后一天，秋月他们到较远的一块田打谷子。这块田离家里有6公里，全用井水灌溉。井水全年保持恒温，3~4摄氏度。在夏秋之际，显得很凉爽。因此，聪明的秋月爸爸把井水用小渠围绕田块半周，等井水不太冷才进入农田灌溉，确保年年丰收。

秋月家人均水田半亩，5个人不到3亩。一周时间内，打谷子结束了。秋月一家还去帮助舅父他们打谷子。在中寨，不管做农活，还是建新房，都互相帮忙。自古至今，已经成为优良的传统。

半个月，中寨的打谷子活全部完成。一般来说，刚收的糯谷都先挂晒在晾禾架上，等晒干后，就收进谷仓里。谷仓建在鱼塘上，它有很好的防火功能。从山顶往下看，一排排晾禾架，一座座谷仓，独具山村特色，是一道靓丽的风景线。

秋收后的中寨，一拨游客刚来，又一拨游客回去了。摄影爱好者经常蹲在山顶上，等待最佳的拍摄瞬间。一张张《侗寨晨曦》，或者是一张张《侗寨之秋》，就是这样的坚持并努力，才能完成。

在中寨，夏耘的时候，耕牛是被关在牛栏里，主人割草喂养。秋收后，牛的脾性是好斗，于是，就有斗牛活动。同时，也能证明谁家的耕牛最牛最霸气。大赛后牛王主人，是最会养牛的人，也是最勤奋的人，是最受人们尊敬的人。在侗乡，斗牛蕴含"收获丰收，寄托希望"之意，尤其是中寨、上寨和下寨斗牛氛围更为浓厚。

斗牛开始，黄家牛与吴家牛决斗。场面宏大，精彩激烈，激情四射。四脚落地，两眼圆睁。锋利坚硬的牛角使劲搏击，交缠难分，或强力顶压，或左撬右钩。牛在搏击，人在呐喊。彩旗招展，锣鼓喧天。尖叫声不断，欢呼声连连。桂黔两省交界邻村蜂拥而至，人山人海的斗牛场成了欢乐的世界，真是“双头对碰惊天地；四脚飞奔震乾坤”。

看完斗牛，走向艺苑。

中寨的艺苑，是周边侗族村寨规模最大、长度最长、内涵最深的艺苑。它在戏台的两旁，向南北方向等距离延伸。艺苑两边是当地的桂花树，一棵棵桂花树，像一把把伞一样，又像卫士一样，日夜守护着艺苑和村寨。

艺苑南边，陈列侗族的器乐，有笛子、琵琶、芦笙、牛腿琴、二胡、牛皮鼓、锣，等等。还有，《民间绘画》《侗戏》《侗族大歌》《侗琵琶歌》《侗“耶”》《侗“款”》《杨氏家谱》《吴氏家谱》《黄氏家谱》《家风家训》，清代考中功名的秀才和举人的匾额，等等。

艺苑北边，陈列侗族生产的工具和生活的用具，比如耙、犁、锄头、镰刀、斧头、柴刀、抬木钩、锯子、尺子、木匠墨斗、建房竹笔、水车，等等；鼎罐、三角铁架、铁锅、锅铲、火钳、菜刀、筷子、饭桌、筷笼、饭箩、簸箕、竹篓、菜篮、衣箩、米箩、竹扁担、竹禾架、烘谷笼、木禾架、木床、木凳、水桶、木扁担、柴火架、酸米汤罐、酒坛、米缸、水瓢、白瓜饭具、鸡笼、鸭笼、鹅笼、兔笼、猪圈、羊圈、牛栏、水缸石碓，等等。

说是中寨艺苑，也可以说是中寨艺术博物馆。

在艺苑里，出现身影最多的是秋月一家，特别是秋月。她爱苑如家，除农忙外，学戏习歌都在里面。它像一所民间大学一样，陪着秋月增长知识，增添愉悦。

太阳从东方冉冉升起，秋月忙完农活，就全身心投入纺纱织布室内工作中。她准备今年年尾结婚，要准备充足的侗布。送新娘回门的时候，新娘要送给送亲队伍每人一丈二的侗布。一是新娘的手艺，二是新娘的一份心意，这是侗族姑娘出嫁的基本功。

星期六晚上，弯弯的月亮像一条船。在月光里，秋月和歌友们按时到艺苑里，她们自学唱戏、练歌、练习乐器。导演到场后，她们正式排练，那天晚上她们排练《毛红玉英》侗戏，这个经典的爱情故事，是根据汉语同名故事改编，演绎着“天生一对，地配一双”的金牌爱情范例，在侗族地区广为传颂。

星期天，吃过晚饭，秋月和文艺队友们正在排练节目的时候，华中艺术大学的黄云教授慕名来到中寨。第一次自己一个人来，第二次带一帮学生过来，说是田野调查什么的。在秋月和歌友们看来，自己天天田里来、地里去，没有什么稀奇。在师生们看来，就觉得样样是新奇。问这问那，当看到白瓜饭具的时候，看了又看，摸了又摸，总是舍不得离开现场。

一天，大雨过后，北方大地博物馆馆长杨柳来到中寨。秋月跟她谈了半天，主要聊一些侗族的族源、民俗、习俗、节庆、建筑、服饰、饮食。馆长最想听的是侗族的一些传说故事，比如，《姜良姜妹》《珠郎娘梅》《卜宽的故事》。馆长竖起耳朵听着，像白兔的两边耳朵一样。秋月的双手在不断地比画，嘴巴不停地叙说。

品尝油茶以后，秋月和文艺队友们去帮助吴祖荣歌师、导演干一些农活，这是对导演尊敬的一种具体表现。秋月和队友们扛着锄头、拿着饭箩去尾山帮导演铲油茶山，油茶山有三四十亩，10 多个队友铲了几天，铲完了。平常教戏授歌，没有半分报酬，都是自娱自乐。很多事情就是这样，自愿办结果就是最好的。若不自愿办，逼着办的事，结果就很糟糕。

午餐之后，秋月独自去外婆家，向外婆学唱歌。外婆从小喜欢唱歌，在当地小有名气，在过去，曾经是著名的寨花。听说广西贵州两省比邻的后生慕名而装饭来一睹风采。装饭的竹笋填满小溪，造成堵塞现象而影响农田的灌溉，一时成为特大新闻，传为佳话。

在秋月家，挤满了学唱歌的外村人，秋月妈妈负责厨房洗菜做饭，秋月爸爸负责劈柴，秋月负责教歌。别人向秋月学习，秋月觉得自己知识不够，懂得不多。她八方学习，四处求教，以不断地学习，来丰富自己的学识。

秋之末端，阴转晴天，秋月和爸爸、妈妈把晒在晾禾架的糯谷收进谷仓。

秋月从谷仓拿三把糯谷转到吊脚楼的楼底，扫净石碓，自己独自舂米。虽然有了打米机，但是，秋月还是坚持自己舂米。一是不忘记长辈们的技能，二是万一没有电，自己有饭吃不会饿肚子。

秋月刚刚舂完米，她的好友来喊，秋月快去艺苑，有一拨人在那里等你，要求你给她们几本歌本。秋月火速赶去，到艺苑后，她跟游客们几句寒暄后，感觉是有缘人，言行一致。秋月满足了游客的要求，赠送两本侗歌集，里面是汉语记侗音。不是自己写的歌，要思考很长时间才能读第二句。一句话里，有的字念汉语，有的字读侗话，读者感觉很有趣味。

秋月妈妈说，我说啊秋月，你看这样不好吗？你在南方打工的时候，哪有这样的趣味啊？

秋月微笑着对妈妈说，妈妈，我是柳树的风格，在哪都可以，适应性很强。愉悦在心中，心中有侗歌，我就很高兴。

秋月妈妈说，我继承了你外婆的爱唱歌的好传统，你继承了我和你奶奶和爸爸的唱歌爱好。两家爱唱歌在一起，变成合唱队，年尾你跟那边吴家结婚，亲家是“侗歌世家”。那时候，我们可以成立“侗族大歌合唱团”，走遍天下歌坛，广交世间朋友。

秋月妈妈平常不太说话，不说不晓，一说惊人。

惊喜之余，大雨倾盆。

秋月家住在小溪旁，水已经漫到一楼。秋月爸爸妈妈赶着猪、牛出栏，手提着鸡笼和鸭笼，向高的地方停留。稍后，水漫过一楼，向二楼漫涨。二楼的火堂、厅廊被淹。爸妈从三楼提着衣箩和布箩，水太大，其他东西要不了，有侗族大歌《中寨是个好地方》为证：

特殊荣誉满满墙，
侗族大歌天下扬。
艺术厅廊长长长，
村民知识长长长。

中寨是个好地方，
南方传颂到北方。
秋月唱歌传海外，
冬月跳舞颂城乡。

今天教授来田调，
明朝学者来帮忙。
贵客八方往一寨，
理念一致合力强。

大雨倾盆漫村乡，
大家抗洪忙中忙。
大灾无情人有义，
灾后重建美侗乡。

第 5 章
寨民善款捐艺校　秋月深情报乡亲

叔叔、伯伯、舅舅、村民积极投入抗灾救灾中，洪水减退，秋月的家得救了。虽然偏厦被冲走了，但是保住了大楼主楼，灾害降到最低。其他家庭略在高处，受灾略小。百年不遇的洪涝灾害，每个家庭都有不同程度的损失。

洪灾过后，阳光照射在中寨的每一个角落。

全寨村民投入重建家园工作中，首先，大家齐心协力帮助恢复重建受灾微小的家庭，其次，帮助恢复重建受灾略重的家庭，再次，帮助恢复重建大灾户。你扛木头，他抬石头，我挑泥沙。叔叔做掌墨师，伯伯做助手，舅舅做竹匠。中老年妇女下厨房，青年女性跟男士一起劳动，夜以继日，体现了半边天的作用。

秋月的吊脚木楼三间三层高，两边有偏厦，整个宅基地提高半米，20 根主柱和 10 根辅柱都用青石块垫着。重建后的两边偏厦，全部是新瓦片。整栋木楼翻了一次瓦，前面的厅廊装修一新，而且用桐油刷过一次。把厨房从二楼下移到一楼，这样可提高防火性能。木楼拔地而起，比例协调，错落有致，美观大方，是侗寨吊脚木楼的代表作。从山顶往下看，秋月的新家像镶嵌在山脚下小溪旁一颗耀眼的明珠。

谁都羡慕住在这样的吊脚木楼里，南来北往的游客到过中寨都要在木楼前拍几张照片留作纪念。

中寨重建家园的各种事务都完成了，中寨的寨老总是不能闲着。家里事做完了，便又想起做寨里的事。寨里的鼓楼、福桥、井水亭、长廊，一座座立于寨中和寨边，给侗寨锦上添花，它们都是村民集体智慧和汗水的结晶。

在鼓楼里，老人们都坐在四边的长凳上烧烟神聊，谈天论地聊轶事，讲古说今有奇闻。寨老说，我寨其他公益文化建筑都有了，我建议建造一所“中寨文艺学校”。这样的话，我寨就是百里侗乡好中之好，美中之美。大家你看我，我看你。一段时间，沉浸于深深的思考之中。

歌师、导演吴祖荣首先说，寨老说得好，我就不重复了，我双手赞成！在座的，都举起双手非常赞同。

秋月在婶娘家办事后回家，听到爸爸说这个善事，高兴极了，连跳三次，差一点碰对天花板，像调皮的小孩子一样。

秋月把这件善事告诉歌友们，歌友们以唱歌的形式表达愉快的心情，用聚餐的形式表达立即进入实施阶段。唱歌、喝酒，再喝酒再唱歌，循环往复。从太阳落山到月亮升空，歌友们泡在自己建造的歌海酒河中，好像无忧无虑的游客漂洋过海一样，沉浸在无限的快乐和幸福之中。

“有好的思路，就有好的出路。”这是歌师、导演吴祖荣说的。以前就没有谁想过。寨老思路的提出，迎合了中寨人想做事、能办事、办成事的“敢为人先，发愤图强”的性格。

讲做就做。中寨文艺学校建设，12 间 5 柱 3 层木质建筑。设计模型、掌墨师、择日人、木匠助手、65 根主柱木料筹备、10

根辅柱木料筹备、竹料筹备、14 万块瓦片筹备、65 个柱础筹备，等等。每个细节都有人办事，每个小组都有组长负责，再加上总指挥负总责。各施职责，人人有责。

在中寨，做每件公益事，摆在首位的工作是募捐。有钱捐钱，有物捐物，有力出力。在鼓楼坪旁，摆着一张桌子，上面盖着一块红布，垂直下来的红布立面写着“中寨文艺学校乐捐芳名榜”，列姓名、乐捐金额。另，有外地的善士乐捐，特别备注寨名。

老奶奶双手拿着善款走到乐捐服务处，公秀丽撑着拐棍过来把善款交上，奶杨胜利吃晚饭后委托侄子把善款呈交。

男女老少都争着去修阴功办好事捐善款。不管乐捐多少，只要有一颗虔诚的心。听老人传说，在很久很久以前，有一个寨子募捐铸造庙里的钟。有一个过路的乞丐，只有一个铜板，他就捐了一个铜板。当时，理事觉得钱太少，把铜板丢进寨前的小河里。后来，无论怎样造钟，都无法铸成。最后，想了很多办法，钟铸造完成了，但是，拿锤敲起钟没有声音。

从乐捐芳名榜来看，最小的年龄是一个月，他是杨办成之公子叫积德；最多捐款额 9999.99 元，她是黄秋月；距离中寨最远的乐捐寨是贵州杨家寨，全寨捐款 5000.88 元，总得乐捐款 123456.78 元。

初冬时节，早冷午温，中寨人全部投入到紧张有序的建校中。秋月早上还穿比较厚的衣服，到了中午，只是穿衬衣就可以了。秋月、秋月爸爸、妈妈和公公、奶奶全部出去办公益做劳动，“勤做公益事，赖做自家活。”成为中寨常态。

吉日良辰，建楼开始。抬柱进场，主柱横穿。选枋入场，木枋直套。树柱上梁，架构雄立。行动神速，精神可嘉。其中贴在崭新两根中柱子上的一副对联是“良辰上梁千秋旺；美寨兴校万众昌”。

树柱上梁后，基本框架建立起来。第二步就进入柱础放稳、排水做好，拿瓦盖房、选料镶房、择木造门阶段。木工、水工、石工、泥工细心；雕刻工、装修工专心；书法爱好者、画画爱好者用心。中寨人，有献计者全上，有特长者都用，有力气者全用。从上往下看，整个中寨构成一幅精美的侗乡人民齐心协力建设图。

时至冬末，12 间 5 柱 3 层楼竣工。村民从自家拿出饭菜米酒，到鼓楼坪庆贺吉祥。这种方式，简约而大方，朴素而隆重。路过的行人都是中寨的贵客，添两三客人，添两三双筷子，主欢客悦，其乐融融。

“中寨文艺学校”牌匾的书法由本村的一位书法家书写。六字行书，苍劲有力。有王羲之的风骨，兼颜真卿的风格。有经验的人一看书法力度，可猜出书写者起码有一二十年的练笔功力。后来了解到，原来书写者就是歌师、导演吴祖荣之作。在平常看来，沉默寡语，很多人只了解他是歌师和导演，谁知又是一位书法家。

吴祖荣歌师就在秋月家的后面，孩童时的秋月出后门，经常到歌师家听歌学歌。环境的熏陶，耳濡目染，秋月时至今天在歌场有一定的知名度和美誉度。

吴歌师天天忙着，主要是收集和整理《侗族大歌》，他的版本就是汉语记侗音，里面有 300 多首经典作品。有歌师传承下来的，也有一部分自己创作的。内容涵盖侗族的生产和生活两大方面。具体说，农耕文明和侗族文化。比如侗族文化的饮食、服饰、建筑、节庆、信仰、民间美术。吴歌师在侗族地区演唱歌曲，广受群众欢迎。秋月传承吴祖荣歌师的优秀传统，在原来的基础上，结合当代的特征，创新发展，开创侗乡演唱新天地。秋月唱的歌，老人爱听，中年爱听，年轻人更喜欢听。秋月因两次获得全国性演唱金奖，已经被列为省区级非物质文艺遗产项目代表性（侗族大歌）传承人。秋月获得此殊荣时感慨地说，当时三河县申报“非遗”侗族大歌传承人有两人，两者择一。后来，评委透漏消息，另一位是三个孩子的父亲，之所以被取消申报资格，是因为他“超生”违反计划生育政策。

腊月正中，省区通知秋月团队去参加会演。这次会演有国家最最贵人与会观看，一是会演，二是评出名次，有一定的奖金。

黄南兴导演有一周的假期，想来想去，便来到中寨。

在秋月准备去参加会演前夕，偶遇黄导，真是有缘，又聚在一起。秋月把参加会演的相关要求说了一遍。久经考验的黄导听一遍，便知晓之后如何办。

这次主演是秋月，配角由黄导精选着。无巧不成书。黄导在全寨文艺爱好者中选来选去，最后选得的，恰巧是 4 个姑娘名字相同，分别是黄春月、黄夏月、黄冬月、黄金衣。不同的是前面去参赛的是南方制衣厂的员工，现在是中寨的黄氏家族族员。像这种奇闻，只有在南方中寨才听说。

太阳刚刚升起，秋月和姐妹们把最忙的农活做完，就马上投入紧张的排练中，月亮正圆之时，她们已经排练完成。

一周的不辞辛苦，收获较满意的排练效果。黄导满意，主演和配角高兴。在愉快中排练，在排练中收获惬意，这是人生最大的幸福。

这次中国南方少数民族原创歌手会演于腊月廿三日在贵州省城音乐城举行。全国有 36 名参加，高手云集，名导常见。秋月与几个选手儿次同台竞技，成了要好的朋友。她们都是前一天到达贵兴酒店。贵兴酒店以“顾客至上，服务第一”为宗旨，把贵客当亲人接待，像接待自己的亲舅舅一样。想客人之所想，办客人之所需，急客人之所急。在餐饮接待、住宿服务、出行便利，都是一流的水平。

次日，早上彩排，并且抽签得号是13号。中午休息，下午会演。会演如期进行，一切顺利。各参赛选手均以最高的演技展现在观众面前。主持人邀请秋月组合上台，掌声雷鸣，打破一片寂静。秋月组合由轻音到中音，再由中音到高音，“姿态婀娜，音准极致，舞台轻盈，歌舞和谐。找不出半点差错，是满分的作品。”点评嘉宾评论着。

最后节目演唱完毕，主持人宣布得分结果，秋月以满分的成绩摘取本次会演的金奖。大家以热烈的掌声向她们表示祝贺！大赛现场一片欢腾，所有人都沉浸在美妙的艺术世界之中。

此次会演主办方是南方的一个权威的艺术机构，赞助单位是深圳的一个知名文化企业，赞助费相对于其他比赛略厚一点。秋月把金奖的3万元奖金全部捐给中寨文艺学校，这批款是中寨文艺学校竣工后的第一个乐捐者。秋月的公公身体不太好，经常患痛风，躺在床上的时间多。秋月的全家都支持秋月乐捐一事，虽然不是很富裕的家庭，但是，精神却非常的富有，对于公益事业十分地热心。

秋月乐捐新闻在当地传开。很多人很羡慕她，不仅唱歌好，而且乐善好施。在学校竣工前，她已经乐捐差一分就1万元。在学校竣工后，她又捐3万元，一眼不眨。寨里寨外人都说，真是一个好姑娘，但愿她一生平安，一辈子好运！

秋月的理解是，乡亲们建造这样大的中寨文艺学校，就是为她和他们（她们）所有文艺爱好者提供一个更好的学习向上的环境。没有什么报答乡亲，以乐捐加乐捐的形式来回馈。多么朴素的思想，多么淳朴的思维，多么厚道的思路。

高尚的道德，简约的行动。“一个哲人曾经说过，一百打文件，不如一个行动。”一个乡贤在鼓楼里对大家说。

中寨是侗族地区最乐善好施的村子。因此，成为远近闻名的自驾游之村。比如说，县级生态文化村、省级和谐村、国家级文化村。这些荣誉的获得，凝聚着村民的智慧和汗水。每一块石板，都有深刻的内涵；每一条道路，都有趣味的故事；每一座福桥，都有厚重的文化；每一座鼓楼，都有向上的精神。

昨天，摄影师刚走；今天，文学家又到；明天，教授学者准备来。“说曹操到曹操就到。”东方师范大学教授真的来了。杨厚道是一位专攻人类学、民俗学和社会学的学者。早早听说过中寨的人和事。几次计划都是以计划赶不上变化而未成行。最近，他刚好完成一个课题项目。这次就是为《当下南方少数民族乡村生存生活生意和谐发展观》这样一个课题而来。

杨厚道带 4 个研究生，他们住在秋月的舅舅的家里。舅舅是个木匠，他把 3 间 5 柱 3 层的吊脚木楼装修一新，腾出 6 套客房出来。专门给寨外亲戚和远路朋友提供方便。祖辈传说，没有谁背着房子走天下，能给方便就给方便，给别人方便就是给自己方便。积善成德，是优良传统。前天的摄影师和后来的文学家都在舅舅家住，舅妈很乐意亲自为他们下厨。“能为贵人服务，是我家的福分！他们不远千里来这里，我们非常感谢他们，我们请都难请这些贵人。”舅妈经常对邻居和亲戚说。舅妈是这样说的，也是这样做着。老实巴交，没有半点虚伪。她微黑的脸蛋有点红润，1 米 6 高度，半肥半瘦，身强体健。能从山脚挑着 120 斤粮食到山梁。她从小得到爸爸的祖传武术，花拳绣腿略知一二。加上她的力气大，没有武术，谁都不敢惹她。有一次，有一个恶棍到她的舂米坊想欺负她。秋月舅妈她装着不看见，单手把石碓举起再放下，再举起再放下。恶棍慌忙逃跑，一时传为佳话，在当地武坛小有名气。舅妈最讨厌那些伪君子，伪君子们表面上道貌岸然、满面红光、满嘴道德，实际上内心肮脏、行为恶劣。

有一次，一个湖南补锅的人到过中寨，住在秋月舅舅家。次日，跟主人道别后离开中寨。当主人去整理房间时发现枕头上放着一张人民币伍拾元，秋月舅妈马上拿着伍拾元现金赶到寨门外退回客人。深情地说，你在外面奔波，生活不容易。客人一边感谢，一边鞠躬而离别中寨。

秋月的妈妈、奶奶她们最关心的是自己的闺女、孙女婚嫁大事。长辈早有准备，秋月心里明白。新年正月初六是秋月的结婚大喜日子。黄家黄秋月准新娘这边的人都忙开了，吴家准新郎吴和寨，乳名愿尚，那边也不闲着。男方，正在装修婚房、新造衣柜、新增饭桌、凳子、筷子、碗碟等等；女方，正在准备侗族服饰 36 套，绣花鞋 6 双，侗布 20 匹布（一匹布 5 丈，每件侗衣约一丈二尺，可制侗衣 4 件）等等，双方都在筹办大喜的婚事中。

秋月奶奶说，一辈子的事，我愿意孙女婚事办得了隆重一点，要比邻居的婚事办得更体面。秋月妈妈说，奶奶说得好，也是我的意思。我们的生活好了，不愁吃不愁穿，多请一些亲戚，也算是感恩亲戚对我家帮助和支持。

秋月说，奶奶、妈妈、爸爸说得有道理。一直以来，我寨举办的红白喜事，都是请上百多两百家，一家来了两三人庆贺，这是好事，但是我觉得收礼是不对的。应该倡导有多少能力，办多少事，通通不收礼。如果我们开个头，真有中寨有史以来创新性的好事。

吉日良辰，秋月出嫁。2008 年农历戊子年鼠年正月初六日凌晨 3 点，秋月与伴娘黄秋燕跟着新郎和寨及伴郎吴和村悄悄地离开黄家往吴家而去。侗家的风俗是，伴娘首选是叔伯的堂姐堂妹，次选大房族的堂姐妹。伴郎首选也是叔伯的堂兄堂弟，次选是大房族的堂兄弟。

新娘到，鞭炮齐鸣。这种声音，村里全都知晓，喜庆的日子到来了。

吴和寨的家里，热闹非凡。房族兄弟杀猪宰羊，大搞后勤事务。来看新娘的婆婆们，吃喜糖，品水果，都说一些吉利的话语。比如恭贺新婚大吉，祝愿早生贵子，一生平安，永远幸福！

鼓楼坪里摆了 66 桌，围着酒桌旁的是，房族、亲戚和朋友以及过路的客人。这次来吃婚酒的最远的客人是南方制衣厂的黄春月、黄夏月、黄冬月和黄金衣以及黄导黄南兴。黄南兴没收到邀请函，是不请自来的贵客。中寨的黄春月、黄夏月、黄冬月和黄金衣与自己同名的贵人共进喜餐。

婚酒在喜庆的“互换酒”氛围中开始，在“牵了呜呼，愉了呜呼”的愉悦气氛中结束。

吴和寨新郎亲敬每位亲友，不胜酒力，半醒半醉，半站半蹲，半正半歪，半人半仙，飘飘然……有侗族大歌《上寨下寨歌成河》为证：

中寨艺校居上河，
大众大写一个“德”。
太阳照在德河上，
和寨秋月一首歌。

艺校开堂第一课，
姑娘歌多汇一河。
歌唱家家年年旺，
歌唱户户好生活。

艺校开堂第二课，
“腊汉” 曲艺汇一河。
吹笙颂天又颂地，
吹笛颂妹又颂哥。

和寨秋月一首歌，
有人唱戏有人乐。
中寨谱曲和寨舞，
上寨下寨歌成河。

第6章
抱团一起兴民艺　并肩四季旺寨歌

正月初九日，送新娘回门。

新郎吴和寨房族送新娘回门的队伍有99人，有叔叔、伯伯、兄弟姐妹和要好朋友。前面有抬红猪的两个青年人和负责放鞭炮的一群孩子；中间是新娘和伴娘及房族姑娘，新娘右手拿一个红包或一块精致的手巾；接着是挑衣服、鞋子的房族女性；后面是抬酒坛、挑酸鸭酸鱼、糖果等喜事食材的中年人；最后是房族的长者。个个穿着侗装，人人精神抖擞。他们每人在腰部都围系着一块1丈2尺新娘送的侗布，这块侗布可以制一件很精美的服装。

中午，新娘酒席设在秋月家乡中寨鼓楼坪。60多桌贵客，喝喜酒、吃喜糖、送祝福、享平安。其中，送亲队伍与房族族员在最前面的饭桌里就餐，以一对一的方式接待。其他亲戚自由选择桌子。菜谱是，扣肉、白切鸭、白切鸡、蒸鱼、黄豆猪脚、花生瘦肉、禾花鱼、韭菜鸡蛋、鱼生、酸汤鱼、酸草鱼、酸鸭肉、酸猪肉、酸芥菜、韭菜、螺蛳汤。不管是房族还是亲戚，都像一家人一样，洋溢着无限的快乐。新娘来到每桌前敬酒，真情送祝福送安康，大家尽情享受婚酒带来的喜悦和幸福。

次日，在秋月家吃新娘油茶。伯妈、婶娘、堂姐、堂妹、侄女、姑妈、舅妈、外甥女、邻居，集聚一堂，欢乐一天。

喜事过后，秋月歌友们到中寨文艺学校自编自导、自唱自舞、自学自习、自娱自乐。只有高度的自觉和自律，才能成就文艺的梦想。

元宵节过后，中寨文艺工作会在村文艺学校举行，大家推选黄秋月为村文艺队队长，副队长是黄秋燕。

月亮的银辉撒满大地，大江南北都受到同样的恩惠。秋月仰望天空，凝思良久。中寨的文艺应该走向何方？无数的问号在脑海里一闪即过。

秋月想到一首歌《团结就是力量》，团结是走向成功的奠基石。再想到中寨文艺队的发展方向，抱团一起才是唯一的出路。

吃了晚饭，秋月担任文艺队长后组织召开的第一次文艺工作会。她提出了《中寨文艺发展的几点建议》，有宗旨、有措施、有预期效果，与会者一致赞同。秋燕对秋月说，只要你说一声，我们就投入全真心。队员们的支持，给了秋月很大的鼓励，她有信心、有决心把村级文艺搞上去。

秋月是这样说，也是这么做了。作为管理者，她负责宏观管理。一些细致的工作，主要是秋燕她们去办理。

歌师、导演、剧作家吴祖荣昨晚加班到凌晨。次日，天未亮就起床干活去。把农活做完了，就做自己喜欢的事。这次的任务是，编辑最新侗戏《文艺中寨》。以前编长剧，要唱三天三夜才唱完，现在编 40 分钟的短剧，这是对编剧的考验。既能编长的，也能编短的。吴导说，如果像电影一样的时间长度一个半小时，就相对好弄一点。40 分钟就 40 分钟吧，故事情节曲折，时间略微缩短，通篇考虑细致。

吴祖荣与太阳同起床，与月亮共编剧。咬着笔头思考，展开想象的翅膀，越过山梁，到过山冲。穿过村寨，直抵山庄。进村入户，与人为善。他的创作思路大开，文如泉涌一般。编剧的台词从笔底不断地流出，闪闪发光，像玉盘的珍珠一样。

《文艺中寨》编剧完成后，然后选演员，最后进入排练阶段。这次，秋月把主演让给秋燕，自己演配角。一直演主角的秋月突然演配角，对自己就是一次大大的考验。

秋燕与雄鸡比赛，在雄鸡没有起床之时，已经进入排练场。练习动作，巩固知识，记住台词。秋月更是不放过一分一秒，不疏忽每一个动作。她的记忆力很强，有过目不忘的硬功夫。同样教过一遍，台词动作全记，有时候跟导演提出合理性建议。导演采纳后，台词动作显得更加协调，凸显较强的思想性和艺术性。主演与配角融合，配角与配角交融。排练场充满着和谐奋进的浓厚氛围。

二月初二，梅州市农村文艺会演在三河县文艺中心大歌广场如期举行。吴祖荣、秋月、秋燕等 20 多人参加了此次活动。全市有 33 支参赛队，个个都是参赛高手，人人都有独特技艺。都想通过比赛，展现自己的文艺风采，跟队友赛出水平，决出伯仲。

晚上 8 点，大歌广场座无虚席。1 万个座位坐着国、省、市三级 7 名知名评委，其中 3 名是女评委。男士留长发比女士还长，说是时髦。也有观众评论说：“长头发短见识。”也有观众回答说：“不一定短头发长见识，见识在大脑内核里，不在大衣外表上。”

《文艺中寨》节目抽得第一签。有人说，第一签得分低。有人说，只要实力强，不管前签后签都不怕。会演按抽签号先后顺序出场。近些年来，不管是会演，还是大赛，都评出一二三等奖出来，发一些证书，以资鼓励。第一个节目出场了。这个节目，以中寨为背景，以爱情为主线，歌颂大歌为媒、艺校为家的美妙生活愿景。首先是一首侗族大歌作为前奏，接着进入相知、相识、相恋阶段，最后实现梦想，在秋月的大歌声中圆梦收场。时间把握好，演技没有挑剔的地方。

第二节目出来了，这个是比邻县杨江县的代表，他们是歌舞剧。第三个节目出场了，这个是新兴县的代表，他们是曲艺，说唱艺术。说的声情并茂，唱的神形俱佳。

比赛圆满落幕。无巧不成书，没奇不成戏。这次比赛获得金、银、铜奖的，恰巧是节目先后出场的一、二、三号。金奖为三河县的《文艺中寨》，银奖为杨江县的《杨树魂》，铜奖为新兴县的《新兴曲》。

吴祖荣、秋月他们在县城住了一夜。第二天，乘着早班车回到家。他们把奖金 1 万元乐捐给文艺学校，以作添置戏服和乐器费用。秋月自己掏腰包，摆了 4 桌，敬请参赛选手和未去参赛的文艺队员以及乡贤们在自己家的厅廊里共进晚餐。

中寨人文景观与自然景观融为一体，阳光下的中寨，又一次沉浸在喜悦和幸福之中。

获奖后，吴祖荣继续撰写《吴氏歌集》。妻子抱着一摞东西放在木地板上，作业本撕下页、旧报纸一角、香烟盒子、竹片、侗布一角，各种能写的东西都有。这些东西是吴导从懂事开始，在有灵感的时候，记录下的创作歌曲。总共有 1000 多首，除去一般的，不能上台面的 200 多首，还剩下 800 多首是经典之作。这些好的作品在公益文化场合唱过，也有的作品参赛过，并获得多次奖项。吴祖荣很喜欢侗族大歌，心态特别好，明天有没有饭吃，他不管，他只管写歌唱歌，因此，古稀之年，充满精气神，像激情燃烧的中青年一样。

黄秋月继续收集、整理、编辑《中寨古今侗歌选》，从早到晚，一直忙碌。倾听老奶奶的故事，采访最年长的大爷，到歌师家问这问那。整理清朝至今的侗歌，侗族主要靠口口相传，很难找到一本较全的歌集。有的歌集只有十几或几十页码，也是汉语记侗音，读一句都要花很多时间。真是和尚写字和尚认，秋月慢慢地编辑，她按大歌、情歌、双歌、“耶”歌、琵琶歌、笛子歌、木叶歌、山歌、河歌九个篇章来分，总1000首。后来，《中寨古今侗歌选》作为中寨文艺学校的校本教材。贵州邻村的新村过来交流学习的吴爱云领到书本，真的爱不释手。吃饭前看它，睡觉前也看它。

黄秋燕继续学习，巩固学过的大歌、曲艺、芦笙舞各方面的知识和技巧。她站在路边，从远处看，似亭亭玉立的杨树，乌黑的头发像墨水染过一样，白净的脖子像葱的根部。大方豪爽像北方沈阳那边的女性，温柔俊秀像江南西湖那边的姑娘。嘴巴很甜，工作勤快。走路三步并作两步。经常上楼勾着头，下楼跑步走。三天的工作量，尽量用两天来完成。

男士们看到吴祖荣那么喜欢侗歌侗戏，中青年的父亲们也参与其中。女士们看到黄秋月、秋燕她们那么迷恋唱歌跳舞，中青年的母亲们也参与进来，一带二帮三的学歌模式就这样形成了。

中寨文艺学校的学员越来越多，培训的水平也越来越高。培训班设侗歌班、舞蹈班、曲艺班、器乐班，一个班有 40 多人，160 多人往返于艺校内外。一个快乐的园地充满着神奇和希望，吸引着无数的外地游客亲临这个地方。

春暖花开的时候，来这里体验生活多数是外国的游客和港澳特区的学生，尤其是广东客商最多。外国人不同中国人习俗，不在家里过年，他们喜欢到外面去旅游，其实，他们很节约，并不是富裕了就很浪费，剩余的饭菜都打包好带走。

外国人到侗乡主要是感受少数民族的风俗风情，看看侗寨，走走村巷。虽然不知道他们说什么，但从他们表面看得出是愉快的。

香港的学生和老师进了侗乡，看看牛栏、瞧瞧猪圈。在他们眼里，样样都觉得新鲜。带队的老师特别温馨提示，不能吃这里的鲤鱼和草鱼，最怕卡喉咙。假若真的卡喉咙，老师回去就很难交差。总的来说，一切为了孩子，为了一切孩子，为了孩子一切。

澳门的学生和老师到了侗寨，人人兴奋，个个好奇。看看纺纱，瞧瞧织布。这里照照，那里瞄瞄。有看不完的东西，有听不完的故事。一个学生摸着黄牛的头，与耕牛同框照相，高兴得流下了眼泪。

广东客人来到侗寨，其中客商较多，他们一边旅游，一边做些买卖，一举两得，一箭三雕。有的认识了侗族姑娘，后来成为终身的伴侣。

夏季耕耘之时，这是个农忙时节。公公患病在家休息，奶奶在家做家务事，秋月、爸爸、妈妈都到田里耕耘去。几亩的水田，一周完成。紧接着，爸妈到地里铲玉米地的杂草，秋月在家纺纱织布，做一个侗家女孩应该做的一些事。在秋月家的厅廊里，经常有很多客人一双膝盖落在地上专心致志地拍照，像青蛙一样扑在那里。在秋月与客人交流的时候了解到，很多家墙壁上挂的摄影作品就是这样得来的。

秋收时节，把从田里收来的黄色稻谷晒在鼓楼坪上，在太阳照射下，闪闪发光，像遍地黄金一样。这个时候，有很多客人喜欢与侗族姑娘在鼓楼坪合影留念，侗族姑娘很大方地与他们自由交流，精美照片从中寨传出山外，到市里、到省城、到港澳、到国外……

冬藏之时，秋月把晒在屋外的谷子收到仓库里。她穿着一件便装，挑着第1担谷子到楼上。妈妈在那里聚谷装进第2箩，秋月再挑一担。她继续挑……挑了30多担，终于挑完了全年的晒谷。她筋疲力尽，软在凳子上，两手朝外，双脚朝里，自然地睡在家里的长凳上，汗水从额头分流向两边脸颊，再流到地板上，像两条小溪一样。

进入农闲季节，正是秋月文艺活动最忙的时节。秋月的性格是，不做就不做，要做就做个好样来。她想到一句名言，“民族的，就是世界的。”从这句话联想到，“中寨的，就是梅州的。立足中寨，面向全市，走向全国!”秋月想到这些，就把这些中寨文艺思路跟黄秋燕交流与探讨，秋燕的思路与秋月的完全一个样，形成共识后，写一个简单的方案，之后开会，朝这个方向走下去。

大家募捐，秋月乐捐1000元，秋燕900元，吴祖荣888元，其他文艺人你捐几百元，他捐几十元。有的暂时困难，捐了几元，非常不好意思。捐钱不论多少，只要有一份对中寨文艺虔诚和热爱之心。募捐做文艺的同时，文艺人了解因病致贫的文艺户后，再捐钱帮贫困户解决实际困难。乐捐做文艺工作，所得善款，集体买乐器、购戏服。演侗戏的侗族服装裁缝好了，演彩调的彩调服饰车好了，演芦笙踩堂的百鸟彩衣备好了。还有，演桂剧的服装没有着落。秋月从贵州那边的同事了解到，有一个叫陈衣的师傅会车桂剧服饰，秋月派人到贵州那边请裁缝师。

裁缝师到中寨后，就开始不分白天黑夜地量身定做。中寨文艺人做好请客计划，今天在秋月家，明天在培机家，后天在吴祖荣家，大后天到包树家。

月明星稀，银辉遍地。嫦娥尽情地跳民族舞之时，吴刚尽兴喝桂花酒之际，秋月邀请中寨文艺队的所有队员来自家做客。除包树包木要照顾母亲外，其余的都不缺席。陪着陈衣师傅共进晚餐，三桌主客济济一堂。先敬主人，后敬师傅。主客互敬，互尊互爱。先谈春夏秋冬的农事，再聊东南西北的奇闻，后讲中寨、上寨、下寨、雾崖的艺趣。

中寨文艺事业越来越好，跟秋月的执着、努力和带领分不开。早上，秋月在家把各种事忙完了，中午，在太阳最热的时候到寨里娱乐场做公家的事，一直忙到下午。晚上，组织文艺队员继续排练最新剧目《桑嘎》。"《桑嘎》是秋月创作的首部舞台剧，主人公是吴乃爱，她从小喜欢唱歌，一直唱到青年，唱到中年，唱到老年。在唱歌的过程中，帮助别人，快乐自己。她自己做好事不留名，还带动很多人做好事，让慈善道路越走越宽。主人公的一生是唱歌的一生，是行善的一生，是快乐的一生，也是长寿的一生。她享年 103 岁，一生健康平安，没有吃一颗药，有时感冒，去山上劳动，出了一身汗水就自然好了。她向人们介绍长寿秘诀是，九饭一酒健康永久，无忧无虑疾病离去。有劳有逸万事大吉，善累德积长寿百一。"吴祖荣导演跟演员们介绍剧情说。

后勤安排好，工作的进度很快。不到一个月的时间，33 套桂剧服饰全部做完。裁缝师傅只收一半的工钱，余下的工钱捐给中寨文艺队做公益文艺活动。"中寨村，是我这辈子所到过的最团结的村、最热心公益的村、最喜欢文艺的村。我被他们的一言一行所感动，他们虽然在物质上不是很富足，但是，在精神上非常的富有。农忙干活去，农闲唱戏来。也是世界上最快乐的村！"陈衣回家后跟老婆说。陈衣把一个黑而油腻的钱包交给老婆，老婆一看，比上一次同样一个月的工钱薄了很多，脸色立刻黑了，由晴天变成阴天，再由阴天变成下雨。你拿钱养二奶去了？本来老婆啰啰唆唆，后来知道老公做好事行善事，也很赞成老公的做法，并真诚地向老公道歉！老婆一边下厨去，一边说，我要做最好的饭菜招待孩子的好老爸！

人们对秋月正在做的事和以后文艺团队将做的事，用侗族大歌《用心用情兴文艺》唱：

用心用情兴文艺，
老公携手引爱妻。
早晨耕田晚唱戏，
山坡唱到寨边溪。

上寨中寨常比艺，
下寨雾崖争第一。
曲曲都是高手唱，
开台却有万人迷。

邻村喜到中寨比，
村东比到村之西。
赛完唱歌赛跳舞，
早晨赛到太阳西。

赛完舞蹈赛琴棋，
赛完琵琶赛侗笛。
赛完芦笙赛书画，
歌咏墨韵颂新笔。

第 7 章

回村索源艺中艺　环寨交流师外师

春暖花开之际，春耕农忙时节，吴和寨妹妹吴和英亲自到中寨请嫂子去插秧。黄秋月打扮一番，穿着便装跟着吴和英到夫家去。在中寨，新娘新婚之夜不入洞房，新娘在新郎家住三夜，伴娘陪伴左右。清晨，新娘去水井挑水。回家后，在一楼舂米。上楼后煮饭炒菜打油茶，样样都行。在新郎家办酒席、喝喜酒，新娘敬喜酒。送新娘回门，在新娘家喝回门喜酒，新娘在娘家住 3 到 5 年的磨合期。春插、夏耘、秋收农忙时节才到夫家，18 岁订婚，20 岁结婚，23 岁生孩子，成为常态。如有人一结婚就去夫家长住，是村中妇女的特大新闻，说三道四，说什么那个女人真的太饿男人、太想夫家了，没有一点矜持，真是不要脸，不要脸的女人，什么事都可以做。

黄秋月像中寨的前辈妇女一样，传承着结婚的习俗。她跟婆家说，自己年纪还小，还想跟妈妈多住几年，过几年再到夫家住。实际上，秋月的妈妈心里想的是，把吴和寨说服到秋月家劳动，也不好说是当上门女婿。

有一次，秋月妈妈跟吴和寨说，你到秋月这边住，不是当上门郎，而是这边的活路很多，需要劳动力帮忙。你跟你妈妈说说，你妈同意不？吴和寨把岳母的话跟母亲说了一遍。“去岳父家帮工可以，但是，我不同意你到那边当上门郎。别说你这里还有一个老弟，就是有两个老弟，我也不同意。一说你很难讨老婆，二说你真会拍岳父的马屁，三说你不是个真正的男子汉，四说我吴家没面子，自己的孩子不能养，而给别人养。”

“妈妈，我嫁过吴家，我就是吴家的媳妇，不要有把他当成上门郎的想法。来黄家帮工，他随时都可以来，毕竟他是黄家的女婿，亲戚有互相帮忙的习惯。俗话说，一家建房百家帮。哪有亲戚不帮之理？如您说多了，我就不在家陪你几年，我就过吴家住。”秋月说。“我的好闺女，我不说就是了，你要陪妈妈几年，过几年你就真正变成吴家的人了。”秋月妈妈说。

夏耘时节，吴和寨的妹妹又请嫂子秋月去吴家帮工，和寨伯母那边的农活忙完了，也来帮和寨家。秋月与和寨、妹妹、伯母四个人起得很早，就到尾山的水稻田耘田。半天时间把这块水稻田耘完，下午，又奔背冲那块水稻田而去。秋月耘田很匀，而且很快。在农村干活，就要这个样子。有的女孩娇嫩，干活也讲排场，老人家看不惯。秋月干活就干活，唱戏就唱戏。该打扮时就打扮，该便装时就便装。秋月耘田时，勾着头，手脚并用，耘田均匀，处处到位。当抬头时，就往前移步。要注意的是不要重复前面已经耘过的地方。耘田是较轻的体力活，如果马虎也不行。秋月一边用衣袖擦汗，一边往前移步。“伯妈，耘田，讲辛苦也是，讲不辛苦也得。讲辛苦的意思，它是体力活，肯定辛苦。讲不辛苦的意思，一年一次，大米从这里出，养活着千千万万的人。自己的亲身体验，更加知道父辈劳作的艰辛，更加了解祖辈生活的不易。我就想到小学读书时经常背诵的那首唐代李绅写的

《悯农》诗：春种一粒粟，秋收万颗子。四海无闲田，农夫犹饿死。锄禾日当午，汗滴禾下土，谁知盘中餐，粒粒皆辛苦。”秋月说。“一次夏耘，更深地理解这首诗的含义。亲做一天活，胜读十年书。”伯母回答秋月。

秋收时节，秋月去吴和寨家做活路，秋月一家人，早晨割稻，上午和下午打谷，避开最热的中午，太阳落山，挑谷从山冲转山腰再过山路回到家，人均半亩的水稻田一周之内收割完了。秋收丰收家里庆祝活动，就是简单的九菜一汤，白切鸭、白切鸡、烤鱼、酸汤鱼、鱼生、煮虾、兔肉、炒猪肝、烤瘦猪肉、韭菜鸡蛋汤。伯父、伯母、叔叔、婶娘、姑爷、姑妈、姨夫、姨妈、舅父、舅娘，另有村文艺队来祝贺，房族亲戚，汇聚吴家厅廊，谷粟满仓，酒令、歌声、欢笑声，确是一幅美丽的侗寨秋收实景画。

农忙后，秋月回到娘家。她在三楼卧室，穿着一件蓝色衬衣躺在床上，眼睛望着窗外的天空，月亮光辉撒满大地，最先思考的是中寨的艺术。中寨的艺术，以侗族大歌为基础，发展河歌、情歌、双歌、木叶歌、琵琶歌、笛子歌、芦笙歌、牛腿琴歌，有重点，有目标，有预期效果。

次日清晨，红红的太阳照耀着整个大地，中寨像披上一层厚厚的黄金一样。秋月第一个来到中寨文艺学校，她打扫卫生，烧一壶三河茗茶，浏览一下市级日报《梅州日报》，阅读《花城》文学杂志。她从《花城》的小说得到启发，写《侗寨》小说，再改编为侗戏《侗寨》，在中寨里选演员，演起来，唱起来。

中寨的文艺队员陆续来到文艺学校。一听秋月的想法，觉得很有趣，但是，怕有计划，有变化，无结果。“写剧本的人都没有，写什么小说。在城市，写小说的，都没有几个人。在山村，村里人，想写小说，真是天方夜谭。”有一个喜欢发言的姑娘说。有趣的氛围一下子没有了，接下来的是沉默的场面。“不要想得太大，离现实太远，老老实实把中寨的好传统继承好就得了。”黄秋燕说。

秋月还是坚持自己的意见，她对队员耐心地说，很多事情都是这样，在成功前，没有话语权。一旦成功，抢功劳的人又是不少。你们现在什么都别说，以后看我的事实说话。

文艺队的姐妹们把话题转移到中寨的生活，再听黄秋燕讲一些奇闻逸事。黄秋燕坐在长凳上对大家摆古，最古的中寨是一片荒地。祖先从北方逃难到南方，转移了几个省，最后到临近中寨的地方搭棚栖息。他们开始养鸡养鸭养鹅，有一天，一只鹅一直要找一个地方生蛋，找来找去，找到中寨，于是产了一个很大的鹅蛋。祖先认为，鹅能生蛋的地方就能住人。然后，把栖息的木棚迁到中寨。鹅生蛋的中心建造公用的鼓楼，四周建造私人住宅。随着时间的推移，人数的增多，房子越来越多，村寨便形成了。

秋燕摆古完了，又讲其他的趣事。她说，世界之大，无奇不有。在贵州的邻村，有一家姓牛的养 30 头母猪，养到第 10 年，有一头母猪一窝产了 33 个猪仔。人们为了买到好种猪，排着长队购买，一时成为发家致富的趣事。再过三年，那个村李家有一个孕妇第二胎生了 8 个孩子——4 男 4 女，成为传奇。当时，村乡的领导说他家超生，要罚超生款。李家房族长者跟村乡的领导辩论说理，算人数两胎 9 个，超 7 个。算胎数，这是第二胎，不算超生。村乡的领导一时难以决定，最后召开专门计划生育会议研究决定，李家没有超生，绝对不能罚款。

秋月回家后，忙完家务，到自己的卧室兼书房。这是一个很普通的房间。一张杉木床，长两米，宽一米五。棕榈床垫，绣花床单，绣花枕头，绣花枕巾。坐西朝东，靠东窗的地方，摆着书桌，书桌上放着一本《现代汉语词典》、一本手抄《侗歌选》、一个笔筒和一盏煤油灯、三支蜡烛。笔筒里装着大中小毛笔三支和钢笔一支。书桌旁边是两个木箱，折叠而放。从这些现象可以看出，秋月喜欢看书，并爱好书法。还可以看出，家里经常没有电，要点煤油灯，或点着蜡烛。

秋月仰望星空，望了很久。从望星空再到看毛笔，又看了很久。既望望，又看看，一个人在房里，呆如木鸡。然后，躺在床上，先看天花板，再侧身看着钢笔。起来，坐在凳子上，伏案，在一本信笺上写上《侗寨》，又列了几个提纲。月亮被睡虫拉走，秋月也进入了梦乡。

清晨，秋月到吴家拜访祖荣歌师，“族有源，歌也有源。中寨的歌，始于劳动，源于生活。就是在我们祖先的耕田种地、种桑养蚕、上山拉木中产生。离开了现实生活，讲的假、大、空，这些东西，是无源之水，是无本之木。简单地讲，离现实越近的歌，才是人们喜欢的歌。村民在拉木上山的时候，都喊着号子，郁啦—哈啦，吼啦—哈啦，好啦—哈啦。在夏天，大伙赤膊上阵，又光又滑，像一只只泥鳅连在一起一样。”吴祖荣歌师风趣地说。吴歌师能讲善歌，言语简练，叙事有条理，再加上有幽默的风趣，一听起来，就不想离开座位，越听越想听。不知不觉，一个上午过去了。秋月说：“爷爷，谢谢您！现在我要回家喂猪喂鸭，改日，我再拜访您！”祖荣歌师一定要留秋月吃油茶再走，奶奶早就从厨房里端着油茶出厅廊来。秋月觉得盛情难却，吃饱三碗油茶，便三步并作两步回家去了。

秋月根据昨晚的思路续写小说《侗寨》第一章的后半部分，

写了半天，觉得有点不好收尾。在书房里走来走去，望远景，竹林环绕。再望更远的地方，松杉并茂。看门前，梯田层层，溪水潺潺。然后，坐在书桌旁，把小说第一章的结尾写完。

九月九日重阳佳节，在贵州邻村的李家村举办重阳敬老活动，中寨文艺队受邀参加，秋月带领33名队员如期而至。李家村的戏台是在前一周建造竣工。这次活动，既是竣工庆典，又是敬老之举，一举两得。戏台是集廊、亭、阁于一体，从远处看，像福桥一样。中间部分是鼓楼的样式，有7层瓦檐。平常把它当鼓楼来用，谈古论今，逢年过节，就用来唱戏，“多耶”跳舞。

你方唱罢我登场，先是主寨李家村表演侗戏《刘金刘媄》，主演是侗族地区最优秀的演员，从一出场到结束，都是热烈的掌声。观众议论，真的演得好，语言幽默诙谐，动作十分到位；然后，客寨中寨村演唱侗族大歌《秀丽山水》。掌声更加热烈，33位姑娘全部上场，个个脸蛋圆圆、头发乌黑，好像孪生的姐妹一样。美丽的形象，好像仙女下凡一样。声音高中适度，像天籁之音一样。造型也是多种变化，一下子圆形，一会儿方形，稍后，横排形，过后，竖排形。既唱得好，又演得好，给观众大饱耳福和眼福。唱完大歌唱酒歌，唱完酒歌唱茶歌。欣逢盛世，歌舞升平，其乐融融。

落下帷幕。秋月详细看了戏台柱子上贴着李家村戏师、歌师李有志撰写的对联：“虚弄干戈即是戏，春夏秋冬排好戏；又加一点便成文，东南西北写精文”。一个花白胡子的老者在说有趣的对联，一边走，一边与秋月谈李家村的文艺那些事。

花白胡子的老者带着秋月到了二楼的吊脚木楼，聊了一些家常事，主人从三楼走下木梯来。一看便知是一位贤达之人。乌黑的头发，有神的眼睛，白净的脸庞，穿着一件土布对襟侗衣，配一条黑色裤子，脚踏普通布鞋，手拿一支年岁久远的烟斗。看眼神，充满着无限的智慧；看高度，好像有无穷的力量。“欢迎贵客，欢迎贵客！贵客辛苦了。”主人脸上充满喜悦地说。“麻烦主人啦，请包涵！”秋月回答主人。一番客气话，主人和客人围坐在八仙桌边，品尝李家自产的红茶。“李家自古以来，用一两块菜地种植古树老茶，自制茶饼，一年四季，茶香八方。每当贵客临门，用最好的春茶来接待。客人进主家后，先喝一两杯红茶，再吃两三碗油茶，后喝三四盅糯米酒，已经成为侗家接待贵客的三部曲。”主人李有志说。

酒逢知己千杯少，话不投机半句多。李有志及其父亲花白胡子老者、叔叔伯伯、表姐表妹至亲房族亲戚都来接待秋月这个文艺队 34 位贵客。总共摆了 14 桌，七间木楼的厅廊从北摆到南，这个长桌宴，堪称李家村史第一接待宴。140 多人聚集一堂，庆贺李家中寨两村文艺交流圆满成功。李家村喜欢客人形象好、唱歌好、人缘好。中寨村喜欢主寨自然美、村寨美、人心美。世界上人与人之间的关系就是这样，都觉得对方好，才能融合在一起。只有真心相待，真情相系，友谊就能长长久久。

秋月来李家村交流，她心里明白要学习李家村的文艺长处，他们的长处是剧本的创作。李有志是在这个领域的代表人物，以前，秋月只是听说，百闻不如一见。今天，一睹剧作家的风采，又看到寿星花白胡子老者，更感觉自己三生有幸。花白胡子 99 岁，李戏师古稀之年，他还有父亲相陪，真是福寿双全的家庭。“李戏师，我想问问您，您德高望重，创作丰硕，您是怎样做到的?”秋月开门见山问。“我很羡慕你们年轻人，我无德无才，创作，对我来说，是爱好而已。如果说写作，我也有一些体会。可以跟晚辈沟通沟通交流交流。我从小就有个志向，当一名戏师。

因此，我叫李有志。从那时开始，我的心思一直想着剧本。在春耕的背后，我想着剧本整体框架。在夏耘的完成时，我思考故事情节。在秋收的喜悦之余，我修改再修改。在冬藏时，剧本的初稿便完成了。然后给师傅看看，提提一些看法。结合自己的思维定式，一打磨，再打磨，三打磨。最后，剧本在观众的视野中得到检验。是好戏连台，还是差戏垮台，全都在观众心中，在人们的手中。有热烈的掌声，一般来说，就是好戏；没有掌声，一般来说，就不算什么好戏。”李有志戏师回答秋月。

秋月她们出了李家的大门，她们朝中寨的路而去。去的时候，走路觉得时间很长，来的时候，又觉得时间很短，在充满喜悦的侗族大歌声中回到了中寨。

秋月换下新装，穿上便服，洗洗脸，梳梳头，再到一楼喂鸡喂鸭喂鹅喂猪，后到三楼书房里，写她的《侗寨》小说去。第一章，一三鹅生蛋定寨，十八子立楼安居。秋月重阅一次，修改 12 处。改了 3 个动词，换了 4 个比喻，增加了 5 个比喻。秋月自我感觉良好，拿起笔写下第二章的小标题，安居户户人勤早，挂果坡坡地沃延。喝一杯中寨红茶，把钢笔的墨水装满，爬着格子，文思泉涌。秋月的想象力很丰富。想到月亮，就联想到弯弯的月儿像小小的船；想到瀑布，就联想到“飞流直下三千尺，疑是银河落九天”；想到山冲的小屯，就联想到小小的冲屯像个大型锅头，把锅盖一盖，小屯美景锅盖中。秋月想到乡村，又联想到城市。想到城市，又联想居民。想到居民，又联想到哲人。想到哲人，又联想到哲人说过的话语。有哲人说过，“想象力能把故事推向极致”。有侗族大歌《吊脚楼中拜歌仙》为证：

为艺回村索根源，
看楼看桥把手牵。

歌师家里寻歌本，
吊脚楼中拜歌仙。

上山劳动下山闲，
排练场中舞翩跹。
师傅学徒行同道，
学无止境艺无边。

环寨交流歌手连，
文艺重任扛上肩。
农闲时节日夜练，
中寨百姓浇艺田。

中寨百姓浇艺田，
艺术之根四方延。
艺术之树长青绿，
艺术之花香满园。

第8章
耙田种稻丰年里　跳舞哼歌乐世间

秋月起早贪黑，在书房伏案爬格子，昨晚，已经把《侗寨》第2章写完。次日，续写第3章。在冬季，秋月把农事忙完，余下的时间就用来写作。她感觉时间很宝贵，一寸光阴一寸金。

春回大地，万象更新，秋月把吴和寨那边的春插忙完，就到自己的娘家做农活。两边活都做，都做得又好又快，郎家和娘家都不能得罪。对秋月来说，只是单纯的劳动，流下汗水，休息一会儿就好。肩挑担子，放下了就轻松了。这一点，她不怕，她是一个不怕苦、不怕累的女人。她力气大，从山脚到山梁，肩挑百多市斤的东西，没流一滴汗水。在郎家，吴和寨事务多，秋月也会赶黄牛耕田地。左手拿指挥的棕绳子，右手握紧铁耙，黄牛前耙，秋月后赶，在水田里按逆时针方向耙着，由外而内均匀地移步。耙出的水田，泥巴松软，便于插秧。

秋月娘家的秧田绿油油，与邻居的秧田连在一起，像无边的水彩画一样。她和妈妈先扯秧苗，用禾稿捆秧，再把秧苗挑到已经耙好的稻田。

前面的第一行秧苗插完了，人往后退，再插第二行。继续往后退，又插第三行。一个上午，插完了一块田。横着看成行，竖着瞧成列。秋月看到自己的劳动成果，心里非常的高兴。吃着中午，休息一会儿。下午，到上冲的水稻田继续插秧。

一周过去，春插结束。秋月亲自下厨特别多炒三碟菜，一家人围桌庆祝刚刚完成的春插。家里人觉得身体困惑全部消除，整个屋里充满着欢乐的气息。秋月拿一杯米酒敬爸爸，唱道，“家中顶梁柱父亲，岁岁春插遇艰辛。人勤梦想吉祥绕，秋月田园满地金。”秋月再拿一杯米酒敬妈妈，唱着，“世上亲亲是我妈，妈妈祝愿我庭发。春天种下香香稻，秋季金粒满满家。”

朝霞满天，万物峥嵘，中寨沐浴在温暖的阳光之中。秋月在厅廊里纺纱，右手不停地转动着纺纱车，左手由下往上慢慢地纺出白白的纱线。秋月棉花自己种，轧棉自己弄。纺纱自己动，织布自己用。在中寨，水稻自产，蔬菜自种，茶油自榨，茶叶自采，服饰自裁，银饰自制，竹器自编，楼桥自建，铁具自造，道路自开……只有食盐自己不能生产，依靠货郎挑来，以米换盐。一个侗寨，自给自足，家里瑞气，邻里和睦，屯里和气，就是一个和谐的小社会。

满天星星，愉快的嫦娥载歌载舞。秋月望望星空，联想到歌曲。她轻轻地唱着一首著名的歌曲，吴桓作词、张勇强作曲、高胜美演唱的《昨夜星辰》。“昨夜的昨夜的星辰已坠落，消失在遥远的银河。想记起偏又已忘记，那份爱换来的是寂寞。爱是不变的星辰，爱是永恒的星辰，绝不会在银河中坠落。常忆着那份情那份爱，今夜星辰今夜星辰依然闪烁……”秋月回到书桌旁继续一心地写着她的小说。

夏季，是绿色的季节，中寨的水稻田像披了一层宽大的绿毯一样。田里，山上，水中，一片生机勃勃的景象。太阳刚露出肚白，秋月就到自家的稻田里耘田。她手脚并用，耘田均匀，不漏一角。一边耘田，一边思考一些问题。有时候，禾花鱼游来游去，就游到自己的腿边。秋月灵巧的双手在两腿周围与鱼儿周旋，瞬间，八九条鱼被摸到手里。有的三四两，有的五六两。这些禾花鱼用竹条串起，在田埂上用火烤一烤，便成为中午就餐的美食。

夏末，稻穗低头，满脸含笑。秋月肚子里的孩子等待着尽快出生，她看到稻浪层层的景象，又想到自己即将成为母亲，心中暗自高兴。她心里有数，秋初，要到郎家吴和寨家长住。

中秋，秋高气爽。人逢喜事精神爽，月到中秋分外明。凌晨3点，在6尺的木床上躺着秋月，两腿伸直，她第一次生孩子，心里有一点点害怕。秋月不怕一万，只怕万一。“有我在，你什么都不要怕。用力，再用力，继续用力。”中寨的接生婆给秋月鼓励。秋月使尽了吃奶的力气，信心十足，听接生婆的指挥。“是一个男孩，有6斤9两。”接生婆向家婆报喜。秋月知晓自己生了一个男孩，但是，这时她很困，便不知不觉地睡觉了。

秋月抱着孩子，一边喂奶，一边跟来恭贺婴儿出生的亲戚聊天。

家婆杀鸡下厨房，家公劈柴添炉灶，小姑去菜园摘青菜，和寨大小事事都要做，一家人忙得无法形容。大家忙得很开心，忙得有信心。添丁吉庆，房族亲戚吃了三朝酒。婴儿取名叫吴侗歌，这是黄秋月的信念、吴和寨的理念。满月的时候，又办了满月酒。秋月的妈妈在和寨的耳边耳语几句，大意是，要求和寨到秋月家干活，慢慢地变为长住，不是上门郎，胜过上门郎。吴和寨对岳母的态度处于中立的位置，如果自己的爸妈同意，自己也不反对。毕竟他也读点书，懂得很多道理。新时代比旧社会进步多了。新观念，新规矩，新做法，新评论。有很多东西、很多事情，不是你做对与错的问题，而是新与旧的观念。吴和寨也听过以前的一些故事。他的房族吴相到邻村李家上门，后来，生了两男两女，写了两个“好”字，与妻子携手，相敬如宾，安居立业。与邻里和睦相处，一辈子平安，千祥绕府，五福临门，长寿而终。他的亲戚罗箩到石家石桂花上门，生了一女两男，组成一个“好”字，还有半个好字。在罗箩的一辈子里，劳动艰辛，生活艰苦，生路曲折。有时吵架，有时打架，甚至有时打群架。忧愁多多，愤懑离世。这次和寨把要去秋月家干活的事告诉妈妈，妈妈经常提醒和寨，不要像罗箩傻汉上门一样，郁闷而死。和寨告知妈妈去岳母家干活，妈妈本来就是唠唠叨叨，这回更是唠叨不完。和寨如果不听，那么事情就更加糟糕。和寨就装着听话的样子，句句点头，其实就是左耳进去右耳出来。

吴和寨去了秋月家干活，有时在田里干活，有时到山上挖地。他是一个结实的汉子，无论做什么事，都很实干，而且做得很利索。要他干的都干了，不告诉他办的，他觉得可行，他也办了。回家告诉岳父后，岳父高兴，岳母欢喜。秋月抱着两个月的孩子，喂奶后，就去洗菜做饭。能减轻父母的负担，能减少父母的烦恼，是她的心愿。

不知不觉，半年过去了。和寨与秋月又回到吴家，做家务，干田活。挖地块，种水果。施肥护理，收获果实。

孩子吮吸着妈妈的奶水，饱了，睡觉了。嘴巴微笑，可能是梦见好玩的好朋友。秋月把孩子放进床铺的中间，横着睡，这样更有安全感，用一个量头定制的绣花枕头垫在孩子头部的下面。秋月靠近书桌，回头再看看孩子真的熟睡了，就放心地思考着她的小说《侗寨》。

只要敢想，就可从笔头流露出很多文字。这是秋月创作小说《侗寨》前半部的体会。虽然全部还未完成，但是，她充满信心，克服困难，争取明年完成整部作品。她在喂奶的时候，联想到如何连写下半部，再联想到怎样结尾。以悲剧结尾，还是以喜剧结尾？秋月在写作过程中，问过一个南方资深的作家。“主人公在事业到达巅峰时，突然离世，给读者以悬念。很多作家这样处理，收到很好的阅读效果。”袁春华作家指导说。秋月在思考这部小说架构时，侗寨，自古以来，有苦有累，有纠纷有矛盾，有贫穷有凶险，有灾难遇战乱。最终是，苦尽甘来，瑞气和气，和睦和谐。以喜剧结尾最佳。

秋月伏案写作，夜以继日。孩子还在哺乳期，做家务，干农活。有一天，从菜园摘菜回到家，倒在床上，发烧难忍。满脸流汗，嘴巴全白。吴和寨请来村吴德生医生，吴医生读过两年的西医，自学中医，白天采药，夜晚研学，结合家传秘方，把脉有路数。有很多患者是他直接治疗痊愈。吴医生一登门，就到秋月身边坐下，望闻问切。用左边手的食指、中指、无名指三个手指并列把脉，两分钟后，说：“没有什么大病，是劳累过度，服用几味草药，三天后康复。”

秋月服了大风叶和红凉伞药汤后，发烧退了，第四天康复。吃菜觉得香味十足，吃饭比平常多了一碗。吴和寨看在眼里，喜在心头。在秋月生病的三天里，既当妈，又当爸，像公鸡带仔一样。抱孩喂奶，洗菜煮饭，干活做事，样样要做。和寨更加体会秋月的不容易，秋月比自己多一样活要干，就是写作，更觉得妻子的艰辛和自强。有时他对秋月发脾气是不对的，作为一个男子汉觉得无地自容。吴和寨主动下厨，在常规荤、素、酸菜谱的基础上，加了白切鸡、白切鸭、井水煮鹅三个菜，以祝贺妻子秋月完全康复。“作为妻子，只要丈夫支持写作，就很欣慰，吃什么鸡鸭鹅无所谓。”秋月流着泪感动地对着和寨说。

生病几天，秋月更感觉时间的珍贵。她喂奶时，希望宝宝吮吸快一点，宝宝好像知晓妈妈的心思一样，瞬间就吃饱了，比平常快得多啰。秋月把《侗寨》小说后半部第1章结尾一首《一剪梅》词再推敲一下，整理好后，誊写在一张信笺上。第二天晚上，把《一剪梅》拿到中寨艺校给演员学学练练。先唱汉语版，后唱侗语版。

演员们在练唱着汉侗双语歌曲《一剪梅》。《一剪梅》词的大意是，“山溪侗寨正多娇。园栽翠绿，果挂枝梢。农民笑面采茶回，谈天妙语，种地真招。四季忧愁米酒消。树下习文，词中炼敲。田边唱戏至三更，安康昨日，快乐今朝。”

秋月作词、作曲、主唱的《一剪梅》在中寨传播，再在侗族地区传播，成为寨与寨进行文艺交流活动的主题歌。可说是家喻户晓，人人会唱。广岭省的文艺爱好者把歌与舞结合，《一剪梅》歌舞一时成为时尚文艺节目。在广岭省文艺会演中，秋月演唱的《一剪梅》一枝独秀，摘取金奖，再获作词作曲两项奖，成为全能型的艺人。秋月走到哪里，哪里就成为活跃的文艺圈子，各县、乡邀请她去讲课、介绍成功经验。“半个月之内讲课日程已经排满，时间只能往后推，希望大家谅解！”秋月回答特约授课的学员。

秋月带领的文艺队，人员不断增多，从弱到强，从自由编、自由导、自由演向写小说、编剧本、会导演、能演戏正规化迈进。秋月心里明白一个道理，团队的团结很重要。团结就是力量，确实是真理。秋月请吴祖荣、黄秋燕来会议室开个小会，商量中寨文艺发展规划，先考虑短期规划，再考虑中期和长期规划。

会议初定一个梗概，决定秋月完善很多细节。秋月回到家，匆匆吃了饭，饭还在嘴就到书房草拟《中寨文艺发展实施细则》。首先，指导思想。贯彻广岭省的文艺会议精神，立足中寨，胸怀广岭，面向全国，放眼世界；其次，具体措施。第一，组织到位，以黄秋月为文艺队长、黄秋燕为副队长、吴祖荣为编导。第二，人员到位。99 名文艺队员列表造册，记好姓名、出生年月、特长、文艺简历，联系方式。第三，经费到位。村集体经济每年赞助 3 万元给文艺队，添置乐器、戏服、道具。社会募捐不少于 1 万元，用于文艺队的软件建设。连续用六个晚上的时间，秋月完成了草拟任务。星期天的晚上，她把实施细则交到中寨文艺队，并讨论通过。

这段时间，秋月一直加班加点，脸色有点黑，眼眶周围有个黑圈。她不顾这些，把文艺队的工作做好了，就继续写小说。家务事、文艺事、农田活、创作活四件事，样样都做，件件都成。

天未亮，秋月到吴家的菜园摘菜，立即回到家，把洗菜煮饭事忙完，吃完早餐，赶快回到娘家。把娘家里的家务活干完，又挑着一担农家肥到寨后的地里，她心里祈祷人勤地肥，稻丰家富。

吃过晚饭，老年人去鼓楼，打牌人往牌室，艺人到文艺学校。秋燕是拿钥匙的人，秋月和秋燕是去文艺学校最早的人。烧水，扫地，擦桌子。中寨的井水清甜鲜爽，用瓢在井中一舀即可喝饱，有的演员喜欢喝开水，为了满足演员的要求，体现“一切为了演员，为了一切演员，为了演员一切”的宗旨，春燕每次早早就到学校，首先做的一件事情就是备井水，同时也烧开水。

今晚排练的节目是《芦笙恋曲》，总造型是大圆圈。男的在里面，吹地筒、吹芦笙，有时往右转，有时往左转；女的在外面，右手拿帕，左手撑伞，两脚慢慢移动，有时按顺时针移步，有时按逆时针移步。

秋月在最前面演唱歌曲，改变了以前只吹和跳的展演方法，集唱、吹、跳于一体，独具中寨文艺表演特色。

秋月看看墙上的挂钟，时针指向11点半。按往常，排练到11点才结束。秋月告诉秋燕，第2个节目还不太熟练，今晚继续排练。侗族大歌《侗寨》，是吴祖荣歌师根据黄秋月尚未写完的长篇小说《侗寨》而创作，小说虽未写完，吴祖荣歌师在与秋月多次交流中，已经了解故事梗概和主要内容，掌握的东西八九不离十了。中寨文艺队99名演员全部出场，秋月任主演，秋燕为副主演，其余97名为配角。秋月的演唱风格，在原来的基础上再提升，高音达到最高。从服饰上来说，头戴银帽，发配银簪，耳有银耳环，颈套银项圈。身穿紫布绣花侗衣，配百褶裙，腿系精致绣花绑腿，脚踏绣花鞋。一身新娘打扮的盛装，给在场的排练演员眼前一亮。大家掌声响起，进入正式排演环节。从造型来说，有时方形，有时圆形。有时横排，有时竖列。有时排成大大的“侗”字。队形变化有序，演员动作娴熟。“秋燕和97名演员的穿着打扮都跟秋月一样，从远处看，分不清谁是秋月，谁是秋燕？其他演员更是分不清楚，叫不出什么名字。圆圆的脸蛋，白白的脸庞，高高的个儿，苗条的身材，像同一个母亲养育一样。整齐的步伐，独创的造型，刚柔并济的舞姿与天籁之音融为一体，堪称中寨艺术的经典。”吴祖荣在排练结束后这样评价。刚好12点半，导演和演员在互相祝福中各自回家。有侗族大歌《跳舞哼歌乐世间》为证：

跳舞哼歌乐世间，
耙田种稻有余年。

美景中寨天下晓，
山村艺术引神仙。

杜鹃遍野恋梯田，
山坡挂果是银圆。
绿树周围清水岸，
新屯处处锦绣连。

新屯后面是茶园，
贵客壶壶赞爽甜。
饭馆新开家宴摆，
声声祝愿寿福延。

茶园花园后菜园，
韭菜种在豆角前。
文人理想安居地，
旅客追求养憩轩。

第9章

自娱自乐自由在　群编群演群欢呼

时间在推移，秋月的孩子吴侗歌满了一周岁，他茁壮成长，健康活泼。微笑的圆脸，密黑的头发，笔直的鼻子，已经牙牙学语，在地上半爬半立，人见人爱，花见花开。秋月充分利用农闲的有限时间，在娘家的书房里，静静地再思考，慢慢地再打磨。一改，再改，又改。30个白天与黑夜，一个月研究与修改，把每个字再看一次。看看有没有错别字，有没有不通的语句，有没有不合逻辑的段落？秋月的长篇小说《侗寨》已经到了尾声，约16万字。她用旧的报纸把稿子包好，再用一根绳子把它捆好，到乡邮政所把它寄去广岭省文联《广岭文学》杂志社编辑部。秋月怕出现差错，把收件详细地址再看一遍，确认没有差错，然后，往家的方向而去。

城乡实现一体化，旧貌换了新颜，人们的综合素质在提升，乡村的文明在提升，中寨的文艺在提高。这个时候，中寨文艺队的队长、副队长、导演、演员都信心十足，加倍努力，贡献力量。

夜幕降临，灯光闪烁，在中寨文艺学校排练最新的侗族大歌《中寨茶歌》，秋燕作曲、吴祖荣导演、秋月作词并演唱。这首歌，开一代新风，在传统侗族大歌的基础上，加上一些现代元素。有大歌的风韵，有河歌的风格，有山歌的风味，有情歌的风趣，更有“多耶”的特征。从开头演唱，到结束排练，一直感觉有一种古典美和现代美的浓厚气息。秋月不好意思，觉得在中间段落还不是很好；秋燕感觉脸红，曲调不够悠扬，觉得在结尾处还不是最美；吴祖荣认为，词、曲、唱三者合一，词好曲美唱畅，在导演这个环节，还要再三斟酌，追求达到更好更美更畅。

在中心鼓楼坪，中寨文艺队第二分队在那里排练广场舞。这是根据秋燕的建议而排演的。在人们的眼里，广场舞是夕阳红老妈妈的舞蹈。其实，并非这样。中寨的广场舞吸取侗族芦笙舞的精华，融入“多耶舞”的优点，并结合时代的舞步特征，编创出“侗族广场舞”。从人数来说，多多益善。从舞步来说，简约而优美。从质效来说，容易提质而增效。容易教，便于学。老中青年都可以参与其中，适合在寨与寨之间进行的文化文艺交流活动中展演。这曲舞，在中寨，行动不便者和外出务工者除外，其他都出来积极参与跳舞。千人跳舞，场面壮观。舞步整齐，气势恢宏。服饰整洁，婀娜多姿。人人娇美，大饱眼福。

中寨文艺人数不断增加，队伍不断壮大。秋月、秋燕、吴祖荣导演三人小组商量后决定，按上屯、中屯、下屯分为三支分队，由中寨文艺队统一领导，按照中寨文艺短中长期发展实施细则落实事项。“之所以我们很喜欢进文艺这个团队，是因为那里有秋月队长。秋月在人们心中，就是活的菩萨。她助人为乐，是为人民服务的忠实代表；她慷慨解囊，扶弱济困，是积善成德的虔诚善士；她歌好舞美，是优秀的民间艺人；她能说会写，是当代有积极贡献的作家。”吴祖荣导演对广岭日报的记者说。

上午，中寨文艺队召开会议，会议选举黄爱兰为中寨文艺队上屯组长，吴金花为中屯组长，罗丹凤为下屯组长。秋月请3位新组长到创作室交代几件事项。中午，全体演员各自回家拿出自家的米酒和饭菜，在中心鼓楼坪举办“庆祝中寨文艺和谐发展宴会”，自由组合，自娱自乐，自由自在，猜拳打码，谈天说地，论古评今。载歌载舞，颂古吟今，歌中赞外。在千人宴会，秋月到每桌敬纯米酒一杯，杯子如牛眼一样大，叫牛眼杯。千人百桌，每桌都敬，杯杯干了。能喝百杯，4斤米酒下肚，言谈举止，优雅自如，人称“酒仙”，名不虚传。

吃过早饭，邮递员把一封信交给秋月。秋月感谢邮递员，然后，打开信封一看，喜上眉梢。长篇小说《侗寨》以连载的形式在《广岭文学》发表，发表后付给秋月稿酬一万六千元。这是秋月自出生以来最高兴的一件事，比结婚的时候还要高兴。秋月寄信时曾想过，如果没有达到要求，不能发表，下次再努力。后来，又想过，如果没有稿费，只发表就很满足了。现在，既能发表，又得稿酬，真是愉快中的最愉快。

秋月跟吴和寨商量，把这笔稿酬捐给中寨文艺队，队里很需要钱。和寨觉得妻子比自己觉悟高，又是她自己挣来的财，这种财，对家庭来说是副财，最适宜捐献给公家。小时候经常听老人家说，“多办善事，平安无事。多修阴功，快乐无穷。架桥铺路，走向富足。天护地佑，健康长寿。”秋月一开口，和寨就点头。家和万事兴，夫妻同心，点石成金。

秋月把一万六千元的乐捐款交给文艺队副队长黄秋燕，黄秋燕转交给出纳吴有道。吴有道在《乐捐荣万古，慈办誉千家》乐捐芳名榜姓名栏写上：黄秋月，在金额栏写上1.6万元。在中寨宣传栏张榜公布，铭记仁人善士，以传承和弘扬侗族乐善好施的传统美德。

秋燕和几位姑娘到县里购买二胡、锣鼓和布料，能节约尽量节约。买布料自己裁缝表演服装，芦笙、笛子、琵琶，在村里请师傅制造，适当给一些工钱。有的师傅自愿出工出力，有的师傅自愿捐钱献物。每个家庭的情况不一样，收入不同，心思各异。乐捐，以自愿为原则。捐一分，铭记善行。献数万，同样，铭记善行。不慕虚荣，不图虚名。不贪钱财，不拍马屁。虔诚人有虔诚心，心诚则灵。

秋月主唱的千人侗族大歌、千人“多耶”、千人侗族芦笙舞，再加上其他节目，总有 9 个节目，在文艺学校和中心鼓楼坪轮番彩排。在下月初旬，中寨文艺队准备到吴家村进行文艺交流。这次活动，中寨人嘴巴不说，心里明白。首先是村寨与村寨的文艺交流，其次是黄秋月房族与吴和寨房族的歌赛。其中，有一个重要的条件是，如果黄氏房族对歌赢了，黄秋月就不住吴和寨家。如果吴氏房族对歌输了，吴和寨就长住甚至一辈子永住吴秋月家。这个条件，是秋月提出的，是两寨自建寨以来的首创。在吴家村，有上门的，但是，非常非常少。在黄家村，也有上门郎，但是不多。本来，吴家和寨的妈妈一向反对上门这件事，爸爸持中立的态度。爷爷奶奶随和寨的意，只要两个年轻人高兴就可以。后来，吴氏房族的老者去说服和寨的妈妈，你从小聪明伶俐，勤快上进，喜欢唱歌。即兴演唱，信手拈来。一直以来，没逢过对手。这一回，刚好黄氏房族挑战对歌，我吴家要给黄家一点颜色看看，闭黄家整天说上门的嘴。

秋月带领的中寨文艺队已经出发，在中途没有休息，沿途经过的 3 个小屯，在 3 个屯前都要燃放 3 卷鞭炮，以图大吉大利。主客互帮互助，互尊互敬，一向友好。

秋月的文艺队伍到了吴家村的寨门前。来迎接的是，吴家村的芦笙队和琵琶歌队。客寨进门有几个规矩，对拦路歌，喝拦门酒，吃侗油茶。先对歌，主寨吴家村唱："中庸道理大家知，寨上福桥万众支。文人墨客今朝遇，艺术新风我辈痴。""吴村礼誉世皆知，家里邻居和睦支。文房四宝书新业，艺术三江让我痴。"客寨中寨村集体合唱回答。然后，客寨唱歌，主寨唱答。一唱一答，不分胜负。最后，喝酒吃茶，唱歌顺畅，入寨顺利。

文艺交流活动正式开始，如果人数少，就在戏台上出演。现在的人数多，就在鼓楼坪举行。主寨吴家村先出场，节目是《芦笙迎宾》。题目是旧的，内容却是新的。载歌载舞，客寨观众聚精会神，两耳竖起。你方唱罢我登场。客寨中寨村后出场，节目是《千人大歌》。首先出场的是秋月。穿金戴银，服饰精美。接着一个接着一个出场，人人一样，个个美丽。新词新曲新人，歌好舞美唱畅。人数之多，场面之阔，歌词之美，演唱之顺，掌声之多，都创造历史最新纪录。吴家村的观众双眼未闭，全神贯注，掌声不断。有的坐在前面看，有的站在后面看。有的站在台阶看，有的站在吊脚楼看。有的站在大人的肩膀看，有的抱着孩子看，有的背着孩子看。看戏的样式不同，喜欢心情却是一样。两手勤拍，满脸欢笑。

表演完毕，主寨争先恐后拉着贵客到自家吃饭。有的拉得两三人，有的拉得三四个。有的两家同去拉得五六位，回来两家在厅廊里共同接待。秋月和秋燕被抢着拉进一个叫罗美云戏师的家里做客。主人端来洗脸盆和洗脚桶，洁白的毛巾，精制木盆木桶，让你不敢洗、不敢用，恐怕弄脏主人的东西。主人帮客人倒着洗脚水，让你倍感做文艺客人的尊贵。

秋月、秋燕与罗美云谈了很多的家事农事、乡闻寨趣，都有共同的看法和想法，看法和想法最多的是农村文艺。当聊到女人办事创业时，比男人办事创业难得多。同感之余，谈到这次黄氏房族与吴氏房族对歌一事。在吴家村，无人不晓。最怕的是，吴氏房族输在这件事上。对黄氏房族来说，没有什么压力。如果输歌，秋月出嫁，理所当然。没有什么面子不面子的。如果赢歌，那么，开一代新风。秋月接受得了，接近父母，更能尽孝。妈妈高兴，爸爸愉快，爷爷奶奶更加开心。

中寨文艺队在吴家村住了一个晚上。第二天，每个客人都说吴家村人情味很浓。热情服务，待客周到。像接待亲舅舅亲舅娘一样接待客人。上午 9 点，在吴家村 9 间连成的最大吊脚木楼，举办吴氏房族与黄氏房族对歌比赛。楼上楼下挤满了喜欢侗歌的观众，还挤满木楼两旁的亭子和空地。

黄氏房族以秋月、秋燕为代表，吴氏房族以和寨妈妈、小姑为代表。左右两边各摆 18 条长凳和 200 多张单人凳。两个房族德高望重的老人担任裁判、公证人。裁判宣布，吴氏黄氏两房族对歌赛现在开始，吴氏先唱。

和寨妈妈首先出场，唱："黄家本是富足庭，秋夏春冬季季赢。月亮柔和天顾地，慈心永颂世间情。""和谐院落省中评，寨美人勤个个灵。母父肩挑天下义，亲戚百业俱升赢。"秋月唱答。

秋燕接着唱："吴家本是幸福堂，小大仁勤天下扬。姑嫂齐心穷变富，好人一路一诗章。""黄家住在贵茶园，秋硕冬藏吉庆延。燕子南飞鸿禧报，良辰美景庆团圆。"吴小姑唱答。

吴氏房族抢着唱："黄家四季绕祥云，吴院一心咏世平。两府亲戚来往聚，好似双马并肩行。""吴黄两院四时兴，和秋暖冬遍地金。寨月同欣福禄画，忠慈共住寿康屯。"黄氏房族唱答。"歌词句首和句前第二字嵌有，吴和寨忠；黄秋月慈。这样的歌词，创作难度很大，黄氏房族能唱答自如，有望稳操胜券。"观众有人评议。

黄氏房族争先一步唱道：“新时代有唱歌仙，赞颂双人把手牵。愿意吴家居我寨，人人敬你像神仙!”“自古以来郎娶妻，郎居岳府世间稀。千秋月儿千秋亮，和睦村寨和睦依。”吴氏房族唱答。

黄氏房族再争先一步唱道：“今昔至爱两夫妻，福寿双全世间稀。秋月朗照吴和寨，不分南北与东西。”一斗烟过去了，没有人唱答。两斗烟过去了，还是没有人唱答。有人要求等一等，三斗烟又过去了……裁判老人刚刚想宣布结果，口出第一个字，被和寨妈妈喊话打断了。和寨妈妈三步并作两步出场抢着唱答：“自古恩深夫与妻，安康寿禄祝福希。秋月永照和寨院，婆媳互敬有靠依。”

黄氏房族又唱：“夫妻最爱永吉昌，妻携壮汉写文章。泰岳房中歌盛世，吴家岭上赞茶乡。”吴家房族江郎才尽，没有谁回唱……三斗烟过去。裁判老人问和寨妈妈，还答吗？和寨妈妈脸红到耳根，乱发飘了一下，摇了摇女性高贵的头。瞬间，最要面子的人，变成了最没面子的人。这时候的她，如地上有个洞，早就钻进洞里躲藏。现场是没有什么地洞，和寨妈妈硬着头皮装着不在乎。她也读点书，知道胜败乃兵家常事。输就输了，又不是送去刑场。她想了很多很多，忽然，脑子不太灵活，呆如木鸡。裁判老人最后宣布，本次吴黄两房族对歌赛，黄氏房族最后赢了。在场的参赛者和观众，一片欢呼。秋月与和寨妈妈拥抱在一起，两个泪人站在场中，像两座山一样。秋月说：“妈妈，不管我在哪，我都孝顺您，我待您像待我母亲一样，永远孝顺您!”“秋月，我的好儿媳，我待你似亲女儿一样，住这住那不重要，重要的是心往一处想，劲往一处使。”和寨妈妈一边擦泪一边说。

这一席话，令在场的所有人都感动，每个人眼眶都湿润了。难为父母，可怜天下父母心。

中寨吴家两村文艺交流活动圆满结束，罗美云戏师、和寨妈妈、小姑在前面，吹送客芦笙曲。其他文艺队员在后面，弹送客琵琶歌。

曲调悠扬，歌声嘹亮。主人依依不舍，客人难舍难分。有的拥抱告别，有的握手告别，有的目视告别。送君千里终有一别，在寨门外凉亭边，主客离别了。

虽然主客分别，但是，秋月的侗歌声音绕着山溪，升至山腰，飘到山顶，犹如天籁一般在空中回荡。

秋月回到娘家，秋燕她们几个姑娘立刻到来。她们一来总结一下这次文艺活动的经验与不足，二来再庆贺秋月对歌唱赢。黄家迎来了心爱的女婿，名正言顺地到中寨安居立业。如果不是对歌赢了，不知还有多少的闲言碎语。秋月不好意思，和寨也不好做人，秋月妈妈也不可强迫。按照秋月的爷爷奶奶说得对，只要两位年轻人高兴就可以。现在，秋月和寨都高兴，老人小孩都欢喜，房族都愉快，村寨都满意，家和族旺，村兴业盛。

秋月在家里书房中把《侗寨》小说稿略读一遍。次日，匆匆地走到文艺学校，再拟定新的文艺目标。她站在窗前遥望东方的太阳，冉冉升起，像一个大大的火球。她联想到，这个火球温暖了全球，普照着七大洲四大洋。毫无私心，一视同仁。秋月再沉思，如果能把《侗寨》改编为侗戏，剧中主题歌是《侗寨大歌》。在中寨创作，在全乡展演，在全县推介，走出广岭，走向全国乃至世界。有侗族大歌《侗寨人人爱唱歌》为证：

自编自写自由歌，
群导群唱歌成河。

中寨上寨又下寨，
人人愉快有心得。

邻居户户和睦多，
中寨流淌大歌河，
上寨铺着石板路，
路前路后都是歌。

村中寨外比赛歌，
一展歌喉半夜多。
你方唱罢我登场，
唱晚喜乐妹和哥。

侗寨人人爱唱歌，
寨上飞着燕与鸽。
走着唱歌飞着唱，
天上地上堆满歌。

第10章 入市经商遭厄运　临城卖粉遇恩人

和寨到秋月家长住，夫妻恩爱，老少和谐，邻里和睦。孩子吴侗歌在礼仪之寨茁壮成长，他跟四五个孩子光着屁股玩耍在一起，无拘无束，有说有笑，时走时跑。他们最喜欢捉迷藏，一玩耍就是一个上午，有时一玩就是一天，他们集中在一个孩子的家吃午饭，各位父母都很放心对方的父母。

寒风送冬去，瑞雪迎春来，很快又过了一年。秋月对和寨说，过去一年，每人不到半亩水田的地方，粮食是丰收了，吃是够吃，但是，钱财收入还是少点。现在，建房需用钱，各种喜事需用钱，年老多病需用钱，家庭总的来说，收少支多。这样下去，生活很难维持。近几年，去广东打工多的是，他们的劳务收入不错。我和你就不去广东打工，到县城去经商。你看怎么样？和寨也觉得，日子要过得好，首先要有一定的物质基础。他看看秋月还在期待回答，就不再有什么犹豫了，同意去县城发展，他点了点头。

秋月与和寨把三年来的积蓄盘算一下，觉得不够。秋月考虑进县城的房租费、水电费、交通费，各种费用较多。她预测着，刚去两三个月可能还没有收入，还是在宣传阶段，没有实际的收入。尽量多带一点本钱，万一本钱不够，在县城举目无亲，去跟谁借钱？于是，秋月跟妈妈借钱做本，和寨不好意思跟父母借钱，跟叔叔借得了。

秋月与和寨都背着行李，左右手都提着麻袋，飞一般向乡里候车的地方奔去。他俩挤上班车，4 个小时后到了县城，住进了后面的车站旅馆。

秋月与和寨跟福临宾馆的老板签订一个协议，承包年限为 3 年，每年租金按百分之八提升，甲乙双方签字并盖章，他们签订的时间是 1 月 15 日，从 2 月 1 日起实施。在半个月的时间里，夫妻俩把宾馆的地板拖洗干净，把窗户、桌子擦净，把卫生间洗净，把最新的棉胎、被单、垫单、枕头换上。一共 6 层钢筋混凝土楼，除第一层做商店外和服务台外，其余的 5 层共 40 个双人间，全部配上牙膏、牙刷、小型肥皂、浴帽、毛巾、浴巾、刮须刀、烟灰缸和火柴。所有东西准备齐全，剩余一点时间，秋月与和寨他俩到附近的同行聊一聊，希望把自己的福临宾馆做得更好。

开业那天，福临宾馆大酬宾，每个房间只收半价。40 个房间全部入住，和寨、秋月两夫妻从早晨一直忙到晚上，有三个客人凌晨才到馆。秋月只收每间半价的一半，夫妻俩凌晨两点半洗澡漱口完毕，倒入床上便进入梦乡。

次日，天蒙蒙亮，夫妻俩就起床。烧开水，装入水壶。煮茶，装入茶壶，给客人有选择地饮用。客人最喜欢的是侗乡红茶，有一个南方学校的老师客人说：“她前次买一斤的侗乡红茶给先生喝，亚健康变成健康了，轻微的病痛没有了，沙哑的声音没有了，咳嗽也没有了。真有提神醒脑的功效。贺黄瑶老师这次出差结束后转道专门为买侗乡红茶而来。”

一个北方的客人到服务台问：“您这个地方保存最好的侗寨是哪个寨子？”秋月在手绘地图上指指画画，说道：“西边的乡镇下寨最美，北部的乡镇中寨最靓。中寨自明代建寨以来，五六百年来，木建筑保存完好，有寨门4座，分东门、南门、西门和北门，鼓楼7座、福桥1座、井水亭33座，凉亭18座。3000米石板路蜿蜒而上，北至湖南。自然美丽，果挂枝头。村寨靓丽，民风淳朴。路不拾遗，夜不闭户，吸引无数客人到此观光旅游。”第二天，旅客7人乘坐五菱车转了9道18弯到了中寨。在北方人的眼里，每走一步是小景，每到一处是大景。竹林掩映，溪水潺潺。小桥、流水、人家。百闻不如一见，亲身体验，感受到天然氧吧的无限舒适与惬意。

旅客在中寨住了一夜，回到福临宾馆再住一晚，再喝三碗侗乡红茶，又喝两碗侗家米酒后，平安回家。

有一个留着长发而且脸微黑的老头在福临宾馆与兴旺商店之间缝隙做配钥匙补皮鞋的小生意。秋月每次进馆，老头都提前打招呼，“来啦，吃饭没？”这些口语经常挂在嘴边。“叔叔好！生意好。”秋月总是用礼貌的语言致敬长辈。

福临宾馆匾牌下面的对联是，“生意兴隆通四海；财源茂盛达三江。”秋月诚信经营，礼貌待客，服务一流，赢得了像对联描述一样的好生意。门前停车场，每天都停着红色的普通轿车、黑色的中等越野、银白的豪华宝马，各式各样的车辆都有。

九月九重阳节佳节，秋月回家接着爷爷奶奶、爸爸妈妈到县城福临宾馆共进晚餐。和寨特意送给老人两瓶贵州茅台，这两瓶茅台是和寨最近做生意赢得一个大老板的赞赏而获得最佳赠品。和寨的父辈和祖辈在前两天已经来宾馆帮忙，中餐，两亲家围着一大桌子同欢共乐。平常很忙，能在一起吃饭的机会较少，这次是一次难得的亲戚聚会。

有三个客人恰逢知己，又进来喝两杯。“俗话说，多一个客人，多一双筷子。多一个朋友，多一条活路。”和寨的爷爷说。主客一边喝酒，一边喝茶。喝了茅台再喝侗家米酒；品了绿茶又品侗乡红茶。酒足饭饱，茶香人醉。主人半醒半醉，客人半站半倒，各自回房，一夜无话。

时至农历十月廿六日侗寨花炮节前一天黄昏，福临宾馆从下到上，烟雾弥漫，瞬间，烈火冲天。第一时间，消防队赶到现场，几十根水枪扫射，一下子火苗被灭了。在秋月的指挥下，旅客都跑到外面，运气还好，不幸中的万幸，没有一个伤亡。火灭后，胶皮线烧焦味，棉被烧焦味、墙油漆烧焦味，各种味道混杂在一起。有警示语，为了大家的安全，不准任何人靠近火灾现场。

消防大队查明原因，因电线短路而引起火灾，那个补破鞋的老人是最大嫌疑人，秋月一听就知道自己倒霉。第一，没有交财物保险。第二，假设祸首真的是那位老人。听人说，他在老家只有一间很烂的木房，估计整个屋子加上家里家外所有值钱的家具折价不足 1 千元。看他都很可怜，你还要他赔钱？通过这件事，算是自己交了学费，增加一些知识，多懂一点道理。

辛辛苦苦做了差不多一年的生意，除房租外，也赚得一笔钱。现在，各种物件变成了灰，被盖、被单、棉胎，那些床上用品都不能再给客人用，只能自己勉强可用，烟熏黑了，闭眼不看，温暖即可。

福临宾馆老板看到这一悲惨景象，很同情秋月夫妻，象征性收点赔款，以图大家吉利。秋月跟和寨商量，现在，没有了本钱，想做大意是不可能了。又不好意思回家，回家肯定成为别人的笑柄。不能依靠别人，只能靠自己。晚上 8 点，秋月夫妻俩去一个大型的江景音乐饭馆听歌吃饭。秋月找老板，前台服务员说："老板到 10 点左右过来一下。您稍等！"秋月到东边一角找一张最小的桌子，看看两边的背景，在桌旁坐在两人凳上，点了最便宜的两个菜，再加一碗鸡蛋芥菜汤。

服务员到秋月的饭桌前说："老板来了，您有什么事跟他说。"秋月到没有客人的桌子，跟老板谈了一些近况，要求做点事，先有一口饭吃。老板问："您有什么特长，想做什么事？我的饭店无非是做厨师炒菜，洗碗端茶，扫地擦窗，唱歌休闲。"秋月答："我洗碗端茶，扫地擦窗，很多苦活都可以干，喜欢唱歌。你要求干什么活，我就干什么活。"老板说："您先干洗碗端茶这件事。"秋月问："我的老公也做洗碗端茶吗？"老板爽快拍板，说道："他扫地擦窗吧，你俩明天晚上 8 点开始上班。"

第二天清晨，秋月与和寨到县城的各个商店逛了一下，买一些生活用品。夜幕降临，秋月夫妻提前 10 分钟到店。店长安排秋月去东边做事，告诉和寨走西边干活。秋月端着盘子，把茶杯依次放到客人面前，面朝客人，两脚往后退。和寨扫地很认真，从南到北，从东到西，每个角落都扫得干干净净。然后，把窗子的各个部位用湿布擦一次，再用干毛巾擦一次，不用监督，自律性很强。秋月与和寨在饭店里做了半年，平安无事。

有一个晚上，客人非常多，秋月把本职工作做完了，店长告诉她去再做一份工，协助歌唱者并做端茶人。她很礼貌地到一桌客人旁边，端上红茶一杯。客人说"要绿茶"，秋月立刻换上绿茶。客人说"要黑茶"，秋月马上换上黑茶。客人说"要白茶"，秋月火速换上白茶。客人说："其他茶不要了，我要你陪我喝酒。”“对不起，我应尽的职责都尽力了。您后面的要求，我没有办法完成。”秋月一边往后退，一边说。“你不陪也要陪，我告诉老板，你肯定要陪。”客人说话嘴巴很硬。“你告诉老板也没有用，我就是不陪。”秋月回答嘴更硬。客人没有办法，一边抓秋月的手，一边喊老板过来。秋月用力拉回手，声音大的地方人就多，很多人围了过来。老板来了，跟客人说了客气话。客人说，服务员服务质量差。人多了，客人不敢继续抓秋月的手。秋月把事情的经过讲了一遍。大家都说，这次是你不对了，有什么意见，可以到厕所提。那位客人脸红到耳根，灰溜溜回去了。

一个月后，那个叫张山水的客人，再来到江景音乐饭馆，当喝到半醒半醉时，请服务员进来。这回值班的服务员恰好又是秋月。秋月礼貌进入包厢，待客恭敬。当走过张山水旁边的时候，张山水用脚一勾，使秋月跌了一跤。秋月说：“你为何要对我不敬?”“我喜欢不敬就不敬，喜欢敬就敬。”张山水说。于是，迅速到秋月旁边拉着她的手，陪我喝酒去。“好，你放开我的手。”秋月回答。张山水一松秋月的手，秋月右手扫他一个耳光，左手再给他一个耳光。“你敢打我，我跟你没完。”张山水两手摸着双边脸颊差点气死。秋月把门一关，早到服务台跟老板谈工作去了。

两个月后，张山水又来到江景音乐饭馆。跟店长说，要求秋月来做服务工作。秋月想，去了，那个张山水不好对付。不去，店长追责也不好。思来想去。还是去，看张山水还有什么花招。

秋月一进包厢，张山水的两个帮手就把秋月抓到桌边，说，你要陪我张总喝酒。“你俩放开我手，我要自由坐。”秋月说。那两个帮手松开秋月双手，秋月右手打右边帮手的脸，左手打左边帮手的脸。两个帮手同时摩拳擦掌，像饿狼一样向秋月狂来，秋月闪过右边，两个帮手扑空，矮个子的头碰到饭桌的一角，右脑全是血，血往下流，直到脖子，怒目圆睁，蜷缩一团。高个子继续扑向秋月这边打，像狗咬人一样狂叫。这时，和寨用力把门一推，眼疾手快，顺势把高个子往前一推，高个子滚了三滚，头先着地，像狗啃骨头一样。和寨拍拍身上的灰尘，拉着秋月向前台说一声晚安，回家去了。

3 个月后，在电视上看到张山水经营的山水农庄，因偷税漏税，违法乱纪，行贿犯罪，被判处有期徒刑 1 年 6 个月。

在一个月的月尾，福临宾馆的老板来到江景音乐饭馆，在包厢偶遇。曾经的主人和客人再叙一些往事，往事不堪回首。后来，专门讲一些展望未来的好事。讲来聊去，讲到侗歌。老板请秋月唱一首歌，秋月先唱一曲《牧羊曲》。悠扬动听，拍手叫绝。后唱一首《侗寨大歌》，声音嘹亮，传到了本饭馆老板的耳朵。老板顺着好听的声音来到第 1 包厢，一进包厢，被秋月的歌声所迷住。老板说，我原来分配你当洗碗端茶，真是错误，有眼不识泰山。对不起你秋月，请你原谅。“谢谢您老板，您能给我夫妻俩有一口饭吃，已经是积德积福啊！”秋月回答。

江景音乐饭馆老板换了主意，把秋月与和寨调到音乐包厢当歌手，底薪为洗碗的两倍，再按点歌量加工资。后来，秋月与和寨在音乐吧当歌手，任台柱。唱流行歌曲，唱侗族大歌，唱民间山歌。美如天仙的秋月，配上天籁之音。一传十，十传百。江景音乐饭馆的声誉越来越好，客人越来越多。听有人说，他们就是冲着秋月而来吃饭的。

好景不长，江景音乐饭馆租期到了，主人换了，想法不一样，做法完全不同。1 楼开五金商店，2 楼至 6 楼作写字楼。

秋月又要另谋新路，秋月想来想去，还是去找福临宾馆的老板。老板看到他们来了，心想，无事不登三宝殿。秋月把来意说明了，老板沉思半刻，再过一斗烟的工夫。我有一个朋友在交通要道处有一间房，把它装修一下，可开个粉摊。我相信一定生意好，祝愿你夫妻俩好运。后来，去找福临宾馆老板陆真心的好友，陆老板的好友叫王多有，一听说来意就一口同意。

秋月搬砖挑沙，和寨精砌灶台。一周之后，灶台、锅头、菜刀、水瓢、水桶、水盆、瓷碗、调羹、茶杯，样样配齐。初八那天，开业大吉。秋月在两个柱子上贴着一副对联，“聊天一会吃两碗粉开心北去；赏景半时品三杯茶惬意南来。”横批是“新来粉摊”。秋月他们在县城人生地不熟，只有福临宾馆老板一家人、江景音乐饭馆老板一家人来到粉摊前祝贺。

开业酬宾，买一送一。秋月用的粉是侗乡最好的米粉，用的汤是猪脚汤。配料有酱油、陈醋、白糖、葱花、酸芥菜、酸藠头、酸蕨菜、酸生姜、酸豆角。南边来的客人催快说，再加一碗切粉；北边来的客人催着说，再加一碗滤粉。有的加土鸡蛋，有的加凤爪，有的加鸭脖子。秋月在那里加柴火，和寨在那里端茶端粉。一边端东西，一边回答客人的问话。客来客往，客如云集。秋月忙得连擦汗的时间都没有。添柴加油，添荤加素，添酸加菜。虽然很忙，但是很欣慰。只要生意好，来自农村的秋月与和寨是不怕辛苦的，这一天，他俩是一年来最愉快的一天。

三个月后，有一个交通管理员来到粉摊前跟秋月说，一周后，要把这个粉摊拆掉，拓宽人行道路。秋月刚刚好生意，又被拆了。心里不舒服，但又想到，以公家为先，本来就是公家的，她爽快回答了。

福临宾馆的老板陆真心再介绍一个地方给秋月经营粉摊。又准备一番，再次开业。有很多建筑工人跑到新来粉摊，大失所望，只看见一张广告牌，上面写着“如找新来粉摊，请您移步至新兴路口×××号，联系人黄秋月，电话×××××××××××”。

有侗族大歌《一家之望在于勤》为证：

夫妻赴县敬财门，
旅馆承包为谋生。
入市经商遭厄运，
临城卖粉遇恩人。

江景秀丽遐迩闻，
音乐搭台就餐真。
秋月演唱如天籁，
老友新朋赞有神。

开摊卖粉客如云，
量够香浓人至诚。
生意源于和气旺，
生财有道赠慈心。

一年之望在于春，
一日之望在于晨。
一人之望在于志，
一家之望在于勤。

第11章

生意亏损穷光蛋　戏园旺盛富土豪

秋月与和寨又到新的地点再造炉灶，忙了六七天，“新来粉摊”牌匾重新挂了起来。锅碗瓢盆各种餐具全用旧的，夫妻俩只换了一副新的对联，“新摊摆财源广进；贵客来惬意光临。”

秋月以诚待客，把顾客当上帝一样，做了一切服务。“做生意靠的是诚意，看的是笑意，得的是惬意。秋月都做得到了。”两位顾客一边吃滤粉喝米酒，一边谈天文说地理，再聊做生意的那些事。

天刚蒙蒙亮，秋月与和寨就在粉摊里忙来忙去。这个客人说，老板补一点酸姜，那个客人要求，加一点酸藠头。秋月都满足他们的食欲。到晚上10点，夫妻俩关门休息。回到住处，洗澡完成。夫妻俩在床上，一个朝东，一个朝西，随意聊聊近来的生意。秋月说：“做生意虽然得一些收入，但是，还是喜欢村里的那种生活。有农忙，有农闲，有唱跳，充满着无限的欢乐。一个人在世上，没有多长时间，我们要把握宝贵的时光，过好每一天。在家、在中寨里，粮食是够吃，只是钱财收入少，红白喜事很多，其他事也不少，要支出的地方太多了，暂时不够简单的花销。如能解决粮够吃钱够用这个基本的问题，还有谁愿意出远门打工受那么多的苦楚，谁不会享福呀?”“是呀。如有一个地方，我们既能供吃，又可唱跳，那是最理想不过了。”和寨一边吞云吐雾，一边慢条斯理地说。和寨累了一整天，身困眼闭，不知不觉地睡觉了。人睡在被盖上面，秋月用力把他翻身，再把被盖盖在他的肚子上。

中午12点，东南风狂吹，暴雨倾盆。路上泥泞，一辆大型前四后八货车开进粉摊，撞倒摊棚，锅碗瓢盆被压碎压扁，乌烟瘴气，一片狼藉。不幸中的万幸是，没有伤亡。货车刚朝粉摊这边来，秋月早已警觉，大喊一声，往上退去，注意安全。主客火速退到略高的安全地，摊棚倒下。

事后，货车司机蔡载财全责全赔。蔡载财向秋月夫妻道歉，两边互相理解，司机请夫妻俩在附近的一个饭店吃一餐饭，压压惊。下午，各自回去。

秋月与和寨夫妻俩思索着，秋月说，我们积累一点本钱，是不是做服装生意。“好呀，可以尝试一下，可能销售蛮好。”和寨不想反对妻子的建议，因为吃的苦太多了。心里总想，自己一个男子汉，没有什么能力，让她受到委屈。

秋月拨通了福临宾馆老板的电话，“大哥好！粉摊挨货车碾碎了，我与和寨重振精神，想做服装生意，您信息灵通，帮打听打听，哪里有店铺租用？不要太宽。太宽了，租金贵，交不起。”“知道，好的，我问问看。”陆真心在电话那边回答，声音很小，小到差点听不见。

陆真心打电话给秋月，他说：“在街心公园附近有一店要租，那是县城黄金地段，租金比别人贵一点，但是，你要想到，生意好，交得起，我看蛮划算。”“陆大哥，您觉得可以就可以。这样定了，您跟店主人说，租金是不是先交三个月，往后，接着交，先交租金，店铺就马上要用。”秋月回话。

秋月把租金交了3个月，除伙食费外，剩下的现金全部拿去市里鹅峰商城购买批发的服装。秋月与和寨乘上最早往市里的班车，一下车，就跑到鹅峰商城。这里的服装样式真的不少，内衣内裤，外衣外裤，薄衣薄裤。只有想不到，没有制不了。式样繁多，给人眼花缭乱。秋月第一次做服装生意，凭自己的喜好和耳闻目睹的实际消费，买了20多大袋的服装。这个时候已经是晚上9点，没有到县城的班车，只好住一夜。夫妻俩去问了3家旅馆的价钱，选择一家比较便宜的旅馆，这家旅馆叫家乡旅馆。给人一种一住就想到家乡的感觉。俗话说得好，人是故乡好，月是故乡明。

秋月把服装店取名为故乡服装店，主要卖年轻人的服装，时尚流行。客人云集，排队购买。原来忘记贴对联了，后来才补贴一副对联，“三分人才七分打扮；满意布料全意裁缝。”

天未亮，秋月起床了。她到汽车站等候最早往市里的班车。她直奔鹅峰商城，跟老板说几句客气话。老板按照秋月的购货单，几个帮手很快把服装装好袋，秋月请车运至市汽车总站。当天晚上，回到故乡服装店。秋月在微笑中卖货，又在微笑中收钱。

服装卖完了，这次和寨去采购。早上去市里，晚上回到县城。以后，总是秋月看店，和寨做采购及店后的事务。

正当秋月的故乡服装店生意兴隆的时候，秋月说：“我们回去，过我们唱歌演戏，过我们最理想的生活。”“我们再坚持一下，一年之后，等我们不为钱愁眉苦脸的时候，收摊回家，过好我们的日子。以前我听你，这次你听我。”和寨回答。秋月觉得和寨讲得有理，更加努力地去进货，更加起早贪黑地做生意。

在故乡服装店左边的一个店正在搬东西出去，秋月打听后，了解那家店准备到市里做生意，拓展渠道，扩大经营项目。另外得知店租的时间已经到期。秋月一想，正在好做生意的时候，拓展一下空间，应该是锦上添花的事。于是，跟和寨商量，和寨同意这个建议，便立即行动。与店主签一个很简单的协议，条款一是到期的时间，二是租金，三是水电费。秋月把一年的租金全部交上，可得 9 折优惠。签协议后的第三天，故乡服装店再加宽一个店。今天是特殊的日子，广告牌写着“今天拓宽店面，优惠大酬宾，买一赠一。谢谢惠顾”！

路过的客人一看广告，立刻进店，这里瞧瞧，那里看看。这个买两件，那个买三件。秋月把赠品送给客人，客人高兴得无法形容。同样的品牌，比其他店便宜，还多得赠品。一般来说，消费者都喜欢实惠，谁家实惠就到谁家购买。

在三个月内，和寨不断地往返于市县之间的公路上，搬运服装，忙得不得了。虽然很辛苦，但是，一看到这么好的生意，微笑就自然地挂在脸上。“秋月的服装店生意就是好，其他店静悄悄的。”店两旁的老板常常在议论着。

“老板，我要买那件最新款的服装，多少钱?”一个顾客问。“这套服装是今年最新设计并制造，市场价是 999 元，我给您 8 折优惠。如果合身您就买，如果不合身您再看其他的。”“很合身，就要这套白色的，白色代表青春靓丽，又象征着清纯。”那个顾客一边评论，一边走到秋月身旁，立刻付款，马上朝东边走去。

雷声阵阵，大雨滂沱。顷刻，河水猛涨。瞬间，大路像水塘一样。车不能开了，人不能走动。大人小孩往高处走着。中青年到最需要的地方去。这个时候，狂风声、暴雨声、喊救声，声声入耳；公益事、家中事、店面事，事事关心。不多时，河水与路水混合在一起，流向民房，流向店面，流向山涧，流向田野。故乡服装店的服装有一部分得搬运走，有八九成被洪水淹脏损坏。

辛辛苦苦赚得的一点积蓄，全部用于服装生意，本钱没有收回来，一场洪水化为零。秋月与和寨想哭，却没有声音。想求救，没有谁能救。自己的苦水自己吞，自己的事自己解决。在县城住的租房，整整七天不出门。左思右想，想出一个新的计划。虽然没有本钱做生意，但是，有父母给的声音，应该把这个父母给的天资用好，天无绝人之路。

福临宾馆老板陆真心与都旺农庄的老板韦农胜在茶庄里一边喝侗乡红茶，一边谈侗乡茶叶事业的发展。从生产环节来说，还可以。农民看到有收入，积极性自然高起来。从加工的角度来说，小打小闹，要加强龙头企业的培育。从流通角度说，要建立一个领导机构，有计划、有步骤、有措施地推进股份制企业的和谐发展。从宣传推介来说，侗乡红茶广告比以前做得好。在电视上、在报纸上、在文学刊物上、在宣传栏上，都有宣传推介。还不够强势宣传推介，仍需继续努力。

“韦总，您稍候。给我接个电话。”陆真心手拿手机说。“陆哥好！我想找一个地方，既能做餐饮，又能唱歌跳舞的地方。您帮打听打听。”秋月在电话那头说。“秋月妹，你的这个电话非常及时。我正在与农庄的老板思考一个事，就是这个餐饮、茶叶与侗族艺术融合发展的事业。”

秋月与和寨夫妻俩来到县乡结合部的都旺农庄，韦农胜老板热情地接待了这对想干事的夫妻。韦老板说，你们的到来，我们在这里相遇，算是有缘人。你俩租这里，10 年内不要交房租，10

年后想交就象征性地交一点，如不交也行。我们钱够用就行，多积德积福，多回报社会。

秋月与和寨在思索，有这样的好人不交朋友，是我们的错误。有这样的好事不做，是我们的愚蠢。初八中午，在都旺农庄甲乙双方签了个简单的合同。吴和寨、韦农胜都摁了右手的拇指印。

人们常说，十五的月亮十六圆。在十六日那天，都旺农庄多了个“秋月戏园”。秋月戏园的演员有县城的、有乡里的、有村寨的。只要品行好，再加一颗喜欢侗族文艺的心就可以进入戏园。秋月戏园的门敞开着，欢迎侗苗瑶壮汉各个民族，包容东南西北中各个方向的人们。

秋月戏园就是一个吃饭喝酒、载歌载舞、品茶休闲的胜地。66位侗族艺人汇聚这里。演侗戏、唱侗歌、跳“多耶”、吹侗笛、吹芦笙、弹琵琶、弹牛腿琴。有很多文人墨客喜欢这里的清静，有很多摄影爱好者喜欢这里的美景，很多音乐爱好者喜欢这里的鸟语虫鸣。有些年轻人专门来看这里的帅哥靓女，有些对联爱好者就喜欢这里的楹联。秋月戏园的对联是“秋冬春夏皆好戏；月阳地天俱佳园”。有的人看过一次不算，回来再瞧一次才放心。这副对联，内容好、草书好、木质好、雕刻好。好对联配在秋月戏园，像在锦绣家园添加若干花卉一样。

作家最喜欢去的一角是“阅读与创作基地”。说是一个角，其实，是一个最宽的展厅，立书柜、放桌子和摆凳子。有鲁迅著作、有茅盾著作、有南方著名作家作品、有北方著名作家作品、有侗族作家作品。到过的作家，有的当场赠著作，有的回去后寄来自己的作品。画画爱好者喜欢去“画家画展厅”，音乐爱好者喜欢去“侗族大歌厅”。

重阳佳节，有北方100多人到秋月戏园参观。秋月带头下厨房，带头摆长桌，带头唱敬茶歌，带头唱敬酒歌。在长廊里，排着长长的长桌宴。主人坐东边，客人坐西边。饭桌上摆着酸、甜、苦、辣、咸五种味道十二碗菜谱，加一个韭菜汤。色香味俱全。在就餐的时候，秋燕弹唱琵琶歌、和寨弹奏牛腿琴、其他演员合奏芦笙笛子、秋月领唱侗族大歌。歌声悠扬，器乐飞扬。主客和谐，其乐融融。“所有到过的文人墨客、商界老总、普通游客没有谁说不好玩。有鼓楼、福桥、戏台、井亭、凉亭，精美建筑依次排列，井然有序。这就是一个侗寨的缩影。真是高兴而来，愉快而返。”曾到过秋月戏园三次的北方游客李长寿感动地说。

都旺农庄老板韦农胜跟秋月说：“你确实做得好，现在，来都旺农庄旅游的人越来越多。这是你我的缘分，也是我的福气。以前，有个叫龙德福先生跟我说，你为人聪明、勤快、忠诚。君子爱财取之有道。你八面玲珑，六路顺利。在你的人生道路上，总有人帮助你，你也帮助别人。今天想起来，先生说的话，有一定的道理。”

韦农胜一直以来坚持晨跑锻炼，天刚露出肚白，他已经到了农庄的最高峰。前年建造的一座农望亭，当时找不到适合的木匠，他自己自学自造自建了一个亭子。现在想起来，自己真是好大的一个胆子，敢在班门弄斧。以前有人说，你不在尿桶里照照自己，不知道自己是什么模样。现在终于明白了这样一个道理。

韦农胜邀请当地最有名的木匠杨仁云来掌墨，建造新的农望亭。杨仁云杨师傅在侗族地区建了九座著名的鼓楼，造了十八座著名的福桥，建造亭子若干座。对他来说，建造新的亭子没有什么难度。杨师傅有主意了，建一座独柱八角亭，三层瓦檐。精在细致雕刻，妙在主承柱只有一根大木头。与众不同，独具风格。竣工后，潘真文老师撰写并书写一副楹联，“千家农民登高有望；万亩稻穗尚重无瘪。”

在都旺农庄的门前再建造一座门，形成门中门的景象。杨师傅用半个月时间，大门建起来了。比例协调，气势恢宏。原来的小门对联是用两张红纸贴着，过年过节后，风吹雨打太阳晒，已经没有字的痕迹。这次，韦农胜老板要求所有对联用优质木板雕刻，永久钉稳悬挂。

这副对联是隶书，平稳端庄，苍劲秀美，“都市皆旺因农旺，寨庄俱福为众康。”

都旺农庄因秋月戏园而更加建设好，秋月戏园因都旺农庄而更加编演好。农庄住宿部每晚 600 铺床全部住满，农庄餐饮部每天的饭桌 900 座位全部坐满，农庄秋月戏园 1999 个座位座无虚席。

入冬以来，天气突然下降，韦农胜跟在火盆旁边烤火的老婆在盘算，自建庄 10 年以来，今年是最好的一年，收入不错。农庄好了，戏园就好。戏园更好，农庄更好。这是水涨船高。秋月很感谢韦农胜老板，是他给秋月与和寨夫妻的照顾和恩惠。没有韦农胜老板的富足，就没有秋月与和寨的知足。秋月靠近韦老板夫人的火盆，两个女人聊起了不少关于生活的话题。从古代的英雄故事谈到现代的发达农业，再从经典商业讲到神奇村寨，又从民间故事聊到都市趣事，最后，从男人议到女人。无所不谈，聊得有趣。“大姐好！以后有时间，我跟您聊。再见大姐！”秋月起身说话，慢慢往后退而礼貌离开老板家，往自己的住处走。

生活美好，过上好日子，体现在健康、富足和快乐。秋月与和寨夫妻俩这一夜睡得最香甜和安稳。在以后的日子里，秋月一家与韦农胜一家像亲家一样。有事一起商量，有欢乐共同享受，有困难全力帮助。所谓的肝胆相照，同甘共苦，在这里得到深刻地诠释。有侗族大歌《热爱农庄热爱戏》为证：

为了健康添粮加衣，
为了生活做了生意。
为了快乐走到一起，
为了甜蜜选择夫妻。

外地谋生与家别离，
珍惜夜晚珍惜晨曦。
夫妻恩爱形影不离，
实现目标始终如一。

丈夫每天早早就起，
妻子每天认真努力。
劳逸结合知行道理，
夫妻生活甜甜蜜蜜。

有点困难只是短期，
遇见贵人懂得珍惜。
热爱农庄热爱唱戏，
耕耘演唱富到穷离。

第12章 组团唱歌连世界　联手建店旺乡村

秋月戏园，在饮食行业中唱戏，在唱戏助力下做餐饮。互相搭台，互相促进。双方都有益，两边都乐意。秋月在想，自己富足了，享受着欢乐。又在想想，自己家乡的亲人正在朝向富足欢乐的路上走着。

秋月想出一个新的办法，组团唱歌。以秋月戏园为中心，以中寨、吴家村和贵州杨家村、湖南龙家村为联系点。编剧、导演、演员连成一体，打组合拳，形成强大的凝聚力。有时化整为零，有时化零为整。排练方法灵活，演戏活灵活现。秋月戏园的掌门人黄秋月，这个名字在县城农庄，在乡村屯组传遍。

秋燕从都旺农庄回到中寨，继续做好文艺队副队长的事。姐妹们跟她拥抱在一起很久很久，像石榴籽黏在一起一样，都想听听她讲关于都旺农庄的故事。

中寨"秋月戏园"挂牌成立，秋燕和姐妹们在一串鞭炮声中揭牌，以载歌载舞的形式表示热烈庆贺，以摆长桌宴的形式表示互动欢乐，以邀请邻村进行文艺交流促进团结。简约而隆重，受到邻村的推崇。从1到3月，吴家村、杨家村、龙家村3个村陆续成立“秋月戏园”。秋月戏园品牌就是口碑好，俗话说得好，金杯银杯不如群众的口碑。

“用秋月戏园的牌子，请戏园的戏师歌师导演，那些戏那些歌，人们就喜欢看喜欢听。”龙家村龙兴隆戏师跟客人说。

已经是夜深人静的时候，秋月沉思着，单跟乡村组团还不够，还要与上面市级和省级取得联系，得到支持和帮助。她翻开笔记本的通讯录，查看了所有的名字和电话，只觉得以前认识的福临宾馆的老板陆真心，知识丰富，见识广阔。陆真心认识不少名人雅士，那些人又善于交朋友，又乐于助人。想干事，能办事，可成事。是想事与干事合一的成功者。一般来说，人们都有这样一种想法。仰慕德才兼备的领导、智勇双全的英雄、知识丰富的老师、作品丰厚的作家、行善积德的慈善家、富裕豁达的董事长。

秋月拨通陆真心大哥的电话，把想法告诉他。陆真心把市级和省级文艺部门的两个名字及联系方式告诉她，秋月把他们的名字写在通讯录里。一个是市里文艺部门的叫罗乐乐，一个是省里文艺部门的叫洪文艺。秋月主动打电话给上级的文艺部门的领导，领导听后，很赞赏秋月的思路和行动。表示以后有什么文艺会演，或者什么文艺比赛，一定要通知秋月戏园，给演员们有个展演的平台，以资鼓励。

中寨的邻村李家村邀请秋月去导演一曲新戏，秋月如期而至。吃晚饭后，便投入紧张的排练当中。李村主演叫李新花，刚从市艺术学校毕业，从内容的理解，到动作刚柔来说，都可以，毕竟是学这门艺术的。半个月的白天与黑夜，汗水不是白流的，智慧不是白出的。李村李新花主演的侗戏《李花开了》参加本省戏剧比赛。李新花凭着高超的演技，再有配角的积极配合，与健康向上的扶贫助学主题相融合，评委全票通过，获得本省戏剧比赛一等奖。载誉归来，李家村像过年一样高兴，以不同的方式庆祝《李花开了》荣获一等奖。消息传开，百里侗乡沸腾了，各村都选好主演，再演《李花开了》。整个侗乡芦笙阵阵，锣鼓喧天，天籁之音由近而远，飘出寨外，飘上天空，像大剧院一样有序排练。

秋月接到一个电话，这是市里文艺部门罗乐乐通知她到市里参加排练，再到省里会演。主演是市里歌舞剧院的一姐叫杨贵圆，秋月当配角。这曲戏叫《柳岸名媛》。主人公杨氏名媛，梨园名人，台中柱子。人美心善，扶贫济困，把一个家庭贫寒的女孩培养成人，考上高中和大学，后来回报社会。在省会演中，主演好、配角佳、剧本精、导演活，荣获四个大奖。主演与配角拥抱，演员与导演拥抱，演员与编剧拥抱，编剧与导演拥抱。所有来到现场的人，没有谁不感动。最感动的人就是获奖的人，他们都流下了激动的眼泪，泪水从上往下流，流下脸颊，流到脖子。

秋月戏园唱歌跳舞再组织团体，不断壮大文艺队伍。上连省市，下连乡村。编、导、演融合发展。中寨、李家、杨家和龙家各村仿照都旺农庄秋月戏园餐饮模式来助推自村的发展。中寨，初始阶段，做得不太好，后来，总结经验，发现问题，及时解决。李家村，从开始就做得很好，后来，越来越好。杨家村和龙家村眼睛在看着别人做事，手脚却努力办好自己的秋月戏园餐饮馆。从锅碗瓢盆采买到桌子凳子的设计，都认真细致，效果较好。

秋月戏园餐饮馆中寨点最早开业，三串鞭炮响后，百多个客人亲临体验。主人敬茶敬酒，唱敬茶歌，唱敬酒歌。客人喝茶喝酒，听歌听“耶”。一个有多年忧愁的人到过中寨，品侗乡红茶、喝侗家米酒以后，忧愁全无，忧愁像被山溪水冲走一样无影无踪。

再有一位市里多年胃病患者来到中寨，吃了三四次百草汤。后来，胃不疼了。因此，百草汤，又叫侗乡胃宁，也叫侗乡三九胃泰。侗家老中医说，从某种角度讲，胃病，因心病而起，心病好了，胃病自然就好。治疗心病的最好办法是，在快乐的环境中调理，同时，在优质食材中养生。

秋月戏园餐饮馆中寨点的菜谱，色香味俱全，最著名的菜谱是紫血，名不虚传。有的人原先不敢吃，看到人家吃，自己也试试尝一下。后来，不但敢吃，而且，每次到侗乡，必须点的菜就是紫血。紫血是以猪心肉、猪瘦肉等猪中最好食材，炒熟后，再配适量猪心血精加工而成的美食。

餐饮馆吴家村、李家村、杨家村、龙家村各点，菜谱一样，风味相同。自然景观，人文景观，各有千秋。

粤港澳有300多个客人在晚上8点来到吴家村。吴家村灯火通明，侗寨夜景更是迷人。次日清晨，有3个学生在牛栏旁边站了很久，因为在他们的家里，除了玩具，就是家具。在他们眼里，这里的吊脚楼、鼓楼、福桥、牛栏、猪圈、鸡笼、鸭笼、竹篓、木盆、木桶，各种东西，都感觉神奇而美丽。在鼓楼上，放眼望去，溪流这边，田野那里，都是奇观。美好的心情，从清晨开始，从侗寨开始，从旅游开始。一个孩子拉着母亲在看耙田，一人一牛，牛听人唤。那位孩子的母亲说，黄牛最辛苦，但是，黄牛最忠诚。牛耙的是田，种下是稻谷，人吃粮食牛吃草。鲁迅说过，“横眉冷对千夫指，俯首甘为孺子牛。”俗话说，老实人不吃亏。为人老实像黄牛一样。孩子点头，再点头，三点头。他的年纪是小的，但是，他的心已经像大人一样思考着问题。

侗家织布，很多游客喜欢体验一下，有的只是照一两张相片，有的真的织了布，从中感受身上穿的衣服裤子来之不易。自古以来，侗族地区的同胞用自己勤劳的双手，辛勤劳动，制造生产工具，生产粮食、布匹，建造楼屋亭台，架桥铺路。解决吃饭穿衣、住房行路问题。吃饱穿暖，住好行便，就寻找自娱自乐。时间在推移，随着生产的发展，生活越来越宽裕、生态越来越文明，成为游客首选。

秋月被借到省歌舞剧院工作半年，首先的工作就是排练《琵琶情》，准备参加全国曲艺展演。这个节目的女演员有 12 个，内容是叙述一年十二月的农村生产、生活情况。她们起得很早就到排练场，夜幕降临才离开。张有艺导演是省内的，导演过几十个节目到全国参演，在这个领域有很高的威望，属于德高望重型人物。省歌舞剧院对他充满信心，他对演员也充满着希望。在排练时，练排队形，第三位女演员动作不到位，指导后，动作仍然不到位，挨导演批评。次日，导演再检查，她动作还是不进步不协调，再挨导演严厉批评。那个女演员不敢在排练场哭，到厕所里去流泪。哭后，自我检查，自我协调，自我提高。第三天，导演第三次检查，她有一点进步，导演鼓励着。第四日，导演第四次检查，她动作全部到位，导演表扬着那位演员。那位演员不喜欢表扬，圆圆的脸红到耳根，从远处看，像一个小小的火球一样。

在紧张的排练中，不知不觉到了参赛的时间。12 个演员，再加上带队、编剧、导演和工作人员 16 个人，乘坐南方航空公司波音飞机往京城北飞。3 个多小时后，飞机降落京城机场。曲艺展演主办方派人到机场迎接。晚上，参演全体人员下榻京城歌舞大剧院宾馆。在睡前，导演还要求练一下，记好台词，再复习一些高难度的动作。

上午，进行淘汰赛，带队的去抽签，按抽签的先后顺序出场。有36个节目参赛，有一半被淘汰，另一半进行展演。被淘汰的都算作优秀奖，剩下的决出一、二、三等奖。张导演这个团队抽签得尾号签，在淘汰赛中顺利过关。

下午，张导演要求秋月的团队继续排练，希望以最好的状态进入展演。这次，张有艺导演不说话，但是，他心里明白，展演获奖把握性不大，因为高手林立。南方两三队和北方的四五个队，在平常，都是强中队中的强队。自己导演的团队不能有半点马虎，才能稳操胜券。

张导在发话，大家一定记住，谦虚谦虚再谦虚，努力努力再努力。沉着，有信心。提振，有勇气。

晚上8点，月明星稀，张导演的团队进了大剧院。他们团队一到就抽展演签，抽签得号是16号。这是一个好签，离后面才两个号。

从1号到15号，参赛的曲艺都是高质量的。不仅内容好，而且唱得好。从观众席得知，观众随着剧情，有欢笑，有流泪，有鼓掌。张导演总是放不下心来。如果成绩差，一是对不起演员，二是对不起省歌舞剧院领导对自己的信任。“有请16号选手上场展演，她们的节目是《琵琶情》，大家鼓掌欢迎！”主持人右手拿话筒，左手做引导式欢迎，直至双手拿着话筒礼貌退至幕后。

《琵琶情》演员依次出场，高度一样，美丽动人。她们头戴银簪、银帽、银耳环、银项圈、银手镯，银光闪闪。绣花衣服、百褶裙子、绣花绑腿、绣花布鞋，量身定制，合身合脚。“这样美丽的人才，搭配这样美丽的服饰，不用演唱就应该得最高奖。”前排观众席一个满头白发的艺术家在小声议论，说大声又恐怕被后面的观众所责怪，他低着头与另一个说。

秋月先说，后领唱，再后来，团队一起唱。“单唱，清晰动听，入耳入脑入心。合唱，声音洪亮，赏心悦目，犹如天籁一般。如在天空唱，引来嫦娥；如在大地山林唱，引来百灵鸟；如在人间唱，引来歌迷无数。”评委当场点评，观众掌声不断，最后面的观众鼓掌太用力，双手连拍，两手全痛。作为准备上场的演员看到这个情景，心很是疼痛。真是笑在脸上，疼在心里。

曲艺展演到此结束。主持人说，计分员正在统分。大家稍候，听听一个音乐人自弹自唱的作品。

主持人宣布，有两个并列获得一等奖，其中一个是《琵琶情》，有请《琵琶情》的代表上台领奖。带队队长蓝健康上台领奖，并与颁奖嘉宾合影留念，颁奖嘉宾为全国曲艺家协会主席、京城曲艺家协会主席韦献文。

秋月去京城参演后，回到省里再参加一个文艺研修班三个月，然后，回到秋月戏园，继续做好自己的掌门人。

贵州黔东南邀请秋月去策划并导演一个大型民间文艺活动。秋月如期到黔东南后，立即去看场地，看村寨，看演员。立足当地实际，把握当代精神。回到住地，夜以继日，加班加点。用一个月时间，编剧、剧本、演员最后确定。这次活动，对当地来说，计划演员最多、规模最大、规格最高、要求质量最好。秋月在想，其他三个之最，容易做到。质量最好，是个难点。不是策划人、剧作人、导演、演员说了算，而是由观众说了算。秋月从观众的角度看问题，以观众为中心，文艺工作的最终目标是把最好的精神食粮献给大众。

秋月思索着大型活动如何展开，坐着想，站着想。有时在走路的时候仍然在想。有一次，人碰对路树。秋月说，对不起大叔。对方没有回应，才知道自己想得过头了，像呆呆站立的木鸡一样。

秋月在一张大大的白纸上画了很多圆圈。中心一个大圆圈，周围绕着 10 个小圆圈。她笑了，终于有造型了，就这么定。

这个黔东南大型民间文艺活动的压轴戏“侗族多耶”。中间的大圆圈有 10000 人在“多耶”，周围的 10 个小圆圈均有 1000 人在“多耶”。两万人同时跳“多耶舞”，场面之大，氛围之浓，可想而知。秋月继续追问自己，在质量这方面，一定要严格要求，严肃纪律。严字当头，内容健康，艺术至上，效果一定会好。秋月想到这一步，她信心十足，充满希望。

中秋，是个丰收的佳节，黔东南大型民间文艺活动如期举行。后勤组长接待了 11 个组“多耶”的负责人，忙得抹鼻涕的时间都没有。舞台组的灯光、音响、乐器、话筒都准备好了，尤其是话筒，平常已经试好，真正要用时没有声音，因此，特别检查一下。观众席第一排的嘉宾名字都已经用红纸写好，并贴在椅子的背面。

主持词都准备好了。男女主持人两人、礼仪小姐 12 人、乐队 24 人、工作人员 36 人都已经到位。秋月检查了一次，再看看时间，离开始还有 30 分钟。她与主持人沟通一下，强调三件事，首先，注意安全。包含交通安全，防火安全；其次，互相关心，互相照顾；演员与观众互动，增加浓厚的氛围，有师傅专门摄像。

上午 9 点，主持人宣布黔东南大型民间文艺活动正式开幕。首先上场的节目是《侗族多耶》，在排练时，穿的服装相对随意。在正式上场，女队，从头到脚都是精制的银饰、精美的服饰、漂亮的绑腿、耐看的绣花鞋。男队，头戴侗帕，身穿白鸟衣，腿配金边绑腿，脚踏精制侗布鞋。他们有时手牵手，边唱边跳。有时手攀肩，唱跳结合。中间大圈顺时针转，周围小圈逆时针转。观众人山人海，前面的观众坐着看。后面，有的站在父亲的肩膀上看，有的站在梯子上看，有的站在凳子上看。只要能看到表演，就想出不少的办法来。

秋月在指挥整场大型活动，忙这忙那，忙来忙去，总是怕这里不好那里不对。又怕出现这个问题那个问题。活动闭幕了，秋月悬着的心才放了下来。有侗族大歌《品茶看戏像神仙》为证：

组团唱歌心连心，
联手建店旺乡村。
唱歌唱到京城去，
建店方便主客人。

都旺农庄是中心。
县连乡来又连村。
中寨餐饮连唱戏，
携手点石便成金。

吴家寨里同条心，
与黄氏族美成亲。
两寨经营梨园店，
品茶看戏像神仙。

省界杨村龙寨临，
勤劳致富一家亲。
耕田读书两办好，
忠民孝子一等人。

第 *13* 章

满堂丹墨皆笑脸　一场大火尽愁容

秋月戏园食客越来越多，戏迷往来如云。

秋月一直以来，热爱劳动，刻苦努力。礼貌待人，助人为乐。会著作、懂编剧、可导演、能演唱。无论人缘艺缘，人品艺品，都评为一等，被称为“德艺双馨”民间艺人。南方求实艺校把秋月戏园当作文艺实践基地，每年暑假和寒假，都有一批学生和老师在那里住宿、吃饭。楼上唱戏，岸边写生。学生和老师返回学校前，这个学生赠送画作，那个学生赠送歌碟。有的老师赠送自己的著作，有的老师赠送自己的书法作品。秋月戏园的大堂大厅、长廊墙壁，挂满了客人赠送的佳作。

秋月和姐妹们把所有赠品视为珍品，悬挂的悬挂，收藏的收藏。分类编号，有序珍藏。落实专人负责，登记好作品的标题、作者简历、作品的写作背景。秋月策划着，在秋月戏园的东侧，专门建立一个文艺作品展厅，面积有 13689 平方米。先这样办，以后藏品越来越多，再把面积拓宽。

“您是秋月戏园的负责人吗？我是北方新兴大学中文学院的老师，叫邓世英，有个想法跟您沟通，我院师生 50 人计划到贵园做一些田野调查，不知您同意不？您想好后，三天内答复我。”一个声音清脆的女士打电话给秋月。“好的老师，不用三天答复，现在就答复您，秋月戏园大门敞开着，欢迎三江四海的旅客，尤其是欢迎老师、作家、艺术家！您的大驾光临，秋月戏园生辉。”秋月爽快而礼貌回答。

寒假期间，北方新兴大学的师生像燕子一样喜欢到温暖如春的南方来。大部分师生在秋月戏园里体验生活，邓世英老师和三个学生特意到戏园外的农家里做客。他们像法国一些欧洲国家的旅客一样，喜欢南方侗族地区村寨的春节。亲临吊脚木楼，有不一样的感觉。北方万里雪飘，南方万山绿意；北方的钢筋砖房，南方的木质建筑；北方的汉族婚俗，南方的侗家婚礼；北方结婚，喜入洞房，南方侗家结婚，伴娘全陪，新娘新郎三到五年才慢慢同房；北方结婚是人生“金榜题名时、他乡遇故知、洞房花烛夜”三喜之一，南方侗家结婚是通往“三喜之一”洞房花烛夜的路上。邓世英原来总想不通，后来都想通了。这就是风情习俗，风情不一样，习俗不相同。俗话说：“十里不同风，百里不同俗。”“同学们，大家有收获了吧!？如果不亲临南方侗家这个地方，你们了解这个地方的习俗吗？”邓世英老师再问自己的学生。

秋月带着邓世英师生到附近的罗家村拜访戏师、歌师罗生辉。罗生辉的家住溪边，是三间五柱三层的吊脚楼。他们到了庭前，邓世英读了一下一楼的对联，“门对千根竹；家藏万卷书。”上联的最后一个字“竹”已经被风吹雨淋缺了一角。没关系，对面山上的竹林，苍翠无比，不说自明，邓老师想了解的是家有多少书。

罗戏师银发上了头，看上去花甲年纪。两眼有神，国字脸上白中略黑，身高体强。有男子汉的魄力，有戏师、歌师的魅力。头戴侗帕，身穿土布侗衣，脚穿土布鞋子。他早站在门前欢迎贵客。他不只是今天才有客人，几乎周周有客，月月待宾。

罗先生看着邓老师，好像曾经认识，一见如故。茫茫人海中，千里遇见有缘人。邓世英老师，1 米 66 的身材，而立之年，乌黑的头发，白净的面孔镶嵌着两个酒窝。一说话就有点脸红，属于矜持型的女性。身穿红色羽绒服，配着一条黑裤子和一双软皮鞋。戴一副精美女士眼镜，右手时不时把眼镜握正。从侧面看，有曲线之美，像电视连续剧的明星一样。从正面看，亭亭玉立，像仙女下凡一样。在海外留学，获得文学博士学位。在国内教书，任大学中文教授。人美德厚，见多识广。善学向上，文丰奋进，教书育人。邓老师是优秀老师中的美女，又是美女中的优秀老师。人称“美女教师”，无数男士暗恋而倾倒在她的石榴裙下。

邓世英老师一行到罗戏师家的厅廊，桌子上、凳子上、地板上、旧的织布机上，都堆满了图书。有的是罗戏师的剧本，有的是别人的著作。邓老师参观了 2 楼，再参观 3 楼。第 3 楼的各个房间尽是书，只有床铺的中心位置是空的，验证了“家藏万卷书”对联的真实性。打开窗户，遥看前方，竹林掩映，生态优美。近看门前，溪水潺潺，水清见底。鸭鹅戏水，鱼虾跳跃。溪岸两边，凉禾架一排连着一排，凉禾架的后面就是吊脚楼，在吊脚楼的中心是鼓楼，像一幅山村秀色图一样。

邓老师与罗戏师主要交流农村文化文艺和教育的一些事。罗戏师谈一些“做多耶客”“做侗戏客”“做芦笙客”奇闻逸事。在很久以前，罗家村去湖南邻村黄都村开展文艺交流活动，演侗戏、跳“多耶”、吹芦笙，在拉客人进主家的过程中，享受贵宾级的待遇。一般来说，男主人拉男客人，女主人拉女客人。有的青年男客被青年女主邀请去家里吃饭，在聚餐、交流、唱戏的过程中，促进了友谊，培养了感情。从相识，到相知，再到相恋，后到相爱，终成伴侣，罗家房族罗外贵的妻子就是从黄都村娶来的。夫妻恩爱，生了一男一女，聪明伶俐，健康成长。那次文艺交流活动，成就了青年人的婚姻喜事。因此，文艺交流活动场所被称为友谊的桥梁、爱情的摇篮、婚姻介绍所。

邓老师有一本笔记本，她的钢笔在流畅地速记，常常把眼镜弄一下，好像眼镜随时要跑丢一样。不明白的地方，立刻问罗戏师。有很多深奥的东西，特别是侗族的一些有趣的故事，讲侗话，可以笑掉牙。翻译成汉语后，只能理解大意。侗语的语法跟汉语的语法倒装。比如汉语的“我父”，侗语是“父我”，“我父”翻译成侗音“卜瑶”。邓老师有时点头，有时摇头，有时也不点头，也不摇头。总的来说，点头比摇头多。她把笔记本收拾好，与罗戏师道别。邓老师出门各种包真多，秋月帮助邓老师拿手提包，一前一后，回到住处。

邓老师的行程很短，任务很重。她抓紧时间，把每件事做好做快。看着办事指南，完成一件打钩一件。

邓世英老师一行的寒假田野调查结束了。她向学校校长做了口头汇报，最后呈交一份纸质报告《农村文艺可持续发展的几点思考》给李长龙校长。

农历二月二侗族大歌节，那天，罗家村到秋月戏园进行联欢晚会活动。恰巧，邓老师到南方出差，在空余有限的时间里，再到秋月戏园走一走，她感觉秋月戏园有看不完的景观。侗戏师罗生辉、侗歌师黄秋月、博士邓世英教授三个有缘人再聚秋月戏园，畅谈农村农庄、侗歌侗戏。

从农村谈到城市，从秋月戏园谈到新兴大学，从写小说到编剧本，从制片人到导演，从演员到拍电影。特别谈多的是拍电影，想象丰富，创造力强。万事俱备，只欠东风，这个东风就是投资人的投资财富。

讲到拍电影，大家特别关注，尤其是秋月的长篇小说《侗寨》，已经改编剧本，再加以修改是没有问题的。“关于投资拍电影，我有个朋友在法国发展，她在这个领域是个高手，办事得心应手，收入也不错。只要题材好，应该有办法融资。”邓世英老师说。

秋月不发言，沉默着，她觉得拍电影太花钱了，一讲就是几千万元，甚至上亿元，她的长篇小说能拍成电影，是不可能的事。在秋月的脑子里，她跟土地关系密切，跟村寨关系密切，跟侗歌关系密切。跟钱财关系比较疏远，尤其是跟几千万元离得更远。

“秋月歌师，我觉得有可能。万一你的小说能拍成电影，这是文艺界的一件大喜事，尤其是侗族地区文艺界最大的喜事。世界上有很多事都是由不可能到能，它是一个质的飞跃。”罗生辉调侃地说。平常他只是喜欢思考问题，不太喜欢调侃，这次是特殊。

农历四月初八，这是敬牛的特殊日子。黄牛一年四季为人们辛勤耕耘，这一天，给黄牛戴红花、披红毯，以表致敬！这一天，人们祭祀祖先，吃五色糯饭、喝糯米酒。全体民众，载歌载舞，同欢共乐。

晚上，秋月和姐妹们载歌载舞，圆形的舞台设在中间，观众在四周都可以观看。

“秋月好，有好消息，您的长篇小说，有人愿意改编成电影，想找您谈谈一些意见和建议。不知您抽得空没？”那头打电话的是邓世英老师。“邓老师好！有，有，有，做这个事，做喜欢的事，哪时都有时间，我时时刻刻期待您的佳音。”秋月回答。

“秋月的长篇小说《侗寨》，全景式地展现侗族地区村寨秀丽的自然风光，浓郁的民族风情，独特的民族习俗，厚重的民族文化，丰富的旅游资源，浓厚的民族情怀，团结向上的民族精神。”制片人王中宁读后感叹地说。

“幸运总是给有准备的人。秋月早就写成了这部长篇小说。秋月确实有预见性、创新性。她的小说，融故事性、知识性、趣味性、可读性和收藏性于一体。在侗族地区，作家不多，尤其是女性作家更是凤毛麟角。”邓世英老师接着说。

“秋月的《侗寨》，大家都说好，因此要拍成电影，让更多人了解侗族的历史和现状，亲近真、善、美，开创美好的未来。”总导演石洪涛风趣地说。

选主演是个难题，选科班的演员，有科班的优势。在专业指导上，不要花太多的精力。选民间的演员，有民间的好处。不要再花太多时间深入生活，深入实际，深入基层，他们已经在那里生产、生活，知晓侗寨的一草一木，一村一屯。每屯每户，每户每人，吃住行乐，都看在眼里，记在心里。都有优点，存在缺点。人无完人，玉无完玉。选来选去，难以决定。《侗寨》拍摄领导小组开了半天的会议，暂时休会。

《侗寨》拍摄领导小组 7 人再次开会决定主演，从内容需要，从形象分析，从艺术考虑，从演唱考量，从工作和生活实际出发，最后，投票选举，全票通过。

《侗寨》拍摄领导小组会议决议，经研究决定，通过无记名投票选举，根据黄秋月长篇小说《侗寨》改编的同名电影《侗寨》，侗族著名歌师、戏师、作家黄秋月任主演。有效期限是，自即日起至《侗寨》电影拍摄结束。

邓世英老师第一时间打电话给秋月说：“秋月，天大的好事，最好的喜讯，你当《侗寨》电影的主演。你高兴不高兴，我不知道。我非常高兴，像小孩一样跳了起来。”“哦！知道，我非常高兴，我跟您一样非常高兴。这么好的事，落到我身上，怎么不高兴呢？邓老师您好！您操心了，您辛苦了！”秋月在三楼的书房里一边摁着电脑，一边回答邓老师。

秋月把当《侗寨》主演的喜讯告诉吴和寨，和寨不像秋月那么高兴，他怕秋月越来越出名，自己以后怎么办？现实中，娱乐圈很多明星有不少的丑闻。演戏不断，绯闻不绝。如果自己的秋月陷入绯闻中，那是最坏的结局。有的原来非常好，后来就变成非常坏。是好与坏，很难说。只有做事的人自己知道。和寨越想脑子越乱，他立刻跑到三楼卧室倒进床上拿被窝盖着头睡觉去了。

秋月也跑上三楼的卧室，把被窝掀开，并喊着：“和寨，和寨，你怎么了？”和寨“呼款，呼款，呼款”地没睡也没有回答。秋月继续喊，和寨继续装睡不回答，世界上很难喊醒装睡的人。

秋月喊起不见效，便双手用力把和寨拉着，和寨使劲，秋月拉不起来，一百多斤横摆的肉身无论怎样用力也拉不起来。秋月在床边坐了很久，看看丈夫黝黑的脸庞，再想想当年，一个帅小伙子，与自己结婚，生了孩子，到女方家劳动生活，再出县城经商，又到都旺农庄建立秋月戏园。一个女人不容易，一个男人更不容易。自想自叹，自然流下了眼泪。最后，还是和寨自己自愿起来。和寨看秋月流着眼泪，自己的眼眶也湿润了。一个大男人和寨第一次流下眼泪，男人眼泪不轻弹。然后，两个泪人看看窗外，看看对方，第一次拥抱了，紧紧地拥抱，恐怕丢失对方，像石榴籽一样紧紧地黏在一起。

“昨晚11点多，一场大火，秋月戏园主楼化为灰烬。在现场的目击者说，不到半个钟头，主楼就烧完了。火，这个东西真是无情物。不知是什么原因造成的火灾？”秋月戏园的一个演员说。

秋月与和寨面对火灾现场，心如刀割，两个泪人呆若木鸡。过了较长的时间，说了一句话，不出人命，就是不幸中的万幸。

秋月戏园的演员都过来安慰秋月与和寨这对患难的夫妻。秋燕从中寨赶到县城，在那里帮助秋月做好各种家务，同时，从心理上、身体上及生活上都耐心和尽心地帮助秋月渡过难关。

邓世英从大学校园打来电话，安慰秋月，与秋月交流沟通，心灵相通。请秋月不要灰心，要振奋精神；不要停步，要继续前行；不要停笔，要继续写作；不要停唱，要继续唱侗族大歌。“哦，哦，哦，邓老师。不灰心。灰心伤心也没有用。只有继续做事，才能继续生活。”秋月回答邓老师。一是尊敬老师，二是不想老师太为自己伤心而难过。在最困难的时候，她尽量掩盖自己心情不好的一面，以好的态度对待自己的亲人和客人。

火灾的原因是电线线路短路而致。秋月知道，不能责怪谁，责任自己扛着。只有再努力，才能补回自己的损失。

邮递员把邮件送给秋月。秋月打开一看，是汇款单，上面写着，伍万陆千元，备注名字和明细，是北方新兴大学师生的赞助善款，最多捐款人是邓世英，捐款1万元。秋月眼泪夺眶而出，这是她最近第三次流泪。秋月一边哭，一边走向山的顶峰，遥望山峦以外的远景。

中寨文艺队的队员自愿乐捐，送给秋月一笔善款。吴家村、李家村、邻省杨家村、龙家村各自送来了一批木材和善款……

都旺农庄老板、福临宾馆老板，都来慰问秋月与和寨。秋月与和寨一一向他们鞠躬致谢！他们不只带来安慰的话语，还带来了一批物资和两笔善款。两个老板的善款总额，与新兴大学师生的善款总额一样。事有恰巧，他们捐献相同数额的善款，他们都有一颗善良的心，扶贫济困，帮助别人，快乐自己。他们秉持这种理念，知行合一。做生意的，越来越红火。办事业的，越来越顺利。有侗族大歌《丹墨满堂又满园》为证：

丹墨满堂又满园，
和气生财皆笑颜。
戏里歌甜吟世盛，
村边韵美咏前贤。

春天唱来桃花艳，
接着又唱李花鲜。
夏季唱来荷花美，
秋月唱来菊花连。

东边戏演太阳攀，
南边戏演秋月圆。
西边戏演五岳泰，
北边戏演百姓甜。

五福临门大家愿，
不测风云难预言。
一场大火愁容露，
愁容褪去永笑颜。

第14章 剧本出炉行侗寨　祖师去世上山腰

《侗寨》拍摄领导小组决定吴祖荣戏师改编剧本，然后，集体审稿和定稿。

吴祖荣上个月睡得一梦，梦见祥云绕寨，龙行天下。心里琢磨，肯定是个好梦。如今《侗寨》改编剧本这件事落实到自己身上，应该是自己梦想成真的应验。他总是往好的方面想，即使有困难也是想得通，也能熬得过去。俗话说，办法总比困难多。

想归想，做归做。吴祖荣把《侗寨》这部长篇小说详细读了三遍，深刻理解主题思想，故事情节。主人公的为人处世，聪明、勤快、忠诚皆备，智勇双全，配角的谦虚和担当。几个小偷小摸，教育与引导，最终浪子回头金不换。侗寨的美山、美水、美人，和睦、和气、和谐，一个小侗寨，就是一个大观园。

连续赶写剧本的吴祖荣，经常废寝忘食，夜以继日。一起床，就坐在桌边写。一写就忘记吃早餐。有时早餐和中餐一起吃。祖荣的内人，经常发牢骚，你吃剧本饱了就得了。“曹雪芹这些大家就是这样努力努力再努力，才写成《红楼梦》，才有这样的名著留给我们。”吴祖荣回答。“我不认识他们，你继续写吧，你吃你的小说，我做我的家务事。只有做跟粮食有关的事才有饭吃。”祖荣的内人一边说，一边下厨房。

不管他的内人怎样骂，他都不听。吴祖荣戏师两耳不闻窗外事，一心只写剧作书。整整三个月的时间，他全身心投入《侗寨》的剧本创作中，终于改编完成了。每当完成一篇稿子，他习惯上看看墙上的挂钟，时针指向凌晨两点，一副沉沉的脸终于露出了微笑。他不急睡觉，右手从裤袋里拿出烟斗，装入侗乡特等烟叶，斜靠在祖传的楠木椅子上，跷着二郎腿，深深地吸了一口，然后，吞云吐雾。月光照在床铺上，同时，照在吴祖荣的脸上。他在梦乡里，与吴刚同喝酒，看嫦娥跳舞。

吴祖荣把《侗寨》剧本给秋月看。秋月看后，指出好的地方，也说了一些不足，建议在开头和结尾要再斟酌一下。在开头，场面广阔，气势恢宏；在中间，故事情节曲折，语言生动传神；在结尾，自然收场，而且，又给观众留下悬念。

吴祖荣戏师听后，原来他跟秋月理论一番。后来比较分析一下，觉得秋月讲得很在理。心里想，后生可畏，秋月不简单。在几年的时间里，样样学习，件件知晓。在侗乡，确实是少有的女强人。做强人难，做女强人更加难。然而，秋月做到了，而且做得好。

秋月拿到《侗寨》剧本后，她伏案再认真地看两三遍。吴祖荣和秋月统一意见后，将剧本交给《侗寨》电影拍摄领导小组。

《侗寨》电影拍摄领导小组会议在中寨举行，他们7人以无记名投票的方式进行，最后，剧本定稿全票通过。

在拍摄前，拍摄组深入田间地头，串村入户。导演与正在耙田的老农交流着。谈耕田、聊夏耘，问收入、侃支出，还讲到婚俗、三朝酒、满周岁、花甲贺寿、古稀顽童、耄耋之年、百岁寿星、百岁画师、戏师、歌师、慈善长寿艺术家。导演会提问，老农如实答。一问一答，一笑两欢。有时站着交头接耳，有时蹲着致敬青蛙，有时坐着双方微笑。

黄牛也很配合导演他们的交流，它嘴巴被捆着，鼻子被牵着绳子，身上还披挂着铁耙，四脚立地，不乱吃田边半根草。

制片人到中寨文艺学校。他从一楼走到二楼，再从二楼上到三楼。看看这个教室，又看看那个教室。走道两边墙上挂满侗乡绘画。一年四季，四时美景，《侗寨春色》《侗乡夏夜》《金秋侗寨》《瑞雪侗乡》。天籁之声，音乐民族。《芦笙踩堂》《大型“多耶”》《侗族大歌》《河歌》。编戏唱戏，其乐融融，《姜良姜媄》《刘金刘媄》《毛红玉英》《智慧卜宽》。

吴祖荣、秋月、秋燕与拍摄组一行到中心鼓楼，卜包文正在给老人讲故事讲到尾声了。故事讲秦香莲带着一对儿女进京城状告新科状元陈世美抛弃糟糠之妻，喜新厌旧、贪图富贵。秦香莲母子历尽千辛万苦，在包拯包公包青天的主持公道下，驸马陈世美被判处死刑，铡刀处置，突出了法律的尊严，彰显社会的公道、公正、公平、公开和正义。摆古的人声情并茂。听故事的人，满头银发，嘴含烟斗，大多数为耄耋老人和百岁寿星，竖耳恭听，聚精会神，脸上洋溢着幸福和快乐。

“中寨，这个寨子的人，很有才。诸如读书、写书、教书、说书的各种人都有。这个摆古的真能侃。不只是声音洪亮，而且讲得合情合理，生动有趣。在我走过的所有寨子中，中寨是最全面的一个寨子。”导演听故事后说。

中午，拍摄组一行人在吴祖荣家与中寨的戏师、歌师、老师、摆古者、乡贤共进午餐。有酒桌就有酒歌，酒不断而歌不绝。歌师秋月先唱，“电影人员到我村，和睦共处一家亲。和衷共济耕耘业，共建和谐艺术门。”

拍摄组在中寨连住一个月，在月末的一天回了京城。在京城期间，把《侗寨》的剧本内容与侗寨实际生产生活做一番比较。书本上的东西，有很多与现实是有一定距离的。导演组在办公室里，列了一张表，有具体时间、具体地点、具体演员、拍摄景色。白天，这样处理。夜晚，那样安排。“大家好，大家很辛苦。我剧组在考虑问题时，一定要细致再细致，周全再周全。要给剧组加速度、增质量、添效率。不要给剧组加麻烦、增怨气、添阻力。”导演开会强调说。

导演的一番大实话，在场的人很受感动。“我们只有拿出行动来，做出效果来。其他什么都不用说。导演的工作作风只是喜欢看脚力，不太喜欢听嘴气。”剧组中大个子在走下楼梯时跟小个子说。

剧组导演把《侗寨》剧本再给吴祖荣看一次。吴祖荣跟秋月在吊脚楼厅廊里商量着，在一些地方画了圈，在另一些地方打了勾。秋月同意他的看法，就这样最后定稿了。

晚上 8 点，《侗寨》电影开机仪式在中寨举行。整个寨子灯火通明，全寨人在这一时刻见证了文艺史上重要的瞬间。导演在台上的摄像机前宣布，全国首部侗族电影《侗寨》开机仪式现在开始。礼花满天，鞭炮齐鸣。全寨人一片欢腾，剧组全员沉浸在欢乐的气氛中。

第一个镜头是拍摄侗寨的夜景。中寨是全国侗族地区夜景最美的寨子。家连着家，楼连着楼，桥连着亭。楼桥在竹林中，竹林在楼桥中。楼竹相映，相得益彰。在夜晚，是寨子又比寨子更美丽，是竹林又比竹林更秀美。

首次拍摄，自然景观和人文景观，一一入境，拍摄顺利，效果很好。

次日，拍摄中寨的晨曦。东方太阳刚刚露出肚白，瞬间，天空由白变红，这时的太阳恰巧一个火球。当太阳升起一丈多高，天空没有一朵云。太阳最热的时候，摄影师拍摄内景。当太阳西下的时候，晚霞满天，又是拍摄的黄金时，拍摄的福桥真的很美，美得像一道彩虹。透过栏杆的影像清晰靓丽，黑白分明，长长的影子，像一条无限延长的道路。4 名摄像师从东、南、西、北四个角度拍摄，再从上下两个角度拍摄。在拍摄的过程中，尽可能多地拍一些镜头，以方便后期制作。这些知识和方法，他们都知晓。像木匠加工木头尽量要长一样。长可以锯短，短不能拉长，就是这个道理。

剧组正在拍摄鼓楼，这是一座象征侗族团结向上的鼓楼，是侗族的族徽，系侗族的灵魂。

摄影师在拍摄时，有特别的策划，有特别细致的方案。从上到下，一个葫芦、一条金梁、四个翘角、屋檐绘画、墙壁栏杆、大门窗框、门槛门框、四大柱子，大小柱子的柱础，都拍摄，并多拍摄两三次，最后精选最佳的。

剧中的主人公就是一位歌师，她不但长得漂亮，而且很有才华。载歌载舞，歌声甜蜜，舞姿柔美，又会编歌，更是难得。作为扮演者的秋燕，唱歌不错，但是，舞姿就不是很到位。在鼓楼坪里跳芦笙舞，单这个镜头就反复演 9 次。第 1 次拍摄时是手的动作不太到位，第 2 次拍摄时是脚的动作不过关，第 3 次拍摄时是眼神与手势不太协调……第 9 次，从头到手，再从手到脚，体态与眼神，全都到位，导演说可以，摄影师才关机。

秋燕第 1 次拍电影，她觉得在拍摄的过程中当演员真的是很难很难。她不是科班出身，而是土生土长的中寨人，现场拍摄的每个镜头完全是导演的要求与自己的临时悟性来完成。

秋燕当主演，这是秋月和制片人及导演多方面考虑后的意思和要求。黄秋月歌师写的小说、吴祖荣戏师改编的剧本、秋燕任主演，努力创造一个奇迹，首开侗族地区电影界自写自编自演的先河。虽然是正在拍摄中，但是，秋月经常在夜晚梦见电影已经拍完，并在电影院线播出。秋月跟丈夫说的这些话，和寨在半睡半醒时回答，俗话说得好，日有所思，夜有所梦。

剧组在中寨拍摄，和寨负责煮饭烧菜，稍微有点时间，就帮剧组扛一些重的东西，总看见他跑来跑去，没有见到他哪时闲过。

吴祖荣戏师紧跟着剧组，与导演形影不离。祖荣一辈子编侗戏侗歌，唱侗戏侗歌。在舞台上的艺术略懂一丁点，现在，拍摄电影，完全是两码事。他对电影的拍摄工具好奇，对电影的艺术更好奇。有时候，导演不在场的时候，吴祖荣看看三脚架，瞧瞧镜头，摸摸摇杆，擦擦灯泡。

中寨的一群孩子，看见那么多人在拍摄，他们也赶来凑热闹。他们在捉迷藏。有一个孩子藏到镜头下面三脚架的空间里，当被抓到时，小孩子头一伸，人、镜头和三脚架翻到戏台下面，人和镜头没有问题，三脚架的一只脚断了。

当孩子的爸妈知道这件事后，把那个孩子骂了一顿，再打了一顿。后来，秋月知晓此事后，亲自到孩子的家里批评了孩子爸爸打骂孩子的不对。秋月对孩子的爸爸说，是我们剧组不注意安全，我们剧组向您表示歉意。

特别是大型“多耶”的拍摄，需要很多群众。秋月考虑，先用中寨的文艺队。文艺队员不够，再补群众演员。秋月的人格魅力很好，她一呼，群众百应。

在铺着鹅卵石的鼓楼坪里，全寨 1 千多人跳着“多耶舞”。从外围到内围，是 5 个圈的造型。最外圈是男士，最内圈是女士。中间 3 圈是男女搭配。男的头戴土布帕、身穿百鸟衣，女的身穿刺绣上衣和百褶裙。在中心唱“耶词”的是秋燕，她领唱，其他所有的和着唱。一边唱，一边跳。唱的悦耳动听，和的声音洪亮。跳的舞步整齐，舞姿诱人。因为是拍摄要上电影，因此，所有的人都想演得好一些，将自己最好姿态展现出来。

“虽然跳多耶舞的人数很多，但是，演出的效果很好。”导演说。“确实，在一些单镜头的拍摄中，倒是要重拍好几遍。有时候，重拍好几遍都不过关。这个镜头一拍就过，我觉得这跟习俗有关，他们从小就跳多耶舞，今天要用的时候就得心应手。”制片人说。

秋月与秋燕坐在厅廊里的长凳上，秋月说：“到现在为此，才拍几个镜头，往后还有很多事要做。我担心你身体顶不住，你的演技应该没问题。你要注意休息，不要每晚都睡得很晚。俗话说，只要身体好，万事做得了。”“姐，知道。我身体，我清楚。只熬几个通宵，姐就担心了。以后，我不熬夜就是了。姐，放心，放一千个心。”秋燕回答。

拍摄小组与几个主要演员在秋月家的厅廊里吃油茶。秋月讲些吃油茶的习俗，要吃至少吃三碗，上不封顶。吃油茶只用单只筷，吃法很讲究。真是不会吃，也可用一双筷。用一双筷子吃油茶的，一看就是一个没有吃过油茶的人。

吃过油茶，就拍打油茶的镜头。

摄像师都准备好了。主摄影师在东边的位置，两个助手一个在南边，一个在北边。西侧是秋燕坐的位置。秋燕头戴银帽，乌黑的头发别着白色的银梳，耳戴银耳环，脖子上戴着银项圈，左手右手都戴银手镯，身穿刺绣花边衣服，配上百褶裙，绑上绑腿，脚穿绣花鞋，这是一个标准的侗族新娘打扮。导演对制片人说，秋燕脸像西施，身如貂蝉。整个相貌既像杨玉环，又似王昭君，真有“沉鱼落雁之容，闭月羞花之貌”。

摄像师的双脚落地，右眼非常认真地对准取景框。秋燕添加柴火，架起锅头。先将阴干的糯米饭粒用茶油炸成米花，然后再用茶油爆炒少量米粒，接着放入侗乡大茶叶一起翻炒，最后加适量的山泉水煮成汤。茶汤盛碗后放入事先准备好的米花、饭豆、猪肝、粉肠、虾米、糍粑、葱花，这是一道侗家多味美食。火塘边的侗家人一边品尝油茶，一边赛歌。吊脚木楼里茶香歌美人更靓丽，构成一幅极为浪漫的生活画卷，摄像师已经把这些美景定格在不准小孩乱摸的高级镜头里。

导演和制片人要摄像师把刚拍摄的镜头再看一次，觉得没有什么瑕疵，最后，同意通过。

吴祖荣戏师一边咳嗽，一边跟着导演。他是一个具有几十年烟龄的老烟杠。导演到东边，他到东边，导演到西面，他到西面。吴祖荣有时候，请教一些拍摄知识；有时候，磋商一些导演技巧。在幽默中聊人间冷暖，在风趣中谈剧情故事。他常常跟导演说，当戏师、歌师是世界上最幸福的人。并说，这辈子已经儿孙满堂，老夫无论哪天去天堂都可以。

拍摄组在中寨拍摄《侗寨》电影，已经进入倒计时阶段。明天，就是拍中寨过重阳佳节。在中寨，每年都过九九重阳，今年特别隆重。在百家宴上，个个穿着侗族服装，人人笑容满面。秋燕右手拿着酒杯到吴祖荣面前唱敬酒歌，“昔日重阳今又重阳，祝愿长辈福寿满堂。中寨故事侗寨新韵，电影远走歌声飞扬。”在场的寿星，人人高兴，个个点赞。

次日，秋月跟秋燕说，天有不测风云，人有旦夕祸福。戏师、歌师吴祖荣今天凌晨三点去世。昨晚，还在过重阳，拍电影，说走就走，说去就去。

地理先生看了吴祖荣的生辰，择个吉日良辰，定于九月十二日下午三点扶灵柩上吉坳山腰入土为安。

中寨全寨人都出来送吴祖荣一程。地理先生说，这是中寨最大型的一次追悼会。我们寨子失去一个戏师，失去了一位歌师，是我们文化界的一个巨大损失。吴祖荣83年来，耕读一生，爱艺一辈。他的一生是写戏唱戏的一生，他的一世是写歌唱歌的一世，他的一辈是为寨民服务的一辈。我们要化悲痛为力量，学习他高尚的品德和爱学喜创、艺超术高的精神，全体寨民向逝者默哀3分钟。

老年人哭泣，中年人流泪，少年们抽泣，儿孙们哭得死去活来。

前面几个孩子放炮，紧跟着是握着祭帐杆的青年，接着跟着抬棺材的8名亲戚大汉，棺材两边的很多人边扶边走，然后是唢呐手，最后面是戴孝的寨民。到山脚往上抬时，坡很陡。这个时候，上面的人用长长的孝布拉着棺材，中间的人抬着棺材，后面的人往上扶着棺材。

棺材入土，阴安阳亦安。摄像师从开追悼会到放棺材入土，所有情景都定格在镜头里。有侗族大歌《楼美桥美人更美》为证：

剧本出炉侗寨行，
高歌一曲世间情。
山美水美人更美，
又赞鼓楼侗寨魂。

寨上石板个个行，
前端尾端处处情。
石美板美人更美，
善心虚心都有心。

寨里巷道个个行，
横向纵向都有情。
巷美道美人更美，
外面里面都有灵。

寨脚福桥个个行，
饱含寨民户户情。
楼美桥美人更美，
立柱向上见精神。

第15章
一个成名受崇敬　两徒犯错遭吐槽

根据黄秋月同名小说改编的《侗寨》电影在京城电影院首次放映。在影视界掀起评论大波，好评如潮。有人说，能够在电影院看到《侗寨》电影是一种荣耀。有一票难求的现象，尤其是想了解侗族生产生活的人，在看完电影后，次日，就自驾前往中寨旅游，“中寨自驾游”成为当时当地媒体重要的新闻。“关于侗族题材的电影少之又少，《侗寨》电影的成功录制，填补了此项的空白，放映与宣传，极大满足了广大电影爱好者需求。”导演在电影首映式和其他场合都这样说。

吊脚楼里挤满了前来采访的媒体记者。有的记笔记，有的摁电脑，有的搞摄影。问的东西很多，香港的记者问：“秋月，您还想写第2部长篇小说吗？您当作家写小说编剧本，还想种田吗？”“我正在拟写第2部长篇小说，也是农村题材的。当作家，我觉得我不算作家，成果丰硕的写作者才是作家。写小说编剧本，这些是爱好。我是一个地地道道的农民，离不开土地。土地是我的根。离开了土地，我就没有了根。没有了根，就谈不上写小说编剧本。耕读传家，是我们的祖训。一辈子，一等人忠民孝子，两件事读书耕田。”秋月回答记者说。

“秋月，不简单，真的不简单。听她一席话，胜读十年书。我们真的要往基层跑，群众是我们的老师。”香港记者跟随从的记者说。

在秋燕的木楼里，挤满了国内的10多位主流媒体记者。他们坐在长长的木凳上，都面带微笑地看着秋燕。这时的秋燕有点不好意思，手不知放在哪里好。有一位记者问，“秋燕，您好，我是人民日报海外版的记者，请问，您演戏很棒，演技很高，您成功后，想出大山吗？想嫁出去吗？”“尊敬的记者，您好！我很早就想出大山，但是，我没有路径，没有引路人。再说，我出去干吗？我书读不多，文化少，出去也是干苦力活。同样干苦力活，不如在家乡干。我熟悉自己的家乡，热爱自己的家乡，要建设好自己的家乡。关于出嫁大事，不是想嫁就嫁，要讲缘分。有的有缘无分，有的是单相思，有的是不合适。”秋燕回答记者说。

吃过油茶，媒体记者走出了中寨大门。记者们走出大山，走过大弯，秋月和秋燕目送他们，直到看不见人影为止。秋月和秋燕回到家里，继续守住中寨大山，爱护文艺学校。吃油茶，干农活。演侗戏，唱侗歌。自娱自乐，自由自在。

中秋时节，秋月在桂湘黔交界的罗家村导演侗戏《糯米》，罗家村的演员们接二连三地赶到戏台旁边的排练屋。他们共同目的首先是一睹导演的芳容，二是看看这个导演真的本事，三是想问问她是怎样写戏如何编戏。

罗耕耘说：“这个导演真的古怪，只带一支笔过来，没有什么行李和其他东西。”他跟其他村民说：“我去问导演拿剧本看看。黄导演，您好，您不带剧本过来，怎么教戏呢？”“剧本在这里！”黄秋月用左手指着自己的大脑对演员说。于是，黄导在桌子上面摆开大开笔记本，速写快成，然后，将分剧本分给各个角色。黄导书写速度之快，记忆力之强，让围坐在书桌旁边的所有演员目瞪口呆。

白天，演员干些农活，秋月继续打磨自己的剧本，思考一些舞台的动作。晚上，大家会聚排练屋。罗耕耘按照黄导演的意思排练了一番，导演指出手势跟眼神不够吻合。耕耘再练，不满意。又排，不标准，一直练到 19 次。“过关。强调，巩固原来掌握的动作。可以继续思考，创新最好的动作。如果你的动作比我的好，那就用你的动作。艺无止境，可以切磋。只有这样，才能达到最好的艺术效果。”秋月导演说。

晚餐，秋月在罗耕耘家吃饭，加上陪同的刚好有两桌。在罗家村，有一个习惯，凡是公益事请来的戏师、歌师，或者其他工匠，都每家轮流吃饭，宴请师傅。一来尊敬师傅，尊重知识；二为解决公家资金紧缺的问题；三是增加交流的感情，促进友谊和团结。罗耕耘斟着自家酿制的糯米酒，拿着满满一杯，走到黄导演面前，向她唱着敬酒歌，“《糯米》执导侗家村，戏剧演员一家亲。导演明天高就上，莫忘罗村一片心。”“罗村就是我侗村，导演演员一家亲。弘扬文化都向上，全靠诸位一片心。”秋月唱答。

正在这时，外面有人喊，黄导演，有贵客到。秋月心知肚明，一猜便知是自己请来的人。推门一瞧，果然是他们。秋月做导演，她感觉事务较多。于是，请秋燕做副手，再请两个徒弟做帮工。大个子的叫吴甲，小个子的叫李乙，他们三位今天晚上赶到罗家村。

天刚亮，秋燕起床，洗脸、漱口，打油茶。早餐后就去帮秋月整理戏剧书籍，两个徒弟做一些简单的道具。第一天，干活，而且愉快地过了。夜幕降临，导演和演员乘着月光走到排练屋。

排练的秩序和干劲没有变，变的是人员，比原来多了3个新人。罗家村演员几十双眼睛都集中看着3个新人，秋燕他们3个瞬间脸都红完了。黄导演介绍一下，尴尬的局面顿时结束。

侗戏继续排演，吴甲和李乙把台前幕后的所有事务都做好，然后到乐队旁边坐下，倾听音乐带来的乐趣。秋燕紧跟秋月，形影不离。秋月使一个眼色，她立刻行动。有一个演员叫罗小妹在排练插秧时，站直直的，显然不合实际。要勾头、躬身，才恰到好处。秋燕过去手把手地教，罗小妹僵硬难看的动作逐渐改为柔软好看的姿态。一排一指教，一练一改正。越排越好，越练越美。

清晨，炊烟袅袅。秋月、秋燕、吴甲、李乙他们各自挑着一对木桶从罗耕耘家出发，往寨头井亭而去。深深的水井，清清的井水。喝一口或喝一瓢下去，凉爽半天。一天的精神倍增，全天的活路做得利索。他们一边聊，一边舀水进桶。一会儿，四对木桶水满，四个人女前男后挑着四担井水回家。

太阳落山了，秋月在罗耕耘家的火堂里生火做饭，瞬间，又洗菜炒菜。秋燕在木楼底喂鸡喂鸭喂猪，有时候还在那里劈柴火，像主人一样忙来忙去。

吴甲、李乙白天跟着罗家村村民在一起到后山抬木头，有时到尾坡共挖地。晚上，他俩跟演员们在一起排练，做台前幕后的粗活和细工。随喊随到，有求必应。跟人说话谦虚和气，为公办事认真细致。他俩跟演员情谊像兄弟一样，吴甲的力气大，在当地有“大力士”的美称。有一次，全体演员去搬道具，搬了一个下午，要到吃晚饭的时候，有一个很重的石磨还没有抬来。有四个准备去抬，吴甲说：“不用麻烦你们，我自己去扛即可。”大家觉得他吹牛皮，不信他那套，一定要去抬，正往放石磨的地方走。“你们真的不用去抬，我去就是。是吹牛，还是真功夫，一下子便揭晓。”吴甲回话。

吴甲跟着向导走到石磨旁，吴甲两手摸一下石磨，用力往上提，再转至右边肩膀上。因为面积较宽，他的头往左边歪着走，半个小时，扛到排练屋，又快步赶到罗耕耘家吃晚饭。那个晚餐，主要的话题就是谈论大力士的一些趣闻。李乙坐在饭桌边，竖耳恭听他们讲的故事。

在睡前，秋月与秋燕在 3 楼卧室里切磋着侗戏《糯米》。秋燕斜靠在床头说，侗戏的剧情可以修改一下，使剧情更具有曲折性。故事叙述的是糯米的故事。主人公从耙田到插秧，再从插秧到耘田，又从耘田到放水，然后到收割、晒谷、收藏和煮饭八个生产生活片段，几个环节，环环相扣。比如在中间还可以加一些片段，更加突出主人公谦虚谨慎、戒躁戒躁，有道德有骨气，塑造主人公更加有血有肉。这样的戏剧，观众看了信服，心中舒服。

秋月打开窗户，看看天上的星星，月亮普照大地，照到自己的卧室，照到自己的床上，照得秋燕满脸月光，像一层白银撒到她的脸上一样。秋月同意秋燕的修改建议。她俩修改剧本到深夜，直至凌晨两点才自然睡去。次日太阳已经升到两丈高，秋月和秋燕才起床，但是仍有睡意，眼睛半开半闭。两个人都不脱衣服而睡觉，头发乱得像鸡窝一样。

《糯米》侗戏剧情发展到中间阶段，是一个唱段。主人公与初恋情人的对唱。要唱功深，要舞姿美。这是剧情发展的高峰，也是表演的难度最高的。罗家村演技最高的主演罗芳香连续排练了 9 夜，后来又继续排练几个夜晚，还是未能过关。秋月鼓励芳香，芳香坚持练，后来，芳香提出难吃主演这碗饭，要求调换演员。秋月心里思索着，确实没有适合的演员。罗家村选了一个晚上，除了芳香，找不到更好的。

第二晚，秋月在那里教演员后一环节的动作，芳香不来排练。如要她当配角就愿意，若是当主演她就不来了。先是秋燕去说服，芳香不愿意。然后，秋月去说服，芳香仍然说 3 个字，不愿意。

秋月跟秋燕商量，要求秋燕当《糯米》的主演杨白云这个角色。原来秋燕不想演这个角色，理由是想多多培养罗家村的演员。“培养演员是一个长期的工作，我们一步一步来，有计划地进行。现在这场戏饰演主演杨白云，非你莫属。”秋月说。秋燕最后大方地答应了。

大地沉睡，人们进入了梦乡。秋燕从排练屋回来，匆匆洗澡，把浴巾、衣服洗好，跑上 3 楼卧室，继续巩固刚学的动作。先练唱功，不能大声，因为比较晚了，只能心唱。再练舞功，手脚并用，手眼协调，达到自然柔和、和谐美丽，才肯休息。

秋燕很早就到菜园去摘菜。这块地东边种上海青，西侧种葱花和大蒜。她摘了 3 把青菜，再摘两扎葱花，到小溪洗干净后，迅速回到罗氏主家。在火堂里煮饭、炒菜、打油茶，煮熟后，喊大家聚拢在饭桌旁，她装一碗茶后再装一碗，换一碟菜后再换一碟，大家都尽情享受秋燕饭菜的新香和油茶的鲜味。

吴甲和李乙排练完后，跟着罗小妹和石灵芝去石灵芝家弹琵琶对情歌。火堂里的火烧得正旺，他们围坐在火堂的四周。石灵芝在西边，一边添柴火，一边纺纱。罗小妹在南边，一边刺绣，一边唱歌。吴甲在东边，一边弹琵琶，一边答歌。李乙在北边，一边弹琵琶，一边挑战唱歌。

罗小妹唱：“阿哥来自戏师乡，会演会唱会文章。谁能嫁到戏园去，一生幸运永吉昌。”“阿妹长住文艺乡，出口便是好文章。谁能与你食共院，一辈福寿享荣昌。”吴甲答歌。

石灵芝唱：“阿哥来自大歌乡，出口语言满地香。谁能与你行共路，路头路尾溢芬芳。”“阿妹喜居大歌乡，文艺交流走四方。我愿与你行共路，跟着教授著文章。”李乙答歌。

一唱一答，唱的含情脉脉，答的真情流露。不知不觉，墙上的时针已经指向凌晨两点。石灵芝说：“时间不早了，明晚有时间再聊。”“阿妹说得对，我们再见。”吴甲说。两姐妹在窗口处目送吴甲、李乙他们俩，直至没看见影子。

一周后的晚上，吴甲和李乙又去石灵芝的家。石灵芝和罗小妹早在那里做自己的针线活，吴甲和李乙在门外弹了两首琵琶歌，再唱三首侗族情歌，石灵芝才开门放他们俩进来。

这一晚，他们还是按前几晚的座位坐，继续对唱情歌，女方唱完男方答，男方唱罢女方对，不分胜败。夜已深，他们煮着糖粥。糖是吴甲和李乙准备好了，糯米粉是石灵芝和罗小妹到楼底用石碓舂出。火堂里的火苗正旺，灵芝就把铁锅架上，待山泉水煮滚，罗小妹慢慢把糯米粉放入铁锅中。添柴加火，添糖加粉。两斗烟的工夫，糖粥煮熟。把铁锅放下火塘边，糖粥冷却后，两男双女享受无限的甜蜜。

吴甲说：“我们到厅廊那里望星星和月亮。”3 个人跟着他出去，4 双眼睛一起仰望天空。李乙说：“那个北斗星特别闪亮。我们喝两杯米酒如何?”“好，嫦娥作证，喝酒唱歌，是最幸福的生活。”吴甲高兴并大声说。“不准大声说话，请安静，楼上面有老人家在休息。”李乙小声提醒说。

石灵芝把一壶刚刚酿出的重阳酒提到桌子上，四个人在厅廊里，一边唱歌，一边喝酒。一边喝酒，一边唱歌。不会答歌要喝酒。有时男方喝，有时女方喝。最后 4 人把 9 壶酒喝完。吴甲到厅廊外菜园乘凉处唱情歌，石灵芝在厅廊里答着歌。她们知道这个规矩，不能到屋檐外去谈情说爱。如到外面行歌坐夜，将被房族族长、寨老乃至全寨人谴责，这种不矜持的姑娘，可能一辈子嫁不出去。

吴甲又唱歌，石灵芝对答迅速。李乙再唱歌，罗小妹唱答很快。

月亮下山了，吴甲把两个女的一拉，两个女的不如男的力量大，被拉到屋檐外的菜园乘凉处。两个女的坐在长凳上，两个男的站在两根寿木上，两男对双女继续比赛情歌，不分胜负。

石灵芝说："时间不早了，我们休息吧。""你俩女歌王回家，我俩男在菜园乘凉处睡觉就可以了。"吴甲说。

石灵芝拉着罗小妹回去，她俩刚过菜园架上木楼的独木桥，桥断了，她俩迅速跳下，脱离危险，但是桥没有了。石灵芝和罗小妹站在那里，呆若木鸡。李乙怕两个女心情不好，怕被父母骂，唱一首情歌和一些调皮的话，才缓和一下气氛。

石灵芝她们知晓马上就天亮了，干脆把歌唱到底。唱着唱着，他们困了自然睡去。次日，邻居起得很早，发现两个男子在两根寿木上睡得很香，一双女子在长凳上拥抱而睡。

好事不出门，恶事行千里。有好事者，把在屋子旁边菜园乘凉处有四人唱情歌通宵达旦这件事传了出去。一传十，十传百。罗家村全寨家喻户晓。原来说是唱情歌通宵达旦，然后传说是喝米酒到天亮，后来说是纯睡觉到太阳升。石灵芝和罗小妹、吴甲和李乙他们四个人跳进黄河都洗不清，只有他们自己心里明白。石灵芝跟自己的父母说明情况，只有自己的父母最了解自己的女儿。"身正不怕影子歪。"石灵芝跟房族所有人说。

对吴甲和李乙来说，就是犯了规矩。首先犯中寨文艺队队规，其次犯罗家村的族规。他俩知道自己犯错，心里想着，不能连累石灵芝和罗小妹，她们的名声比任何都重要。吴甲和李乙来向黄秋月导演认错，并说明怎样做。他们俩负荆请罪，在罗家村房族人面前承认错误，是吴甲和李乙我俩要求并硬拉石灵芝和罗小妹到菜园乘凉处唱歌，尽兴唱歌，不知不觉就唱到天明。以为天亮可以光明正大休息，我们已经犯了规矩，我们愿意受罚，但愿族长、寨老网开一面，放我俩一马。

罗家房族族长、寨老及德高望重的妇女代表召开一个会议，经过讨论，罚吴甲和李乙出钱买 1 头大猪、买 300 斤糯米，给全寨人在鼓楼坪吃一餐，改正错误，洗去坏名声。罚石灵芝和罗小妹在鼓楼坪合唱一百首侗歌，以表道歉，增强记性，永不犯错。有侗族大歌《糯米侗戏排练中》为证：

秋月成名倍推崇，
中寨人们仰有功。
罗家村里导侗戏，
上寨下寨赞昌荣。

《糯米》侗戏排练中，
中寨罗村艺路通。
福桥就是连接线，
导演演员一样红。

侗寨族规要尊崇，
不管姐妹和弟兄。
一旦谁人犯了错，

一视同仁一样凶。

规矩习俗行动中，
心有灵犀一点通。
一点一滴积累上，
一生最贵孝和忠。

第16章
一团乐唱得回报　全寨欢歌有掌声

“秋月戏园、秋月歌队、秋月舞团、秋月‘耶苑’，以秋月命名的各种文艺团体，像雨后春笋一样拔地而起。”罗家村文艺队长罗喜艺对演员们动情地说。他继续讲：“罗家村最近在全省戏剧会演中荣获金奖，其实就是黄秋月认真导演的结果，是导演与主演黄秋燕默契配合的结晶，是中寨人给罗家村的荣誉。我们罗家村要继续努力，不骄不躁，用秋月文艺精神指导罗家村的文艺实践，使罗家村文艺得到真正的发展，让村里人得到真正的幸福和快乐。”

秋月在罗家村导演侗戏《糯米》，并参赛获得金奖，在当地小有名气，她回到秋月戏园做自己喜欢的事情。早上在田地耕耘，晚上在戏园演戏，走一条适合自己的文艺发展路子。丈夫在生活上关心照顾，在事业上支持和帮助。有一句说得好，一个优秀的、成功的女人背后，有一个非常优秀的男人在支撑。这句话，说在秋月身上，是非常地恰当。

秋月走进书房，再读莎士比亚的书。那天晚上，从戏剧大师那里得到很多灵感。次日，不出书房，再看金庸的小说。又看侗族地区名家的作品，从古今中外，吸收丰富的知识，比较大师的写作风格，结合自己实际，觉得自己不懂的东西很多。在一个多月的时间里，秋月在知识的海洋中遨游。她第一次有那么多的时间看书，逐渐认识世界，不断充满自己的知识库。

红霞满天，秋月走到中寨的最高峰笔架山，在精制的亭子里遥望远方。脑子里充满了诗和远方，在那里尽兴高呼，尽情高唱，一首《侗族》歌词出口即成。歌词大意是，“大山上，翠绿松林廊。吸养分，郁郁苍苍。傲然挺立，饱经风与霜。滋湘桂，润黔忙。无论春夏秋冬，总是发愤图强，聪明、勇敢、努力向上。”

这首《侗族》歌词以侗族大歌曲子试唱，然后合唱，收到了预想不到的好效果。

在清晨的时候，青年们联唱《侗族》歌曲，太阳冉冉升起，鸟儿在树上集中，然后由北向南飞到鼓楼上空，好像在静听《侗族》天籁之音一样；在黄昏的时候，牧童一边唱《侗族》歌曲，一边赶牛回家，随着潺潺溪流，歌曲流向太阳升起的地方；在夜深人静的时候，几个女孩唱这首《侗族》歌曲，美妙的旋律飘过高山，飘到邻村和远方。

一首《侗族》歌曲，人人传唱，村村配舞。在侗乡大地掀起爱唱侗歌喜跳侗舞的新热潮。正在这个时候，接到最新通知，桂湘黔三省原生态歌舞大赛即将于秋末在桂北举行，秋月歌舞团队立刻投入到紧张的排练当中。

《侗族》整体唱法是侗族大歌曲谱唱法，在高音、中音和低音的处理上有所创新。从舞蹈来说，在以前只是横排和竖立的基础上有所提升。有时排成方形，有时排成圆形。方正则有原则性，圆形则有灵活性。歌舞进入高潮，显现出“侗族大歌走向世界”的字体造型。在歌伴舞的环节中，有侗族歌舞原生态元素，再加上精美的现代舞元素，壮美与柔和相融，古典与现代相通。

《侗族》这首歌侗语版在桂湘黔三省侗族地区传唱后，侗族著名作曲家杨兴歌再次作曲，将《侗族》歌词翻译成汉语。《侗族》汉语版，经过一两周的打磨，在月尾，《侗族》汉语歌曲最后定稿。孟冬的第一天晚上，由秋月作词、兴歌作曲的《侗族》在秋月戏园试唱。秋月领唱，33位同仁合唱。主唱高音清脆，合唱歌声嘹亮，余音绕梁，这天籁之音给寂静的山村带来无限的欢乐。

秋燕急忙跑到秋月的办公室说道：“姐姐，把一个好消息告诉你。”“什么好消息，快坐下来说。”秋月问。“是这样，在南方南市举办一个民歌会，有全国和东南亚各国参加的民族歌手，我省通知我县，我县委托秋月戏园参加此次活动。这是一个难得的机会，希望我们把握这次机遇。”秋燕详细说，并把一些资料交给秋月。

在秋月戏园南苑，秋月、秋燕、兴歌及骨干演员近20人围坐在火塘边，一边打油茶，一边商谈参演事宜。一边唱歌，一边做决议。在秋月戏园那里，谈话的时候，就用唱歌来表达，是习以为常，已经遐迩闻名。

到南市参演的人员定为33人，带队队长是秋月，副队长为杨兴歌，秋燕管后勤，也管其他杂事。

离正式演出还有7天，秋月演出团队在紧锣密鼓地进行排演。不管白天黑夜，他们每个人都非常地认真。没有谁请假、迟到，他们都想把这件事做得最好。秋月原来想请著名导演来指导，后来考虑指导经费紧张，导演费太贵，最后，决定自己当导演。秋月常常在晚上睡觉前想一些东西，比如自编自导自演的形式，很适合中寨村、秋月戏园的实际，我们应该立足实际，自娱自乐，过上健康平安的生活，就知足了。那天夜里，秋月乘着飞机往南飞，飞机降落在南方航空公司南侧。秋月戏园弟子走下飞机舷梯，飞机场上站着两排长长的欢迎队伍。他们手持鲜花，嘴巴不停地说，欢迎，欢迎，热烈欢迎秋月戏园演员！然后，秋月戏园弟子乘着大巴往南市中心飞驰而去。

清晨，秋月一觉醒来，睁开眼睛，仔细看看。哪里是在南市？原来是在自己的戏园里。真是日有所思，夜有所梦。

初冬，北方的草原，已经是大雪纷飞，像白银撒满大地一样。在南市，人们还是穿着长袖衬衫，穿梭于繁华的街道和商店。秋月戏园 33 位弟子如期而至，他们下榻南市江景饭店。秋月推开窗户，向天空遥望，星星稀少，月亮更加明亮，月亮像一个银盘挂在空中。她向江中望去，夜行船向东而去，像一支箭射出一样。看看饭店周围，树上草里，灯光闪烁，像白昼一样。秋燕在秋月身后，与秋月心思一样，欣赏着南市美丽的夜景。她俩又聊一些展演的事。夜已经很深，她俩同睡一间房，同做一个梦。

展演帷幕慢慢拉开，首先映入眼帘的是“南市国际民歌会”，接着，两位男女主持人步入舞台中央，然后，第 1 个节目藏族民歌演唱。秋月和秋燕、兴歌坐在备演席位上。他们盯着节目单，秋月戏园《侗族》节目展演排在倒数第 3 号。秋月团队的心比其他团队更加地稳，有一种稳操胜券的把握。此时此刻，秋月的自信心更加坚定，演唱激情更加高涨。她的手握得紧紧的，手心全是汗水。她自言自语，一定要赛赢。她的心在细想，这是秋月戏园的生存荣誉，也是弟子们的愿望。如果获得金奖，过去一切的辛苦劳累都值得。

时间过得真快。瞬间，主持人报幕，下一个节目《侗族》

准备。

秋月紧张的时刻到了，没有报幕前，心神稳定。一报到自己的节目，心里特别紧张，双手颤抖，两脚站立太稳。无论是谁，到了自己展演之时，心里都有些紧张。

秋月戏园《侗族》歌舞演员从出将的方位随着音乐的节奏缓缓而出。接着，头戴闪光银帽、身着斑斓服饰、手持金质麦克风的秋月移步其他演员前面，天籁之音脱口而出。整个现场观众报以雷鸣般的掌声。瞬间，其他杂音全无，只剩下秋月的声音，她的声音像高山流水，流向很远很远的地方。

《侗族》歌舞队时而排成方形，时而排成圆形。天圆地方，方圆有度。原则性与灵活性结合，阳刚与柔美统一。歌美舞美人美，处处展现侗乡的自然美、人文美，充分表达了侗族的真、善、美。

两个半小时的歌会展演落下帷幕。计分员正在统分，稍后可以揭晓获奖名次。一首《北国之春》插曲，给观众以愉悦。

最后，主持人宣布。优秀奖有 13 名，铜奖 3 名，银奖 2 名，金奖 1 名。先颁发优秀奖，后发金奖。激动的时刻到了，秋月代表秋月戏园上台领奖。双手捧奖，记者的镁光灯闪烁，与世界著名音乐人沙士比甫定格在国际舞台上。全场再次掌声雷鸣，观众沉浸在欢乐的海洋中。秋月脸上写满无限的惬意和幸福，红润的脸像朝霞一样。

秋月捧着金奖，载誉而归。在秋月戏园西苑的厨房里磨刀霍霍，杀鸡宰鸭，糯米饭飘香。在东苑，摆开 18 桌，把桌子与桌子连接起来，长桌宴会开始了，园里演员与园外群众围桌就餐。秋月举一个大瓷碗说，大家好，兄弟姐妹好，大家欢聚一堂，以这样的形式来庆贺我们摘获的金奖。这个金奖凝聚着大家的智慧和汗水，是大家团结的结果，是大家努力的结晶，为大家所获荣誉而干一碗！“大家干一碗！”众人齐呼，一饮而尽，碗底朝天。

大家继续喝第 2 碗，再喝第 3 碗……猜拳打码，交头接耳，又喝一小碗。这是一次喝得最醉的一次，几乎人人醉酒，个个迷糊。秋月与秋燕在戏园弟子面前再喝一碗。俗话说得好，酒后吐真言。秋燕当场指出了秋月的两点不足。你平常喝酒表现得不太好，这次表现得如此突出。你平常自己用钱很节约，就连用上一块钱都很抠，可是用在大家就餐庆贺上就如此大方，捐献了整个费用的一半。秋燕又邀秋月再喝一小碗，秋月说，姐妹好，喜事多，干。

秋月和秋燕她俩醉得像一堆烂泥一样，在姐妹们的帮扶下，把她俩送到各自房间。一夜无话，星星还是那颗星星，月亮仍然是故乡的最亮。

仲冬晚上的中寨，村民把《侗族》侗语版唱罢，再唱汉语版。循环往复，村民觉得有唱不完的歌曲，有聊不完的干劲。随后，游客也参加到中寨的文艺队伍里，“多耶”舞是游客最喜爱的活动项目。手牵着手，心连着心。你方唱罢我登台。活动自始至终，个个互动，人人高兴。

周末，南方南市江景饭店店长带着员工走进了中寨。在百家宴中，体验了侗族同胞的热情、善良和朴素。在侗寨中，体会了侗族的真善美。周丹裕店长带来摄影师，给百位耄耋老人照相。当场赠给中寨的百位耄耋老人牛奶各一件，之后，寄给百位老人全家福照片各一张。

南方南市江景饭店的客人了解店长去中寨很好玩之后，在一个晴朗的中午，也好奇地来到中寨。中寨的姑娘们排在寨门两旁，夹道欢迎远方的客人。一个大巴的客人，有一半是摄影爱好者。爱美摄影人提前到姑娘与客人之间，架好三脚架，抓拍美丽的瞬间，定格美好的人间。主人唱了拦路歌，客人用汉语版对了侗语版的歌。客人喝了拦路酒，顺利进入鼓楼坪，接着进到鼓楼里。在鼓楼里，品尝了最香甜的侗家油茶。有的桌子上饭豆油茶还没吃着，摄影人攀上制高点俯瞰下面，拍出侗家美食。南市摄影协会主席蔡和美，他从高处往下一跳，两脚轻轻落地。迅速把相机收好，将长镜头放在大包里。跑到吴氏家里，摆好笔记本电脑，第一时间，把信息发到网站，给全世界的网友都了解中寨侗寨神秘的民俗风情。

黄昏，东盛市自驾游车友 100 人到了中寨。晚上，他们在鼓楼坪中央举行隆重的民俗歌会。汉族、侗族、苗族、壮族、瑶族、仫佬族、毛南族、回族、京族、水族、彝族、仡佬族 12 个民族歌手汇聚一起，演唱各自民族的歌曲。虽然语言不同，但是笑脸一样。舞出了融合，唱出了友谊。12 个节目表演后，最后一个节目就是合唱一首《难忘今宵》。“主唱客舞，歌声嘹亮，响彻山村的夜空。情深深意浓浓，舞姿柔美，舞出一片新农村新天地。”客人罗斯艺对侗族同胞秋月说的一番话。

阴雨绵绵，北兴市旅游有限公司董事长姚娴媛亲自开着城市越野车到中寨。晚上在秋月家吃饭，她把来中寨投资开发民俗民宿旅游的意向告诉秋月。公司负责投融资，重点搞旅游基础设施建设，中寨负责文化文艺工作。对中寨文化文艺的领头羊秋月来说，是一次非常好的机遇。秋月心想，在秋月戏园，好是好，但是离家较远，父母没有得到照顾。再说，在外头打拼也不容易。务工只能是暂时的，不能维持长久。最终还是要回到家乡，建设家乡。只有把家乡建设好，才是侗族同胞发展的最好路径。秋月把自己的想法，都告诉姚董事长，姚董把中寨文化旅游建设的初步方案交给秋月。愿合作融合，马到成功。两个女人坐在火塘边，一边品重阳酒，一边聊城乡事。秋月到楼底添些柴火上来，再煮一锅油茶。秋月敬茶，姚董品茶。姚董赞叹有加，侗乡油茶，清香甘甜，温润可口，提神醒脑，名不虚传。

天气晴朗，秋月送给姚董两饼茶叶。姚董一定要给秋月茶钱。秋月说，这是赠送，不是售货。千里送鹅毛，礼轻情义重。后来，董总把茶叶收下，放进车的后备厢。然后坐在驾驶室上，右手拿着方向盘，左手向秋月示意告别。城市越野缓缓地开出寨门，然后往北飞驰而去。

腊月的中寨，鹅毛大雪纷纷落下，整个寨子像铺了一层白银一样。村民都在自己的吊脚楼里烧火取暖。火堂边长年放置一个装淘米水的酸坛，火灰底下慢慢烤着大山红薯。除夕那天，人们都张贴着吉祥的对联，比如“东南西北开财路；春夏秋冬纳福星。”“全家顺利迎富贵；四季平安庆吉祥。”这些对联村民比较喜欢。弹指一挥间，就到新年的初二。姚董一家四口人自驾车来到中寨。她是第一次在侗家过年。贵客的到来，给秋月一家增添了很多的乐趣。对联说得好，说是迎富贵，真的来了贵人，带来财富。

姚董把中寨文化旅游建设方案呈给秋月，这个方案写得更加详细，更加有可操作性。在资金投入上更加节约，能节约的资金用在其他更需要的地方。姚董在南方打拼了多年，高中毕业后就进制衣厂务工，从工人到师傅，又到分管，再到经理，后到总经理，终是董事长。她积累了一些资金，她觉得搞其他什么都不感兴趣。只有文化旅游建设才是自己最喜欢的，于是就有缘来到中寨投资。

初步算了一下，中寨文化旅游基础设施建设，包含道路硬化、停车场、宾馆饭店、侗族原生态博物馆、休闲长廊、新村百楼等建设，总投资1个亿。姚董说，目前制衣厂的订单不少，时间紧，任务重，还需较多流动资金。目前，暂时有点困难，我跟老弟姚行仁先借1000万元，元宵节后先把项目启动，半年后再把钱还给他。秋月你有信心吗？“我有百倍信心，村民也有百倍的信心。”秋月很有把握地回答姚董。有侗族大歌《文林树下咏快乐》为证：

一团乐唱众村民，
全寨欢歌有掌声。
天籁之音传天下，
人间大地有真情。

离乡到外找月薪，
含辛茹苦靠至亲。
秋月山中寻乐趣，
戏园里面获真金。

山里最爱山里人，
山里人重山里情。
山里人写大侗戏，
山里鼓楼是寨魂。

回乡唱戏最称心，
众人同种艺术林。
文林树下咏快乐，
中寨村里享温馨。

第 *17* 章

出版歌集房族献　出游国旅董事捐

姚娴媛董事长最懂自己的老弟姚行仁，跟老弟说一声，资金周转暂时有困难。老弟什么话也不说，上午跟大姐要个账号，下午直接从中国工商银行自己的账户转给大姐人民币 1000 万元。1000 万元，在村里人觉得是天文数字，在城里人感觉是小事一桩，小菜一碟。

中寨文化旅游基础设施建设正在进行中。他们先把路铺好，姚董负责装运水泥，中寨村民负责投工投劳，装运沙子、石头和铺路。

小路铺完好后，村委干部、文艺队、老人协会负责人、青年代表、妇女代表以及各生产小组组长集中中寨文艺学校会议室，他们总结前段时间的干活情况，然后，想个办法布置做好下一阶段的活路。秋月建议，成立总指挥部，由村委干部、文艺队、老人协会、青年代表、妇女代表组成，下设几个建设小组，第 1 组，道路建设组；第 2 组，文化楼及文化长廊建设组；第 3 组，游客中心建设组；第 4 组，原生态博物馆建设组；第 5 组，休闲娱乐场所建设组；第 6 组，新村百栋吊脚木楼建设组；第 7 组，财务组；第8组，督查组；第9组，宣传推介综合组。“但愿大家，坚持分工合作，努力推进，又好又快完成我村文化旅游干活任务。干活大家都会做，靠的是自觉。万望兄弟姐妹们，发扬艰苦奋斗的精神，把我村的事情办好。”秋月在临近散会时特别强调说。秋月近段时间以来，夜以继日地干活，作为领头羊，当指挥的讲话较多，声音有些沙哑。如果不注意听，就不知道说些什么。

文化楼及文化长廊建设组民主选举中寨能工巧匠杨建楼师傅担任这个项目的掌墨师。杨师傅花甲之年，像40多岁的中青年一样。乌黑头发，方脸白牙。身穿侗族服饰，脚踏布鞋。为人大方，阳光帅气。走起路来很快，像一股春风吹过。他热心公益事业，热爱架桥铺路，热情帮助他人。过去，他曾经亲自设计并建造吊脚木楼百余座、井亭10多座、鼓楼3座、戏台1座。在侗乡，他是家喻户晓的掌墨师。

中寨村民准备木材，地理先生择吉日良辰，举行启工仪式。人人有活干，个个争上游。男女老少早起晚归。路上，挑担子、扛木头、抬石头、装水泥、运沙子，构成一幅侗族同胞热爱生活建设家乡的美丽图景。其中，最靓丽的景观是，秋月带领90多位文艺队员抬木头，有的10人抬一根，有的8人抬一条，有的6人抬一支，甚至有的3人同扛一根，往中寨鼓楼坪走去，她们穿的衣服花花绿绿，像流动的彩带一样。

两个月的工夫，文化楼建成，文化长廊竣工。该组的全体成员集中在杨建楼师傅家里，尽情地享受着吃油茶的乐趣。组长杨生活说，大家明天休息一天，从后天开始，我们在文化楼里摆放图书及音像作品，在长廊两边悬挂书法和绘画作品。文化楼及长廊建设组计划早、落实快、工期短、竣工快，给其他建设组做出了榜样。

游客中心建设组的成员用半天时间去参观文化楼和文化长廊。他们向文化楼建设组学习了经验，结合自己的建设实际，做了半期后的新计划。一个月后，游客中心竣工仪式落幕。原生态博物馆建设组夜以继日，加班加点，按时按质按量完工。星期天黄道吉日，休闲娱乐场举行竣工典礼。

新村百栋吊脚木楼建设组精选 20 位木匠，一个负责 5 座楼设计、施工并建成。他们不仅要懂木工技术，而且要懂组织管理。在中寨里，如果人员不够，就自己想办法到邻村找亲戚朋友来帮工，直至完成任务。吴繁茂木匠他的亲戚在较远的贵州，离中寨有 100 多公里，吴繁茂托人去请亲戚来中寨帮工。后来，贵州那边亲戚来了 16 个木匠。仅仅用两个星期的时间，吴繁茂负责的 5 栋吊脚楼如期建成。

道路建设设计为两横两纵，开工早，完成也快。因为在建设中有一段路受损坏，需要维修，因此，其他组都来帮忙铺路。大家起早贪黑，加班加点 30 天，两横两纵路、环村道路、上山观景路，文化景观路，全部完工。道路建设的竣工，也就是所有的中寨村文化旅游基础设施建设项目全部完工。

村委主人吴志勇、姚娴媛董事长、秋月三人把文化旅游完工后的各个项目检查一遍。不太理想的，该修补的，就及时修补。

春回大地，万象更新。新项目竣工，新年多吉利。全村几百户人家，都带来自己的糯饭米酒、猪肉酸鱼和红薯青菜，汇聚鼓楼坪，摆长桌宴。喝“转转酒”，吃百家饭，获百家福，成百样事，享百年寿。村委主任吴志勇开始发言：“大家好，讲几句话。我们以百家宴这种方式，一个是祝贺竣工，一个是恭贺新春。一个是总结过去，一个是展望未来。特别是感谢姚娴媛董事长对中寨村的关心、支持和帮助。为中寨文化旅游明天更美好，干碗（干杯）。下面热烈欢迎姚董事长说两句话。”

姚娴媛董事长说：“我跟中寨有缘，源于跟秋月有缘。我第一次去秋月戏园，接触了秋月，从相识到相知，从相知到相怜，再到相帮。被她的天籁之音所折服，被她的积极向上所感动，被她的积善成德所启迪。当时就想，在有生之年，一定要做一件有意义的事。做什么事？当时未定。在两年后，也就是现在，决定做中寨文化旅游这件事。我为能做这件事而高兴，请大家为取得这件事的阶段性成绩而干杯！”

“干杯，干杯！”在鼓楼坪吃百家宴的所有人异口同声地高呼。

“感谢村委主任的致辞，感恩姚董！父老乡亲、兄弟姐妹好！我不才，我只有一颗想做事的心，有一种想把中寨事做好的情怀。在这里，我希望大家更加团结，像石榴籽一样紧紧地拥抱在一起。以后我们要更加努力，把中寨文化旅游的事做好。祝大家四季发财，一生平安！干碗（干杯）。”“牵啦呜呼，饮啦呜呼！”村民喝酒助兴的声音如雷鸣一般。

村委主人吴志勇、姚娴媛董事长、秋月三人，还有各建设组的负责人，他们到文化楼及长廊瞧一瞧，廊边悬挂着书法和绘画，楼里挂着精美的摄影作品。姚董事长说：“我们中寨村各方面都做得不错，但是，文化旅游部门来测评是按表里的各项指标打分，一般来说，认数不认人，因此，我建议，我们要特别邀请资深专家来指导。有不够的地方，我们还有近一年的时间来迎接测评，做到第一次测评就通过，国家 4A 级旅游景区的牌子在有计划、有准备、有质量、有效率的情况下拿到手。”

秋月说：“姚董说得在理，我们看看，大家想想，还有什么创新的想法。我们只要有能力做，我们就尽量去办。我们麻烦姚董办的事太多了，我们不知哪时才能还她的恩情。以后，我们尽量少麻烦或不麻烦姚董，自己的事自己办。”

村委主任吴志勇对秋月说：“文化楼和文化长廊，从外表看雄伟大气，从内涵来说，还配不上外表，还需要补很多东西，比如本土图书就少得可怜。如您能在这个方面有想法，那就太完美了。”

“从中寨文化旅游特点来看，其优势是侗族大歌，这些民间歌曲如能汇编成册，那就是美事一桩。我有思路了，您放心，吴主任。”秋月把想法跟主任讲。

秋月吃晚饭后，就上三楼卧室兼书房。她在书桌旁思考着，有时用钢笔在稿纸上写一些文字，有时把笔头放进嘴里，有时两手靠背后走来走去。夜深人静，她看看星空，又看看圆圆的月亮。思路来了，用集资的办法，比如三个一点。公家出一点，募捐出一点，自己出一点。以前，办公益好事都用这个募捐的模式，都办得很成功。

昨天晚上，秋月把《关于募捐编辑出版〈中寨侗族歌曲选〉的倡议书》写完。第二天，秋月把倡议书拿给村委主任阅示。吴主任看后，鼓励秋月把这件事办好。

秋月是个办事爽快的人，想做的事，就努力去做，而且要做得最好。她回到家里，还没坐到凳子上，就跟丈夫说：“我想做一件好事，希望得到你的支持。”“什么好事？在家里你是老大，想做什么都可以，只要不做坏事。”丈夫试探说。

秋月继续说：“不开玩笑，是好事，我的好丈夫，你支持我，我们就能成功。”“不卖关子了，快点说，什么好事？我能帮的尽最大努力地帮。”丈夫继续问。

秋月把想法更详细地说给丈夫听，丈夫一百个同意。他俩自结婚以来，相敬如宾，勤奋劳作。白天干农活，晚上唱大歌。是百里侗乡最受尊敬的贤妻良母。他们家里的大事小事，都是同商共办。

丈夫说，存折里的3万块钱，你先拿去用吧，以后，有什么急用，我们再想办法。“我俩的孩子正在小学读书，以后越来越需要用钱。家里和外婆家两家都有老人，都需要防老的费用，我俩会走一步算一步，一步一步来。虽然，暂时困难总会有，但是，我俩的办法一定比困难多。”秋月接着丈夫的话说。

秋月和丈夫房族听到秋月出版《歌集》有困难，他们聚会吃了一餐饭，族长跟房族兄弟姐妹说了详细的募捐出版情况后，大家你一言，我一语，都愿意支持和帮助，解囊相助。嫂子捐800，弟弟捐900元，哥哥捐1000元……第二天早上，族长把大房族集体捐献的两万多元，用一张红纸包着，送到秋月手中。“非常感谢叔公及全族族员！我把善款收下，办我中寨乃至侗族地区最荣光的事。”秋月双手拿着红包感谢说。

姚董事长听到秋月和她的丈夫房族捐款出版歌集的故事后，很是感动。姚董出差一周后，亲临秋月家，与秋月商量做更大的事情。

姚董说：“我们要出去走一走。只有走出去，才能增知识、长见识。见多是过程，识广是目的。我有一个初步的计划，想带着中寨村的8个代表出去走一走，看一看。先看看省内和国内的著名旅游景区，再看看国际的3个著名旅游景区。秋月，你看看，可以不?”“当然可以，选人容易，秋收后，农闲时节，时间上允许。问题是，资金哪里来?”秋月讲了想法和一些问题。

姚董说：“你说的问题，在我这里不算什么问题。我也想我全部出资赞助大家出去考察学习，但是，从学习者来说，自己出一点，更珍惜学习考察的机会。我这样设计，我赞助总费用的9成，出去学习考察的人自己出1成。你看，可以不?”“我是肯定可以，他们7位的意愿如何，我问问看。”秋月回答。

姚董想出这种出去学习考察模式，是中寨从古至今的第一创举，想出去的人都双手赞成。在中寨鼓楼，村委和文艺队及各协会召开小型会议，选举产生中寨8人文化旅游学习考察小组。他们是，村委主任吴志勇、文艺队长黄秋月、文艺队副队长黄秋燕、老人协会会长杨家和、青年代表罗辉煌、妇女代表李优秀、旅游协会会长韦根茂、书画协会会长潘文盛。再加带队队长姚娴媛董事长，一共9人。

中寨有一个优良的传统，只要是办公益的事，所有费用都是公家捐出善款，这次中寨8人文化旅游学习考察的费用全部由村里出。出去学习考察的人，不是出去玩了一圈就回来，而是一定要带回经验，结合中寨的实际，把中寨的文化旅游工作提上来。

姚董一行9人，他们第1站到省内最著名的旅游名城桂林。有“桂林山水甲天下”的美称。读小学的时候，课本就有《桂林山水》这一课。在人们的心里，早有向往桂林的愿望。能亲临桂林，体验一山一水，登象鼻山、上芦笛岩，荡舟漓江、畅游四湖，是一生最大的快乐。

姚董一行坐着火车，第2站到北京。首选最著名的几个地方。登天安门城楼，感受祖国的伟大。在人民英雄纪念碑前瞻仰人民英雄，想到中国人民从站起来，到富起来，到强起来。到八达岭长城，遥望远方，想到祖先的壮举，人民的伟大，明天的美好。姚董说，我们9人在这里照一张照片留念。回村后，可以调侃那些“不到长城非好汉”的人。

姚董一行第3站飞到泰国，在那里住了3天，体验泰国的热情服务。地上没有一张纸片，绿绿的草地向远处延伸。那些小朋友，一举手，一投足，都在传播文明，传递正能量。公园里的老人，散步神聊，悠闲自得。六只鸟飞过他们的头顶，飞到另一棵树上栖息，叽叽喳喳，好像在唱着歌曲欢迎他们一样。

姚董他们到了欧洲的法国。住在江边的一个酒店，叫狄莎柏酒店，那里的建筑美丽而大气，古朴而典雅。夜幕降临，灯火通明。学习考察组分两路走。姚董、秋月、秋燕、李优秀4个女的走江边路。河的两岸，树木成荫。从一棵树到另一棵树之间，就设置一张三人凳，行人可休息一会儿，再继续前行。那些指示牌，写着中文和英文。姚董事长介绍说，随着中国的改革开放，中国到法国去旅游的人越来越多。有的旅馆和饭馆专门为华人开的。狄莎柏酒店是一个意大利商人和法国文化人合作开的酒店。意大利人叫威尼斯恩，法国人马科龙。他俩性格相投，合作愉快。已经开业10年，今年是10周年店庆。在3个月内，以5折优惠送给客人。我们中寨学习考察组成为此店第一批最幸运的游客。酒店不仅给优惠的价钱，而且赠给客人一本中英版图书叫《法国名胜古迹》。

吴志勇他们5个男的走上狄莎柏大桥。他们大步走到桥的中央栏杆边，志勇右手指向远处，大家同向望去，河面上有快速行走的3艘船，像3条大鱼一样快速往东而游。过往的蓝眼睛法国人，很友好地用较标准的中文跟黑头发的中国人打招呼。到了河的对岸，那是一个游乐场，是公益文化的场所，相当我们旅游区的乐满地。不要门票，人们进进出出。男女老少，尽情地在里面玩耍。天上飞的、地上走的、水里游的工具应有尽有，有“注意安全，享受愉快”的中英文提示，可玩到晚上10点钟。罗辉煌建议，我们先吃饭。吃饱晚饭，我们全体学习考察人员共同享受多姿多彩的夜巴黎。有侗族大歌《真砖好瓦村民造》为证：

歌集出版大家捐，
国际旅游董事牵。
中寨村民行海外，
心情娱悦像神仙。

姚董行善到寨前，
积德广阔到天边。
路旁种树祥云绕，
山间建校育能贤。

叔叔干事走在前，
伯伯重担扛在肩。
嫂子大步学舞去，
哥哥带仔上课间。

文化奠基在前沿，
乡村旅游任务添。
真砖好瓦村民造，
创造生活蜜样甜。

第18章
建音乐楼并肩干　办演唱会携手牵

姚娴媛董事长在中寨投资开发民俗文化旅游各个基础建设项目已经告竣，只等国家旅游部门来验收。按常理，摘取国家4A级旅游景区的牌子在最短的时间内马上实现。

国家旅游验收组如期而至。验收组共7人，他们从10大项目100个小项进行评分，共三天三夜，总分得93分。如果不包含加分项，至少要得到98分，才能通过。“只差5分，这5分也难得到。”秋月摇头说。

还未吃早饭，秋月就喊秋燕来到村委跟主任商量。主任说：“关于停车场建设，面积不够宽，其他没有问题，问题在农户不同意让出土地。”“没有补偿，农户肯定不让。因为他们只有那几分田，如果中寨公家占用，获得公共利益的是大家，受到损失的是他一个小家庭。不是一般的损失，一小家没有粮食吃，这是一辈子的大事。”秋月立足实际说。

主任说：“用农户的水田建设停车场，他自家也受益。”“让出土地的农户，他小家失去的是全部的水田，获得的是几百分之一的利益。如果村委干部谁能用自己的承包水田跟这位农户交换，没有一分补偿，有谁愿意吗？”秋月说。

村委小会议室里鸦雀无声。十多分钟内，连一根针掉落都听得见。秋燕说：“我们办事，跟群众打交道，群众最讲实惠。”有人说：“水田受损失的农户，全寨300多户分摊，每户每年称给他家20斤谷子。”“这种方法行不得。现在外出务工的人很多，到吃饭的时候，忘记给那农户的粮食，那农户没田无粮，不饿死才怪。假如全寨不外出务工，都在本村耕田。到收获季节，有的人不守规矩，不称粮食给那农户，那农户又能怎样？再说，全寨人年年欠那农户的粮债，那农户一辈子要等别人送谷子来才有饭吃。那农户由一个有水田的人变成了半个乞丐。”秋月进一步解释说。

一番讨论后，大家最后定，受损水田的农户，用新开水田1.5倍偿还。

这个方案公布后，受损水田农户能够接受。问题是，现在新的农田还没有开成。这个时候，秋月说：“用我的水田换受损农户的水田。停车场拓宽工程可以开工，等中寨新水田开成了还给我。”

秋月的这个举动，家里人有一点意见，秋月说服了，最后，大家也能够接受。

挖掘机在中寨的工地上轰隆隆运行着。吴富贵师傅说：“我开这么多年的挖掘机，看到不少村寨为土地和山林纠纷而打架，打官司，最后，双方伤感情，又损失钱财。有最悲惨的是，为争得一寸土地而被打死，行凶的人也被判死刑。可是，我们中寨，协商办事，办好大家的事，都积极参与，互相帮助。慷慨解囊扶贫，大方献地办公。这种精神和风格，难能可贵。如果我的老家像你们中寨一样，早是国家级旅游景区啰！”

村委决定，建设停车场与开新水稻田同时启工。秋月她们一拨人在北面用人工开田，那里还没通路，用传统的开田方法。之前的田块，祖先就是这样用锄头挖土，用撮箕挑着。秋月心里在想，祖先们的开田造地的精神是多么的崇高啊！愚公移山的形象在她的脑海里深深地刻着。

村委主任一拨人在南边协助开挖掘机师傅挖山填冲。他们一半用机械，一半用人工。撮箕还是不能丢，锄头和扁担还是需要。村民挑着泥巴，来来往往。他们从早上 7 点干活到中午 12 点，除中间稍微休憩一下，喝一两瓢水外，全部的精力体力都投入到紧张的家乡停车场建设中。村主任的汗水从额头上流下来，没有时间擦一下，让它往下流；小石的内衣全都湿透；老罗的衣服和裤子没有一个地方是干的。村民努力干活，只有一个目的，就是尽快看到停车场完工。

小学六年级的学生他们在村里读书，他们在礼拜天跟着父母也来到施工现场，做一些力所能及的事。力气大的挑着小撮箕的泥土，力气小的用木桶去井亭里挑水给老人家喝。

干了 3 个月的活，中寨全村开出了新的水稻田 10 亩，除补够秋月的水稻田面积外，剩下的给公家用，种下的粮食给老人协会酿造侗乡重阳酒。停车场按照旅游部门的要求建造，土地平整已经做好，宽度长度均合格，最后一个环节要做的就是硬化、亮化和美化工作。这个工作较为复杂，要求较高，不是中寨村民去完成，而是县里派一个团队来组织工人施工。

中寨文化旅游各项工作都准备好了，国家 AAAA 级旅游景区评估机构如期下来评估。已经评估的进行复评，还没评估得更细致地打分。几天的工夫，最终得分是 98.98。合格标准是要超过 99 分。查来查去，就是在旅游标识上不得分。那就说明，还要等待时间去完成，当天是不能完成这一工作的。时间往后一推，不知要到猴年马月才又来复评。秋月请求景区评估验收组，能不能委托县旅游部门来评估验收最后一个环节。如评估合格，就把材料上交国家 AAAA 级旅游景区评估机构备案。“按规定，是要求国家 AAAA 级旅游景区评估机构再来评估，哪时评估合格，哪时才能授予国家 4A 级旅游景区的牌匾。”验收组的老李回答。

在中寨的鼓楼里，上寨的人责怪下寨的人，中寨的人责怪上寨的人。秋月和秋燕到鼓楼里，听他们在议论纷纷。关于旅游景区评估不能如期通过，一个怪一个。秋月说：“其实，大家都非常辛苦，都有一颗建设好自己家乡的心。现在，不能如期通过，就互相责怪。这真的不好，闹不团结，不利于我寨的发展。这个事，怪我，不能怪其他任何一个人。我急于求成，工作不深不细。如果我考虑再细致一点，那 0. 02 分就得到了。现在责怪没有用，有用的是，如何尽快地把未得分的事补上办好。”

听了秋月的话，村民一个看着一个，一句话不说，像哑巴一样。

秋月打电话至新兴广告，那边接了电话。这边说的内容清楚，那边听得明白。最后秋月强调，景区旅游标识 66 块，在一周后交货。“好，好，好。”广告那边的职员连续说了几个好。

中寨村旅游标识做完了。景区评估验收组不是你做完了，就马上来。验收组还有其他很多事要做，到中寨验收，他们订了一个新的计划，1 个月后才能轮到中寨。

秋月常常在心里想一件事。这件事对她来说，是一件千古流芳的大事。在中寨村新大路的旁边，有一块祖先的菜园，用这块菜园，可以建造一栋 7 间 5 柱 3 层的吊脚木楼。假如吊脚楼竣工，自己的音乐楼便成立了。秋月把心里想的讲给丈夫听，丈夫听后，右手把大腿一拍，说："完全可以，我双手赞成。"

秋月脸上很高兴，她心里美滋滋的。秋月说："一直以来，秋月我无论做什么事，丈夫您都赞成，并在人力、财力和物力支持和帮助。我很感恩，我很幸福。我为有这样的丈夫而高兴，为有这样和谐的家庭而自豪。"

秋月请来伯伯、叔叔、伯妈、婶娘、大侄子、小侄子到家里来。在厅廊里，大家你一言，我一语，畅所欲言。伯伯说："秋月你想得好，这样的好事，我们一定要做。我家族一直以来都有传统美德，只要是架桥铺路，都踊跃募捐。不管捐多捐少，都要表达一片行善之心。这件家里的事，我房族建造音乐楼，从小的说，是家里事。从大的说，是村里的事。"

"只要是好事，我们又有能力办，我们都要积极去办。"婶娘说。

侄子说："这些好事，作为长辈，您尽管说，出力、出物和捐钱的事，我们晚辈去落实。"

房族八爷仔在火塘边，边吃边聊。越聊越有兴趣，越聊越有新思路。当聊到比这个事更大的时候，比如聊到以后要成立中寨影视发展有限公司。秋月说，眼下先办我们有能力办的事，等到我们各种条件成熟了，再办更大的事业。房族各位同意这个看法，吃饱油茶，各自回家。

秋月粗略算了一下，建 7 间 5 柱 3 层木楼，从启工到竣工，按村里的价位要 70 万元左右，包含材料费、人工以及其他费用。秋月跟丈夫商量，拿出自己的所有积蓄 10 万元，加上岳父和岳母愿意借给秋月 10 万元，总有 20 万元。姚娴媛董事长听到秋月要建音乐楼，做好事一向喜欢帮助，愿意借给秋月 30 万元。还差 20 万元。房族和亲戚商量，伯伯、叔叔、舅父、姑爷每家愿意借给她 2 万元。另外，朋友愿意借给她 12 万元，70 万元凑够了。

这个楼房建设，7 间 8 排 40 根大柱子在邻村湖南石家村取材，就在石家村请一位石佳木木匠设计和制造音乐楼，订在两个月后，择吉日良辰，在中寨树柱上梁。石师傅他根据实际地形和侗族吊脚楼的特征，设计和制造独具特色的音乐楼。主体结构是吊脚楼。前面是大门，三层瓦檐，中高左右低结构。门的对面为大型壁画，壁画内侧为木构长廊。右边和左边分别为雕龙木构长廊和刻凤木构长廊。3 座长廊互通和谐，与大门紧紧相连。

建楼那天，晴空万里。大家抬柱进场，穿枋直套。拿大锤的、扛方条的、挑大梁的，每人都聚精会神地投入到建设木楼中。在上梁仪式的瞬间，突然下了一阵雨。听师傅说，这是及时雨，一般来说，吉日良辰建房都是这样，这是大吉大利的象征。大梁悬挂着红布，红布上写有“吉星高照”四个大字，还下垂一把糯谷穗，大梁上用侗布包着一本历书、一支毛笔和两个银圆。柱子上贴着对联，“玉柱朝天天赐福；银梁盖地地生财。”“东南西北开财路；春夏秋冬纳福星。”“贺建房一生顺利；欣添院四季平安。”柱子还贴“福、禄、寿、禧”等大字。新建的大楼比鼓楼低很多，它把楼、廊、阁连为一体。做工精细，气势恢宏。建造 7 间的吊脚楼，在中寨算是独具特色的一家。

秋月请来 7 位中寨的木工师傅来装修，一个负责装修 1 间，从第 1 层到第 3 层。秋月鼓励师傅们，请各位师傅拿出自己的最高工艺，把它装修好。主家出材料，师傅包装修。师傅自己设计和装修，自己出工自己定。装修完后，一次性结账，先完工先结账。如果发现谁有发明创造，秋月另加给谁的工钱，算作鼓励金。

秋月跑这跑那，家里家外都要管。在新建的楼内，天天有 7

位师傅在镶房。锯木声、刨板声、镶房声，声声入耳；家建事、村游事、国旅事，事事关心。

三个月后，装修完工最快的是杨师傅。秋月看了师傅一张作业本撕开的纸上写着面积是490平方米，每平方米40元，合19600元。秋月当场付给杨师傅工钱。杨师傅退回秋月600元，说，是我义务做工3天，不算工钱。秋月双手把600元再交给杨师傅，我心已领，杨师傅你收着。杨师傅又把钱放在新造的桌子上，跑出门外，大声地说："我义务做3天工，不收工钱。"

次日，吴师傅和李师傅同步来到秋月家领取工钱，吴师傅和李师傅从小玩耍在一起，长大后都喜欢做木匠，并且是同门师傅。他俩共同承包第2和第3两间，从第1层到第3层的镶房木工全部完成。秋月请他俩到火塘边，在打油茶的过程中，他们聊一些家常事。主人高兴，客人愉快。吃油茶后，把工钱交给吴师傅和李师傅，他俩各自回家。

第三天，罗师傅、潘师傅和石师傅三位问韦师傅："你完工了吗？如完工，我们同去领取工钱。""我还要3天时间，全部搞定。"韦师傅回答。"我建议，我们3个去帮他一下，你俩同意吗？"罗师傅说。"同意，我们同去帮帮他！"潘师傅和石师傅异口同声回答。

罗、潘、石3位师傅帮助韦师傅，用1天时间，把镶房的尾工都做完了。当天晚上，韦师傅请罗、潘、石师傅在自家喝两杯酒。韦师傅的兄弟、堂兄弟都来陪贵客。白切鸭、土鸡蛋、酸草鱼、酸猪肉、韭菜和芥菜汤，配上侗家米酒，喝到九成，还加3碗。个个半醉，人人健谈。他们谈的主题，仍然是家乡的建设。中寨文化旅游的发展，靠的是自己的努力，外援的力量。"真正靠的是秋月姑娘，有秋月的嗓子，秋月的舞姿，秋月的金奖，秋月的为人和做事，还有秋月的人脉。人家喜欢一个人，就是喜欢一个寨子。想帮助一个人，就去投资建设一个寨子。”罗师傅说。

秋月把镶房装修所有的工钱结账后，这一天，她带着秋燕到新建的木楼走一遍。在前面看看，同时，拍一些照片。然后到后面去瞧瞧。最后走一走两侧的长廊。一边走路，一边考虑一些问题。

秋月说：“秋燕，如果我们在新建的楼房，举办一个桂湘黔大型民间艺人演唱会，你看看，行不?”“当然可以，我们的硬件条件和软件条件都成熟。我们必须拟一个详细的实施方案。”秋燕回答。

秋燕的肯定，使秋月更加坚定信心。她俩在秋月的卧室里紧紧地拥抱一起，直到秋月的丈夫从外面进屋来，她们才松开手，到二楼的长凳上坐下来。

夜幕降临，月亮特别明亮，台灯也更加明亮。书桌右上角摆着《中寨文化旅游发展规划》。秋月抬头望月，她憧憬着美好的明天。她埋头提笔写下题目：“桂湘黔三省民间艺人大型演唱会实施方案”。地点：中寨音乐楼。时间：腊月初八。

演唱会的筹备工作正在紧锣密鼓中，姚娴媛董事长为了把中寨的旅游景区评估验收这件事做好，验收前，她从省城来过 3 次。这次，她带两位旅游专家来到中寨。

午餐，秋月在自家的厅廊里接待姚娴媛、专家几位贵客。她还是用传统的接待方式。打油茶，唱敬茶歌；喝侗家米酒，唱敬酒歌。晚上，到新建的音乐楼，在那里体验“多耶舞”、唱侗戏、吹芦笙、吹侗笛、弹琵琶，欣赏风情浓郁的侗族中寨。

在现场，姚董事长跟秋月耳语几句，来的两位专家，一个是书法名家王希诚，另一位是著名音乐人李燕子。

秋月邀请王老师现场挥毫泼墨，王老师答应。秋月去找宣纸，昨天还有10张，村里的书法爱好者拿去练习用了9张，还剩1张，现在就拿这张，这张的左下角有点烂了。

王老师卷起衣袖，提笔书写，先在旧报纸上试笔，然后在生宣上挥毫，“音乐楼”3个大字展现在中寨村民前面，落款是，王希诚。三个行书，苍劲有力。既有草书的印迹，又有楷书的功底。既有稳健的风格，又有飘逸的韵味。一幅完整的书法，只等最后加盖印章。秋月说：“王老师快盖章、快盖章。”“没带印章在身边，以后再找机会补盖章。”王老师遗憾地回答。

秋月建议说：“王老师我中寨有个雕刻师傅，罗师傅，他帮您刻印章，盖印后，把印章送给您，这样可不可以？”“完全可以，太好了！”王希诚老师回答。

次日，李燕子、王希诚、姚娴媛与秋月、秋燕在新建音乐楼将《桂湘黔三省民间艺人大型演唱会实施方案》再完善一下。总策划是黄秋月、姚娴媛、王希诚；音乐总监是李燕子。姚董介绍，李燕子是京城音乐协会主席，曾举办京城大型演唱会，带领中国民歌队在世界巡演；王希诚是京城书法协会副主席，是全国书法大赛兰亭奖的评委，出版《王希诚书法选》《京城墨迹》两部著作，是全国最畅销的图书。

演唱会的资金筹备有了着落，并且定了时间和地点及人员。秋月负责把《演唱会指南》印发。鸡叫三声，客人都在秋月家住下。有侗族大歌《快乐人家钱满兜》为证：

一心建造音乐楼，
村民并肩手牵手。
中寨举办演唱会，
姚董行善捐资投。

贵人侗寨过中秋，
题字新建音乐楼。
三省来办演唱会，
无忧无虑又无愁。

演唱秋月来牵头，
村民高唱好歌喉。
歌唱乡村新面貌，
歌唱振兴有筹谋。

山上鸟儿亮歌喉，
树上硕果满枝头。
村民演唱新侗寨，
快乐人家钱满兜。

第19章 做厨师传承侗艺　耙稻田保护文根

一周之后就到演唱会开幕的日子，在全体村民都在喜迎演唱会之际，国家AAAA级旅游景区评估组到中寨做最后1次评估。这个评估组是全国各所大学组成的专家组，对每一项的评分都非常认真细致。秋月说，我有两种体会。如果是专家评估九成是非常细致，细到每个小节都不放过。如果是领导检查工作，一般是宏观检查，大都是整体场面上过得去就可以了。一个是微观查问题，一个是宏观看问题。不管是专家来，还是领导来，我们都要重视他们，尽量把工作做到更细更好。

这一天，专家组上午和下午全部用上，到了吃晚饭的时候，才把所有该评估的100多小项全部评估完毕。秋月问："蔡组长，中寨这回评估验收过关吗?""不急，稍后我要对大家公布评估验收结果。"蔡组长回答。

蔡组长举着陶瓷碗跟大家说："祝贺中寨国家AAAA级旅游景区评估验收全部过关。""牵啦呜呼—饮啦呜呼—嗦啦呜呼"，大家高呼，然后，每个人举的大碗酒，一饮而尽。酒过三巡，主客没有什么拘束，无话不说。俗话说，酒后吐真言。蔡组长说，有的地方，中寨是做得不够，我们在打分的时候，酌情给分。这是鼓励群众的积极性。有的项，很难得分。目前，毕竟乡村与城市还存在一些差别。以后，这些差别相信会越来越少。秋月把中寨近况的新建项目和筹备演唱会向蔡组长讲了一遍。蔡组长有时点头，有时竖起大拇指。从蔡组长的言行可以看出，中寨的民俗文化旅游将会有更灿烂的前景。

腊月初八晚上 8 点 8 分，桂湘黔三省民间艺人演唱会在中寨隆重举行，来自 3 省 18 县的民间艺人 54 名闪亮登场。苗瑶侗壮汉多民族汇聚一堂，唱侗族大歌、唱山歌、唱通俗歌曲、跳“多耶”舞，精彩纷呈。各支参演队唱功高深，独具特色。秋月的唱功深，舞姿美，深受评委的好评，得到群众的喜爱，荣获本次演唱会的金奖。国省市各级主流媒体都做了报道。3 个月内，大街小巷所有谈资就是中寨的演唱会。有一位王姓的大姑说，长到现在 98 岁，看见长得最好看的人就在中寨的演唱会戏台上，如果其中有一个女孩成为我的曾孙媳就好了。

腊月廿六日，国家 AAAA 级旅游景区挂牌仪式在中寨举行。这是中寨有史以来获得最高荣誉的一次，鼓楼上挤满了全体村民，分为老人组、中年组、青年组、少儿组和妇女组，纵向排队，省旅游厅甘副厅长和市旅游局韦局长亲自挂牌。

省市领导的讲话言简意赅，简单概括了中寨创建国家 AAAA 级旅游景区的艰辛，荣誉得之不易。勉励村民发扬成绩，继续努力，争取更大的成绩，把中寨建设成为全国民俗风情文化旅游的目的地。

音乐楼建成，演唱会唱罢。秋月又在思考以后中寨的可持续发展。夜深人静，她一个在房间里走来走去。眉头紧皱，轻轻把窗户打开一半，看了一下天空，再把窗关好。躲进被窝，眼看天花板。这一夜，没有合过眼。

第2天，秋月继续想，如何把中寨文艺学校、音乐楼与县城的秋月戏园联系起来。立足村情，村县结合，融合发展，才是中寨民俗风情文化旅游发展最好的路子。虽然中寨民俗风情文化旅游资源丰富，但是，如果没有游客，没有吃住行游购娱，村民就没有收入。没有收入的村民又出去打工，建设家乡又成了一句空话。秋月戏园，作为联系省市和乡村的桥梁和纽带。一定要把它建设好管理好。秋月创业的心更加坚定，她的拳头握得紧紧的。

姚娴嫒董事长听到秋月的说法，大加赞赏，表示在精神上和物质上都予以支持和帮助。秋月说，我建造音乐楼都还没还您的钱，我争取在三年内把所有债务还清，成为一个无债的人。秋月把中寨的文艺队分为两组，一组在中寨音乐楼经营，另一组在县城秋月戏园发展。地点不同，工钱一样。

秋月的丈夫把音乐楼周围的场地整理一番，跟叔叔一起做木工。抬木锯木，挖洞穿孔，穿枋树柱，安柱础、盖绿瓦。镶木板、安门窗。一个月的工夫，接待旅客的专用厨房和大厅造成了。在建造的过程中，虽然很辛苦，但是，看到自己亲手完成的作品，心里高兴，脸上灿烂。

这是中寨获得“国家AAAA级旅游景区”称号后的第一批旅客，他们从上海经过桂林再转到这里。人们经常说，“桂林山水甲天下”。在侗族地区，有“侗族风情看中寨”的说法。一辆大巴车40余人下了车，走村串户。一位旅客说，“这是原生态的村子，没有一座砖房，全是吊脚木楼。这些楼房，鳞次栉比。依山而建，傍水而居。整个村子避开东南风和西北风，有水井几十口，是风暖水富的宝地。村民长年饮用山泉山，住在天然氧吧里。大多数耄耋之年，无忧无虑，他们像神仙一样快活。”

这些艺术学院的学生，每走一步，拍一张照片，感觉处处是景。

特别在鼓楼前，全体师生合影留念，大家露出灿烂的笑容，好像得到全国大奖一样。

音乐楼是一座综合楼，可以住宿、吃饭和演唱，尤其是里面的本土书籍给旅客爱不释手。秋月把自己的书赠送给老师和学生，其他的图书卖给客人。秋月常说，以文会友，以歌传情，在一些受赠的图书扉页上就写这些字。那些大学生围在她的周围，有的在领书，有的在买书，有的在等她签字，有的在点赞。

李新生老师跟秋月说，真羡慕你，在家里能愉快地生活、学习和工作。这种活法，很多人望尘莫及。我老家的年轻人都去广东打工，有的得点钱寄给家里，有的连车费都不够，还要家里转账给他车费才能回家。

李新生的团队在白天看够乡风民俗，晚上，吃饱喝足，就到音乐楼去尽情地唱歌。这个歌厅音响效果是侗族地区最好的，学生们跟村文艺队对歌，一边是李新生演唱汉语版的流行歌曲，另一边是黄秋月演唱的侗族大歌。他们的歌词不同，音调各异，但是，心意相通，情义相连，友谊永恒。

秋月起得很早，就在厨房里煮饭、炒菜和打油茶。李新生团队分 5 桌就餐。第一碗油茶送到客人面前，糯米喷喷香，饭豆送吉昌。糯米饭豆油茶吃过；接着是，第二碗油茶又来了，这是猪肝粉肠油茶，肝脏养身体，好心写文章；第三碗是方块猪红油茶；第四碗是白白汤圆油茶。秋月说，侗家油茶吃法有讲究。先吃咸的后吃甜的，有方的有圆的。寓意是，先苦后甜。天圆地方，做人方正，堂堂正正。办事尽量追求圆满完成。

李新生带领的学生个个竖耳恭听，吃饱油茶，有一个西北陕西的姑娘感叹说，吃油茶还有这么多的规矩，包含这么深的寓意。侗家饮食丰富，侗族文化真是底蕴深厚。

中寨一夜一日游结束了。李新生团队乘坐的大巴在天籁之音侗族大歌旋律中缓缓开出寨门，车窗上的老师挥手告别，学生们高呼“再见中寨—再见中寨”！秋月携手村民望着大巴慢慢消失在视线外。

秋月回到书房，继续学习。她又一次翻阅鲁迅的小说《阿Q正传》，再看看茅盾的回忆录《我走过的道路》，然后详细阅读茅盾长篇小说《子夜》。秋月在自己笔记本上记录这些文字：茅盾原名沈德鸿，浙江省嘉兴市桐乡市人，中国现代作家、文学评论家、文化活动家、社会活动家。茅盾的作品善于捕捉和传达那些新近发生的重大事实，将当代重要的政治经济事件作为自己的创作题材。《子夜》是中国第一部写实主义的成功的长篇小说。

“一等人忠民孝子，两件事读书耕田。”这句话深深地刻在秋月的脑海里。秋月最崇拜姚娴媛董事长。姚董事长既是忠民，又是孝女。曾在南岭财经大学读书，毕业后就进一家国企工作，努力工作，成绩显著，最后做高管。后来，有优惠的政策，她辞职下海，在商海里自由行船，凭着睿智的洞察力，开办南岭制衣有限公司。从南方一个城市做起，后来发展到北方，最后，全国总经销。视职工如亲姐妹和亲孩子，职工个个努力，人人争先。南岭制衣有限公司生意越做越红火，年交税金1000多万元。姚董不忘自己是个农民，不忘耕田种地，不忘自己的家乡。常常回家，为家乡办实事好事。

秋月从菜园浇灌青菜回到家，天才大亮。煮饭、炒菜，喂猪潲后，把鸡放到后山自由找吃，将鸭放入门前的小溪自由觅食，又到东北边的鱼塘观赏草鱼吃草的乐趣。丈夫刚好丢很多的嫩草进去，有嫩草的地方，就有草鱼挤在一堆。塘里的草鱼有的边吃边游，有的腾跃水面上一尺多高，有的得吃嫩草就立刻沉下水底去，一会儿，秋月与丈夫挑着撮箕回家了。

耕田季节，全寨村民都投入到疏通水利和放水耙田之中。秋月从小一向好强，男人会做的活儿，她也要去尝试。耙田那些事，她会做。木工的活儿，她也知晓一二。

插秧时节，秋月和家婆负责扯秧，家里其余男劳动力负责插秧。他家有一半的水稻田在屋子旁边，还有一半的水稻田在三四公里外的山冲下面。一家人装午饭去插秧，几亩的水稻田在一周内全部插完。在中寨村，秋月一家，插秧最快。次日，秋月一家去帮助稍慢的房族和亲戚插秧。在中寨，互相帮助插秧，互相帮助打谷子，互相帮助建房，已经成为传统美德。

澳门的一批摄影家在夕阳西下到了中寨。他们下榻秋月音乐楼。带队的队长李佳景先生行李还没放下车，就已经跑到寨子对面山顶的望景亭，聚焦全寨，定格夕阳下美丽的中寨。他从山上往下走，每走一步，拍得一景。李佳景跟同伴说，这个侗寨太美了。从史料得知，中寨从建寨至今，近千年的历史。寨里有鼓楼、福桥、吊脚楼、寨门、井亭、凉亭、长廊、庙宇、“萨”坛、石板路、鼓楼坪。座座是精品，件件有故事。这些公益建筑物，全是村民乐捐做成，百分之百的自愿。人们有钱出钱，有物出物，有力出力。

“这样美丽的寨子，如此动人的故事，聚焦于我们的镜头，我们回去要大力宣传推介，把广东和香港的客人吸引到中寨来。”带队副队长钟如意女士侃侃而谈。

天未亮，摄影家们都蹲在中寨的东面。这个最佳取景地，是一块韭菜菜园。他们架好三脚架，安装好长镜头的数码相机。有一个小伙子的左脚踩着韭菜，用右眼瞄着取景框，达到聚精会神的境界。大个子的老周过去把他的肩膀拍一拍，小伙子你踩着老百姓的农作物，要小心一点。不要给我们团队有任何的负面影响。我们不仅要做到不拿群众一针一线，还要做到不损坏村屯一草一木。

中寨的晨曦是美丽的，摄影家都从不同角度拍到自己理想的照片。摄影家们不只拍到中寨的秀丽的自然景观，而且拍到了精美的人文景观。特别是很多神秘的民俗和动人的故事，半辈子了还没听过。

摄影师贵客将要离开中寨的时候，有个村民叫卜杨福边跑边喊，贵客们，谁丢钱和一个背包在我的韭菜园里。

原来是这样，摄影师小伙子姓杨，叫杨粤胜，踩了 3 兜韭菜，把 10 元钱放在那里，又感觉自己背包烂了，把烂背包丢在菜园边的沟坎里。经过一番解释，杨粤胜也不收回 10 元钱，再加 300 元钱到商店买糖果给鼓楼里的老人。卜杨福把杨粤胜丢的烂背包背在肩上，说，我也要买个相机，来配这个背包，当个摄影师。杨粤胜看到这个情景，很是感动，把大包小包里面的东西再整理一遍，腾出一个最近买的新包送给卜杨福。卜杨福说，您更需要这个包，如果给我，给您带来不便。“如果您不收，我就跪下恳求。”杨粤胜说。欢送的村民在围观，有的说，还是收下吧。有的说，还是不收为好。最后，大巴车开出寨门有一丈多，杨粤胜把一个包交到一个村民的手里，麻烦您交给卜杨福，便快速赶上车去。

秋燕吃饱早饭来到秋月住处。一来聊昨晚接待客人的事。二来告别秋月，明天要到县城的秋月戏园做事。秋燕说，我昨天晚上路过井亭的时候，有六位摄影家在那里聊。其他的话听不太清楚，只是最后说，我们要为中寨做点好事。还补充说秋月和秋燕两姐妹不得了。在村里有事业，在县城也有事业。我们要帮助她们，她们实在不容易。她们这样好心，应该得到好报。“哦，哦，哦。”秋月听秋燕说，没有加什么内容，只是点头。有时候，呆呆的，不知她想的是什么？

秋月已经想好了，在中寨，音乐楼交给丈夫主管；在县城，秋月戏园交给秋燕主管。秋月有一半的时间在中寨，另一半的时间在县城。

秋月丈夫是个负责任的人，能进厨房煮饭、切菜、摆桌、端茶、扫地，又能在音乐楼管理音响，还做一些拉横幅广告之类的。也算是个多面手。耕田与读书，他都做得好。在读初中时，他成绩最好，后来，他爸爸说，家里活路多，你还是回来帮老爸吧。他看见老爸头发逐渐增白，初中毕业就回家务农。他在社会里，学了很多东西，谈吐很有内涵。

秋月跟丈夫在家里厅廊里商量，把音乐楼的服务工作做得更好。秋月说，客人到中寨，他们不容易，翻山越岭，慕名而来。不要给客人评价说，原来这么差，白来一次。要给客人留下最好的印象。只要我们用心、用情、用功，就能够做好。先从我家开始，从点滴的清洁卫生、文明礼貌开始。

“明天你去县城看一下秋燕，我在中寨这里，尽量考虑周到，服务再热情一点，你放心吧。如果有什么需要商量的，我再打电话，或者我直接去县城。”丈夫说。

秋月乘着村里的面包车到县城的河西车站。下车后，她火速转到秋月戏园。一个月不见，秋燕的脸有点憔悴。秋燕拉着秋月到自己的卧室，首先映入眼帘的是一幅《红霞满天的中寨》摄影作品。秋燕说，这是今天上午刚收到的邮件，下午，我就喊一个妹妹来帮一下，用钉子固定好。然后，姐妹俩再详细地聊了戏园的经营情况。

秋月秋燕姐妹俩跟演员和职工同吃一锅饭、同住一栋楼、同演一出戏。

晚上 8 点半，天空上星星闪亮，嫦娥舞姿婀娜。秋月戏园里锣鼓响起来，芦笙吹起来，侗笛吹起来，琵琶弹起来，牛腿琴弹起来。有侗族大歌《休闲中寨传天下》为证：

做厨师来穿侗衣，
饭堂里面传侗奇。
戏台上面演侗戏，
耕田劳动全戏迷。

鼓楼里面坐古稀，
谈古论今入了迷。
再聊全球奇妙事，
又聊大海与小溪。

耕读中寨护文基，
旅客游南又游西。
休闲中寨传天下，
好客村民享福祺。

第20章
夫妻饭店即艺店　汉侗歌源是文源

秋月与秋燕告别，乘着班车离开县城往中寨而去。刚进家，丈夫就给她一个包裹，打开一看，是《满天红霞的中寨》，跟秋燕那幅摄影作品一模一样。看信后知晓，原来是澳门那一批摄影家的小伙子杨粤胜寄来的。过3天，粤胜还要带一拨香港客人来中寨。这次来，先到县城秋月戏园，再到中寨秋月音乐楼。

四月初八，是中寨的敬牛节。耕牛辛辛苦苦为人们耕田，只求付出，不讲报酬。为了致敬耕牛，学习老黄牛的精神，村民这一天蒸着白红黄蓝黑五色糯米饭，进行祭祀活动，给老黄牛披红毯，喝侗乡米酒，以表敬意。晚上，还在戏台演侗戏、唱侗歌、跳“多耶”，热闹非凡。

香港贵客昨天已经在县城秋月戏园欣赏了侗族的器乐，今晚看侗戏，给杨粤胜带来的香港贵客们大饱眼福。他们虽然听不懂侗族话语，但是，知晓和谐的旋律，看好演员的表情。

杨粤胜跟秋月说，现在他设计一条新的民俗风情文化旅游线路，从澳门出发，转香港，再到广州，后至中寨。城市里的人，想到原生态的乡村走走看看，一天内就可以到达目的地。

秋月为杨粤胜的激情所感动，在音乐楼里，客人尽情享受侗族文艺所带来的喜悦。

通过三次的提升品位装修，音乐楼里的展示内容不断丰富起来。房族和亲戚送给秋月音乐楼很多生活用具和生产工具，除演艺厅不摆东西外，后面大堂和两侧长廊都摆满了文物，相当于一个乡级侗族原生态博物馆。在乐器收藏方面，秋月颇费工夫，诸如琵琶、牛腿琴、芦笙、侗笛都有收藏，还有汉族的乐器，如二胡、吉他、手提琴，脚踏风琴。不只是收藏时间长，而且收藏的件数多。据说，秋月音乐楼附属博物馆藏物件超过6000件。杨粤胜面对秋月开玩笑说，秋月姐姐您不仅是中寨音乐楼楼长，而且是秋月戏园园长，甚至是中寨原生态博物馆馆长。都有“长”字，非一般人也。

今天是特殊的日子，是秋月家婆的花甲寿日。秋月和丈夫邀请房族亲戚到音乐楼来，喝寿酒，唱侗歌，演侗戏。最好玩的是，邻村的李家寨和吴家寨文艺队作为不速之客过来贺寿，同餐共饮。在侗寨，如果有文艺队来贺寿，就是非常有面子的家庭。秋月的家婆脸上显露了灿烂的笑容。“这笑容，可以说是千金难买啊！”旁边的婶娘告诉亲戚说。

中寨和李家寨、吴家寨，主客联欢，其乐融融。中寨演唱侗族大歌，李家寨主演侗戏，吴家寨主演芦笙踩堂。你方唱罢我登场。大歌悠扬，笙歌阵阵。侗戏情节曲折，故事感人。几个老人看后，感动地流下了眼泪。旁边的媳妇用手巾为家婆抹眼泪。看到这一幕，在场的观众，都很羡慕这个能够享受这样幸福的家婆。

香港旅客亲临侗寨，看到原生态的东西，感觉很值得。有些孩子在城市从来没有看见猪圈和牛栏，一看到猪圈，就在那里玩了很久。再看到牛吃草，就可以看个半天。一家人星期五出来，礼拜六和星期天玩两天，晚上回到家里。秋月戏园和中寨音乐楼两夜一天游，吃住行游购娱各要素都具备。

游客回去后，一传十，十传百。到中寨侗寨游成为粤港澳旅客的首选。在中寨，扩建了新村百家。有百家民宿，有百家饭店。日转星移，旅客越来越多。各家饭店硬件条件一样，但是，各个饭店的热情、态度、服务质量总是不一样的。秋月的音乐楼特有一种韵味，受到客人的青睐，她的夫妻饭店，天天满座。

秋月还是觉得在哪些地方做得不太好，时时在考虑如何改进。顾客的满意，才是自己的追求。从学校读书到现在的社会实践，才懂得“顾客是上帝”“热情服务，质量第一”真正的含义。

秋月与丈夫聊了很久，直至深夜，还在继续。秋月建议，在饭店的空间布局上，还要多思考一些东西。比如再添加书柜，摆放一些文学、文化、科技的图书，重点是本土丛书。在茶余饭后可以看，如有的旅客想购买，可引导到本土书店去选购。

丈夫说，秋月，我建议，这样，在饭堂安装四个高级音箱，给旅客一边饮食，一边欣赏侗族的歌曲，在轻松、愉悦的环境中度过。在休息间安置八九张按摩椅，客人随意坐上，一天的疲惫全部消除。

夫唱妇随，一拍即合。明天是北方的旅客即将到来，夫妻俩一个去备米，一个去备菜。

这一天来了 60 辆大巴，是中寨景区创建以来客人最多的一天。

晚餐，中寨各个饭店一家接待 20 多人。秋月夫妻饭店不仅要接待中寨集体游客，而且要接待来中寨进行文化交流的特约嘉宾。她的家婆精选青菜，并洗好放在竹篮里，等待秋月去炒熟。丈夫劈柴、煮饭，忙得擦鼻涕的时间都没有。

次日，在鼓楼坪里举行百家宴。村民各自从家里拿出糯米饭、酸猪肉、酸草鱼、白切鸡、糯米酒，摆在长长的桌子上。主人坐在这边，客人坐对面。碰杯换酒，你喝我杯中酒，我喝你杯中酒。这是侗家的习俗，寓意肝胆相照。汉族客人来到侗乡，感觉样样都是新奇。依山傍水的吊脚楼，鳞次栉比。在雨天，从寨脚走到寨头的屋檐下，不用撑伞。50 米建一座井亭，10 米设置一条长凳。处处是美景，座座是精品。北方侗乡中寨风情游团负责人赵彦喜感叹说，如果一辈子没有到中寨这地方，真是白白地过了一生。赵彦喜拿着酒杯来到秋月夫妻面前，说，祝愿生意兴隆，平安顺利！头一仰，酒全干。秋月也把碗里的酒喝干。赵彦喜后敬丈夫一杯，先干为敬。秋月说，我帮他喝。“不行，一定要丈夫，男子大丈夫，喊老婆来帮喝，像男人吗？”赵彦喜半醒半醉说。秋月说，丈夫已经喝很多，他都醉了，不能喝了。“喝，喝，咱俩一醉方休。”赵彦喜跟秋月的丈夫各自干了一大碗。

秋月用侗族大歌致敬各位北方贵客，赵彦喜用北方民歌回敬中寨主人。主唱客答，客唱主答。一夜歌声，全寨欢乐。

赵彦喜问秋月，您祖籍是哪里？秋月回答，我听老人家说，祖籍是江西省吉安市泰和县。从江西那里辗转湖南，一路奔波，后到中寨。有几种说法，第一种说法是，朝廷派去保卫南疆，后来与土著民族和睦相处，逐渐说着本地方言，被同化，现在分不出谁是本土的，谁是外面进来的。第二种说法是，因为当时有灾难，所以，逃难后到就中寨。第三种说法是，原来就是中寨本地的。

赵彦喜继续说，如果现在江西那边有侗族，就说明侗族来到中寨后仍然是侗族。如果江西那边没有侗族，只有汉族，说明汉族来到中寨后，就与当地民族融合在一起，同劳动、共生活，被当地同化而自然成为侗族。

“几十代人，千年劳动，千年历史，千年文化。侗族只有语言，没有文字，更没有文字记载的族谱。歌是靠口传心授，故事也是靠口传。我很佩服我们的祖先，佩服他们的记忆力，有的歌师凭心中记，能记住几千首侗歌。”秋月说。

端午节后，赵彦喜把自己的著作《赵彦喜民歌选》寄给秋月。后来，秋月把自己的书以及侗族作者写的侗乡民俗图书 6 本书一并寄过去。鸿雁传书，他们的民族感情加深了，而且对民俗文化的研究也加深了。对待一些问题，从一般认识，到较深刻地认识。对中寨以后的发展充满信心，尤其是对中寨的民俗风情文化旅游更感兴趣。

有一句哲人说的话，热爱是我们的老师。只有热爱这件事，才能有耐心、肯专研、攻难关，把这件事做好。有共同的爱好，就能在一起，把更大的事情做好做快。

赵彦喜回到北方，其他不感兴趣。最感兴趣的是，开发、利用、发展南方中寨民俗风情文化旅游。他起早贪黑，潜心写作。他在写作的过程中，觉得江郎才尽，就到处找资料。他到北方现代书店买了 30 本关于民俗风情的图书。赵彦喜有个喜好，每到一个地方出差，第一件事是到当地书店逛一逛，购买两三本书留作纪念。

纸上谈兵终觉浅，绝知此事要躬行。一些资料找到了，有的东西，必须到当地进一步了解才更清楚。有了这个想法，赵彦喜决定再走中寨。

赵彦喜这次到中寨，是为了写《中寨民俗文化旅游》这本书打下更好的基础。他住在秋月音乐楼。秋月及丈夫把他视为上宾，晚餐，房族亲戚来到音乐楼陪贵客。礼貌一番，酒过三巡。酒逢知己千杯少，话不投机半句多。当秋月丈夫与赵彦喜主客都喝过9碗酒后，酒后吐真言。赵彦喜说，我告诉大家，我这次来，就是为写书，这本书初步命名为《中寨民俗文化旅游》。我来第二次，就是要进一步了解中寨的民俗和文化，才能够写出愉快的旅游来。“你来两次，就能写出一本书来，我不相信。我在这里摸爬滚打几十年，对民俗风情文化都还似懂非懂。依我看，建议你在中寨住上一年半载，才可以写出书。”秋月调侃说。

赵彦喜说，我能。我已经过了半辈子了，没有吹过牛。我说的都一一变成现实。“不要光说，要喝，要做。我与你一一兑现。你喝三碗，我也喝三碗。你明天走村串户，我也上门入户。你写文化旅游书，我也撰文学著作。”秋月用激将法说。

主客连干三碗，满脸通红的秋月去厨房拿一瓢茶水过来，给贵客提神醒脑。不料，赵彦喜慢慢从凳子上倒下地板，蜷缩一团，如一堆烂泥。秋月的房族亲戚把赵彦喜扶着并抬着，又扶着并撑着，到了床边，把鞋子拖后，再抬进床上，盖上被窝。赵彦喜鼾声响起，开始进入了梦乡。

早茶开始了，主客都到齐。秋月说，我们一边吃油茶，一边喝米酒。“不喝了，我服输了。”赵彦喜回答。秋月说，我们常说，早晨喝三盅，一天都威风。“中寨胜利，我甘拜下风。”赵彦喜举了双手。

同餐共饮，在场的房族亲戚都笑了，音乐楼里洋溢着无限的欢乐。

秋月和赵彦喜走访了中寨文化人。先到寨头的罗师傅家。罗师傅，即罗云超。既是木匠，又是老师。看上去，他比实际年龄少得多。只有几根白头发，知道他是退休的。他的心态非常好，也很健谈。两耳不闻窗外事，一心只读圣贤书。在当时，寨里急需老师，他德才兼备，当上了人民教师。一干就干到退休。现在，一边帮家里做些家务事，还写一些文学的东西，在市里的报纸副刊，常常看到他的作品。

从罗云超老师获知很多中寨的族源族称，历史沿革，文化渊源，还了解不少幽默的故事。

接着，到潘真实师傅家。潘师傅在中寨，是个摆古的人。他经常在鼓楼里讲故事，讲得最多是《薛仁贵》。他说，薛仁贵确实是力气大，但是，有的人说他在两边肩膀上扛两根寿木，在腋窝下还插着两根寿木，那是假的。真实的是，他一个人能肩扛一根够做 3 层木楼的主柱，力气够大，吃得也够多。一个人能吃一半大锅头的米饭。听故事的人，不管是真是假，能讲出有趣的、好笑的，觉得好玩就行，送给的是，热烈的掌声。

潘真实师傅讲了中寨的传奇故事。古代的中寨，是个灾难深重的寨子，强盗土匪常常到中寨来抢东西，一有风声，村民全都跑到茂密的森林里躲藏，肩上挑着一对竹箩，里面有衣服和侗布等较轻的东西。粮食其他重的东西难以拿动。强盗土匪进家入户，吃了坛中酸草鱼、酸猪肉后，屙尿屙屎进酸坛中。然后，把谷物和钱财用马匹运走。那些强盗土匪所到之处偷光抢光，无恶不作。村民恨不得把那些坏透顶的强盗土匪剥皮杀死。

后来，村民召集在一起商议，凡是听到不好的消息，以鼓楼里的鼓声为信号，都跑到山上去，然后，相机行事。有一次，有强盗土匪来到中寨做坏事。村里所有的男士拿大刀、握斧头，从山后一涌而出，跟强盗土匪决一死战，最后，获得胜利。从那时起，几十年没有后患。风调雨顺，百姓安康。

中寨的歌师和戏师，把故事改编成侗歌和侗戏。村里的青年男女演唱《中寨的故事》歌曲，闻名遐迩。侗戏里饰演正面人物的演员无论到哪个村都受欢迎；那些饰演反面人物的演员到哪里都被骂得很难堪，有的甚至差一点被打死。从这些现象可以看出，中寨侗戏故事情节曲折，演员演技高超，观众看戏入迷。

赵彦喜没有白来中寨一趟，他回到北方后，把原始材料整理好，再进行创作。三个月后，他的《中寨民俗文化旅游》已经完成了一半。这一半，全是精美的摄影作品，民俗文化文字部分还没有写完。他推开窗户，仰望星空，星星闪烁，他的灵感来了，他的三进中寨计划在脑子里已经形成。

赵彦喜带着一个同伴再次走进了中寨。中寨的大门敞开着，大门对联新年换了新气象。上联是，中国万美侗寨；下联为，上面一流景观。横批是，和谐中寨。

秋月与赵彦喜继续交流着，谈来讲去，就聊到《中寨民俗文化旅游》这本书。赵彦喜的想法，深入生活，扎根中寨，挖掘深层次的东西。“从眼前看，民俗文化的研究，尤其是侗族民俗文化的研究读本相对少，原因是多方面的，我认为最根本的原因是，一个是人才库，一个是钱袋子。这两方面解决了，其他的问题就迎刃而解。”秋月说。

赵彦喜说，钱袋子问题，我有能力解决。我说到保证做到。“钱袋子有了，事就完成了一半。还有，你的保证，有什么作为凭证？我们村里人，最不喜欢吹牛皮的，特别是喝了两杯酒，一开口，什么话都敢说，什么事都不愿做。有的说得好，除飞机外，其他都会做出来。”秋月越说越有劲。

赵彦喜主动拿出右手要跟秋月拉钩，在家乡，凡是拉过钩，那些承诺的事都能兑现。

秋月说，赵领导，您好，昨天我听到您说，您最近说手头还有很多事要急办。我有个建议，文化旅游这本书，您我合作，您负责旅游部分，我负责民俗文化部分。按您的计划进行，照我的方法办事，一定能提前出书。您看，可以不？“就依你办，你办的事，我更放心。”赵彦喜愉快地说。有侗族大歌《汉族侗族中寨唱》为证：

夫妻饭店在门前，
深挖广积聚财源。
内存宝物藏文化，
侗里寨外更值钱。

北往南来享休闲，
中外旅客体验田。
大碗喝酒豪气爽，
侗戏观后胜神仙。

山歌唱来到山前，
河歌唱来到河边。
汉族侗族中寨唱，
汉侗歌源是文源。

第21章
音乐传家夫妇悦　茗茶上市寨屯兴

秋月的母亲是当地的歌师，她的祖母是歌师的鼻祖。在侗族地区，只要有人想学侗族大歌，就到秋月家里来，秋月家就是当地的歌堂。

在秋月家，长年有人在那里学歌。有村里的人，有邻村的人。有老年人，有中青年的，有少年的。

20年前，祖母教唱歌；10年前，母亲授课；近年来，秋月既教歌，又演戏。样样都教，行行都学。各种路数都有，只要对家里村里有用的事，就尽力去做。

秋收之后，在冬季3个月里，是中寨村民学歌的季节。在村民的脑海里，会唱歌是一件非常荣耀的事。会唱歌的男士，可预测将来比较容易讨老婆。不会唱歌的男士，可预测将来讨老婆成功率较低。

“萨”秋月教老年组，说是教，其实是在探讨一个问题，把歌词讲得通俗易懂，寓意更加深，更加有哲理。

中年组的学员，学员有一定的基本功，“乃”秋月只是教一下，学员他们领会较快，唱得好，记忆力很好。有很多学员不会创作，只是想来要歌本。

夜幕降临，村民中侗歌爱好者云集秋月家。吊脚楼上，厅廊里边，是青少年组；在屋里，是中年组；在第 3 层卧室外休闲处，是老年组。秋月负责青少年组，这个组，问的问题很多，也是村里最活跃的一支文艺力量。

秋月先教基础知识。从发音开始，吸气、送气，多次练习，肺活量越来越大。接着，先教发低音，然后，教中音和高音。最后，学合唱。慢拍的人，要赶上快节奏的。快节奏的要兼顾慢两拍的。配合好，效果佳。

秋月的授课安排，从唱到演，循序渐进。口手结合，动作协调。最小的学员叫吴新花，这个孩子聪明伶俐，唱歌学得快，跳舞学得好。秋月老师教基本的东西，小新花就可以触类旁通。在讲到学习心得，很多想法跟老师一个样。可以说，心有灵犀一点通。

秋月家里的人还没吃晚饭，罗仁友就到厅廊里，等待秋月老师上音乐课。秋月拿一壶三江侗乡红茶过来，先倒一杯，双手端给学员客人，自己回到饭桌边吃饭。罗仁友在木凳上慢慢品茶，他说，秋月老师，您家的红茶工艺真好，品质好，汤色佳，不愧是侗乡茶叶专业户。

秋月与丈夫对教歌这件事谈了很多，经常聊到半夜。今晚，学员回去后，夫妻俩继续聊，一直聊到自然睡去。

秋月从菜园回来，就进书房里。她一心专研侗歌歌词，侗语押韵唱起来很顺口，但是，翻译成汉语，也要押韵，这是很难的一件事。在翻译的过程中尽量押韵，实在难译，就说说大意。

秋月老师这样一讲，学员更容易学。在对外演唱的时候，不是侗族地区的听众也能理解歌词大意。本来侗族民歌的旋律很美妙，再加上译文，对侗族民歌喜爱的人越来越多。

秋月公益音乐教学的学员越来越多，原来只有中寨本村的，后来，邻村的学员也来报名，秋月照收不误。在冬闲时节，白天，安排邻村的来上课；晚上，安排中寨的音乐爱好者学习。

在夜深人静之时，秋月就伏案备课。一段时间的经验积累，她编写一套中寨音乐教材。分基础知识；侗族民歌词曲；侗族民歌唱法，即侗族大歌唱法、侗族河歌唱法、侗族情歌唱法、侗族双歌唱法、敬茶歌唱法、敬酒歌唱法、敬老歌唱法、庆新居歌唱法、贺生日歌唱法、贺寿星歌唱法、颂盛世歌唱法。

鸡叫三遍后，天刚刚亮，秋月和丈夫在自家练唱恐怕吵闹邻居，就到自己的菜园里练习唱侗歌。夫妻俩各挑一担农家肥到菜园，既得施肥，又得练唱，一举两得，一箭双雕。

俗话说，拳不离手，歌不离口。歌要不断地练，才能唱得更好。秋月对丈夫说，作为老师，歌要比别人唱得好，晓得的东西要比别人多。自己是半桶水，能倒给别人一桶水吗？“秋月，‘乃’宝宝啊，你越来越成熟了，唱歌好听，说话有理，理论水平越来越高。”丈夫说。秋月调侃说，丈夫啊，你越来越会夸奖人了。说话水平越来越高，心情越来越舒畅。

秋月和丈夫拥抱在一起，秋月流下了激动的眼泪，这是夫妻俩人生第1次拥抱。秋月夫妻俩性格温和、含蓄、内敛、矜持，看电视多了，走出去多了，见识广了，也向外面学习，体验一下外面世界甜蜜生活的滋味。

侗族是一个温和、善良、聪明、智慧的民族，有人形容说，有月亮型的特征。侗族长年住在吊脚木楼里，木楼防火性能低。有旅客说，侗族是睡在柴火上的民族。时时要防火，个个要警惕。侗族喜欢干净，家家拖地板，处处讲卫生。有省市领导到村寨考察时说，侗族是个爱干净的民族。

邻村的音乐爱好者到中寨学习，在学习过程中，在长知识的同时，同学之间，增强了自信，加深了感情，增添了乐趣。

秋月想个新的计划，在六月六新米节，在中寨音乐楼举行桂湘黔比邻村情歌大赛，第 1 名奖给大红猪 1 头，第 2 名奖给大山羊 1 只，第 3 名奖给土鹅 3 只，奖给优秀者土鸡 2 只，赠给参与者鲤鱼 1 条，奖品由秋月音乐楼饭店赞助提供。

新米节情歌大赛宣传广告出来后，消息无翼而飞。一传十，十传百。百里侗乡，家喻户晓。音乐爱好者踊跃报名，一周后，正式报名人超过 1000 名。按照规定，审核后，正式通知 100 名。这百位选手，都是曾经在各种大赛获过奖的人。这次情歌比赛可以说是高手林立，观众无比期待。

秋月丈夫喂养的大猪正在吃潲，边吃边摇着尾巴。它吃得很快，津津有味，表示煮潲煮得好。它摇着尾巴，表示主人对它照料好。这头猪已经养了近 1 年，有 200 公斤，再等半个月就成为情歌大赛的奖品。颁奖之时，就是肥猪寿命结束之刻。

期盼已久的新米节到了。桂湘黔三省比邻村情歌大赛在中寨秋月音乐厅如期举行。100 位参赛选手提前一天到达中寨，第 2 天早上，吃过油茶，选手参观中寨鼓楼、福桥、戏台、长廊、井亭、酒坊、茶坊、飞山庙、原生态博物馆、老人协会、青年活动中心、妇女活动中心、图书馆、书画院、文艺学校、中寨小学。接着，选手攀登中寨最高峰大坳山。在观景亭里远望山外的景色。再看看中寨全景，确实美丽如画。四面环山，是一个小小的盆地。一条小溪在寨前从北向南流淌，寨子的北面是层层梯田，寨子的南面全是荷塘与鱼塘。竹林环绕，松杉茂盛。自然山水秀美，人文景观精美。“怪不得有很多外地游客到中寨旅游，原来这样美丽，特别是山美水美人更美。”李家寨的选手李秀斌赞叹说。

这次大赛评委是省市县特邀的知名人士。吃过晚饭，在中寨的月亮特别亮的时候，大赛正式开幕。

第 1 位选手出场，是李家寨的选手李秀斌，他曾获省市县各级大赛的金奖，是位名副其实的高手。俗话说，高手在民间，这句话一点不假。李秀斌开口一唱，全场观众掌声响起。瞬间，一片静寂。只听选手的歌声，一点杂音都没有。昔日的孩子吵闹声，今晚全没有。

第 2 位选手出场，是吴家寨的选手吴和燕，她是侗族地区的优秀选手，在当地小有名气，有很多歌迷就是追着她而到中寨来。一来听歌，二来旅游。她一边出场，一边对歌。一唱一答，一答一唱。她唱了 3 首情歌，就唱赢了李秀斌。两人合唱一首中寨赞歌，李秀斌慢慢走下舞台。

第 3 位选手出场，是罗家寨的选手罗佳地，他是当地众人皆知的歌师、戏师和演奏家。他编导的《罗家故事》《赵子龙救主》侗戏，百里侗乡，家喻户晓。罗佳地唱了 4 首情歌把吴和燕打败。

石繁英，石家寨人，她在南方南市打工，经常在舞台上献艺，曾多次获奖。是南市瓷砖厂的形象代言人。单说广告宣传费，一年有 100 多万元，广告费比实际工资高。她唱了 5 首情歌，对手无法比下去了。罗佳地甘拜下风，向观众鞠躬，走下舞台。石繁英成了擂主。

石繁英跟第 5 位选手陆云秀对歌对了 6 首，不分胜负。再唱 6 首，输赢难定。真是棋逢对手，将遇良才。两位选手继续对歌，石繁英败下阵来，陆云秀当了擂主。她心里高兴，却不显在脸上。她随时准备迎战下一位，陆家村的啦啦队胜利的声音响彻中寨上空。

第六位是中寨黄秋燕，她是实力派歌手，介绍自己的名字后，就唱歌，她与陆云秀对了18首歌，一首比一首厉害，一首比一首内涵丰富。两个都是寨花级别，歌甜人美。人见人爱，花见花开。黄秋燕再唱3首难度较大的歌曲，陆云秀想了片刻，难以答上，时间到了，以唱输而结束。

黄秋燕当了擂主，从第7位对歌到第100位，黄秋燕以胜利而告终。“真是高手，她心里藏着那么多的歌，在歌场上能应对自如。有的是传统的情歌，有的是即兴创作而对歌。”罗师傅说。评委组组长张言补充说，我做了多年的评委，这样的高手还是第1次遇见，人歌皆美，确实有缘，稍后，要邀请黄秋燕合影，以作纪念。

第1名黄秋燕胜出，接着，评委们评出了第2名陆云秀和第3名石繁英，最后，评出优秀者若干名，整个大赛现场爆发出雷鸣般的掌声。桂湘黔三省比邻村情歌大赛在一首《美丽中寨》侗族大歌美妙的旋律中落下帷幕。

秋燕跟秋月说，姐姐你不参加大赛，把这个荣誉留给我。如果你参加，全寨都知晓第一绝对是你的。“妹妹，这是你努力的结果，你有实力。我俩以后要更加勤奋，争取唱得更好。”秋月回答。

秋月对丈夫说，感谢你幕后的大力支持，这次大赛的举办，非常成功。这成功两字，其中一个字是你写的。“还说客气话，都是老夫老妻了。夜已经很深，月亮在告诉我俩，快睡觉。”丈夫调侃地说。

黄秋燕的奖品全部送给中寨。次日，整个中寨沉浸在欢乐的气氛中，在鼓楼坪庆祝桂湘黔三省比邻村情歌大赛荣获大奖，四个大汉从音乐楼抬着大红猪到厨房里。几个小时后，午餐开始了，桌子上摆着白切猪肉、猪内脏，其他菜谱和米酒是各位从自家拿出。先听寨老发话，说几句祝福。最后，为黄秋燕获得第1名而干杯！全体寨民一饮而尽。满桌的菜谱，满意的庆功宴。人人高兴，个个向秋燕致敬。

自春茶上市以来，中寨茶叶生意一直很好。春茶已销售一空，夏茶也差不多卖完了。初秋，正是秋茶采摘时节，秋月和丈夫很早就到茶园。秋月与丈夫比赛着，看谁在同一时间里采茶最多。他俩的双手都用上，边采边放进竹篓里，装满了一篓，就快倒进麻袋里。一个早上，秋月可采得一叶一芽30多斤，丈夫排在第二。干重活，肯定是丈夫厉害，干轻活肯定是秋月第一。

自古以来，中寨村的每家每户在自家的菜园一角都种三五棵老树茶，这是煮茶品种，主要用于打油茶，用以充饥。也有制作茶饼，一天煮一壶茶，用以解渴。自给自足，没有半点商品意识。到改革开放之后，从福建、浙江一带引进新的茶叶品种，诸如乌牛早、龙井、福云茶、黄金茶，从一亩茶山开成3000多亩茶园，中寨成为侗族地区茶叶发祥地。寨里有两家茶叶加工厂，秋月茶叶加工厂便是其中一家。两家茶叶加工厂，团结协作，制作的茶叶工艺，堪称一流。侗乡红茶和侗乡绿茶在全国茶叶博览会均获得了金奖。

村民都起早贪黑争先恐后地去自己承包的责任山采茶。满山遍野，到处是采茶人。有中青年人，也有老人和小学生。老年人是来锻炼身体，采茶没有什么任务，采得多少都是自愿来自愿去。小学生是来学习，体验生产劳动。初中生在礼拜天，帮助自己的父母，减轻劳动的负担，尽量做一些力所能及的事。懂得体力劳动的艰辛，尊重劳动果实，更加热爱劳动人民，更加努力学习科学知识。

太阳下山了，婶娘说，今天全天采得茶青，可卖得200多元。我采茶算是中等水平，有的比我采得快，有的比我采得慢。临村的人李家生经常夸赞中寨人，不用去城里打工了，在家门口摘树叶就是钱。有的在城里打工，孩子管不了，孩子的学习成绩，越来越下降。得点钱，全花在四个轮子的路费上面。如今，村民安心在中寨。生产上去了，生活提高了。白天做工，晚上唱戏。有粮食吃，有钱财花。人们普遍羡慕古代陶渊明的田园生活，也不过如此而已。

广东的自驾游客黄世云到秋月茶叶加工厂参观，再到茶室品茶。品了3杯茶后，他感觉非常的清爽。并自言自语说，品质一流，汤色一流，样式一流。黄世云问，老板，这款茶每斤多少钱？“老板贵客，可优惠，中寨红茶每斤3889元，这是最好的一款。到江浙一带，这款茶可卖到30000多元。一个专家说得好，茶叶，说白了，500元之内是卖茶叶，500元以上是卖工艺。”秋月回答说。

黄世云思索良久，秋月妹妹，我跟你签个合同，订30年，我投资把茶叶加工厂扩建，以后，生产、加工、销售、管理一条龙服务，五五分成，你看如何？“这是大事，我要跟丈夫商量，再答复。”秋月回答。

秋月把老板投资建厂的事告诉丈夫，丈夫拍着大腿，连说好，好，好。这是求之不得的好事。我中寨有的是资源，缺的是资金。这正好符合我们的投资条件。这样双方合作，互惠互利，一举双赢。

一周后，黄世云带了几位茶叶专家到中寨，看看图纸，量量土地，其中一块菜园不是秋月这家的承包地。黄世云建议，要建这么大的面积厂房，才符合标准，才能得到生产质量许可证。“如果这样，问题来了，在中寨，那家不太好说话，就怕那家不愿意跟我家调换承包地?”秋月的丈夫焦虑地说。

秋月握着丈夫的手，我去说服，一定能完成调换承包地的任务。“你先不要吹大炮，得想个最好的办法解决。”秋月丈夫分析说。

黄昏的时候，秋月自己一个人到吴信和的家。一进门，她把来意跟信和说了。没等信和回答，信和的老婆先回话，不同意，吴家也想在那块地建房。你看，吴家两兄弟挤在这么窄的房子里。“才是 30 平方米，只能建一间房，我寨子还没有谁家只建一间房子?”秋月跟信和两老继续说道理。

吴信合和老婆沉默良久，最后，还是开口。虽然只有一间的地皮，吴家跟你家调换一间，不是可建两间房了吗? “按理说，你那块地小，我这里 300 平方米，主动跟你调，希望你让给我。我上门来，才值得。”秋月说。信和老婆说，我俩明天可上你家门，把地皮调一下，两家都划算。

丈夫跟秋月说，你看，我预测对吧?吴信和家不一定同意。“明天，再想办法。可能有转机。”秋月说。

第 2 天太阳下山的时候，信和夫妻俩来到秋月家。两家两对夫妻在厅廊里聊地皮的事。原来说话的声音很大，后来，说话声音慢慢地变得越来越小。原来不太好说，现在，两家都做出让步。秋月想扩建茶厂跟信和调换的 30 平方米地皮，信和夫妻同意了。信和夫妻想建新房的 60 平方米地皮，秋月夫妻也同意了。两家和谈，两边相让，都得到自己想要的地皮。有侗族大歌《中寨鼓楼写传奇》为证：

音乐传家夫与妻，
中寨鼓楼写传奇。
秋月教歌传天下，
村中寨外有歌迷。

村中寨外有歌迷，
早晨唱到太阳西。
游客听着竖双耳，
天籁引来百鸟栖。

天籁引来百鸟栖，
山美水美引客迷。
贵人描来茶业景，
勤耕勤种夯财基。

勤耕勤种夯财基，
漫山遍野绿毯披。
茗茶上市家家利，
福楼上去架茶梯。

第22章 走出大山观世界　收取真经办歌班

黄世云请来的建筑队，用半年的时间，占地300平方米3层楼的茶叶加工厂如期竣工，各项指标都符合标准，顺利地通过了验收。

茶叶加工厂的机器轰鸣，村民采来的茶叶全部杀青，现代的高科技，大大提高了效率。原来中寨两家茶叶加工厂，现在合并为一家，成立中寨茶业股份有限公司。在质量上保证，在信誉上提高，在对外业务上，客户越来越多，工作更加顺畅。

黄世云是一位慈善家，他的主业是经营服装和酒业，是一位名副其实的老总。公司以南方南市为基地，在全国各地都有营销点，业务业绩逐年攀升。近年来，他拓展业务，投资健康养生业，一切为顾客服务，收到了较好的效益，所得效益，做一些力所能及的公益事。这次投资建设中寨茶叶加工厂，是康养事业的一条延伸链条。他的理想是，在中寨建立一个功能齐全的健康养生中心。

黄世云对秋月说，建设旅游，经营旅游，客人多了，就是好事。如何引来客人，是我们要研究的问题。“我也一直在思考这个问题，自然秀美，基础扎实，人文景观精美，还要理念新、服务好。”秋月回答。

黄世云说，我俩心有灵犀一点通。我想在最近一周内，带中寨40多人出去看看，考察考察，学习外地的经验，办好中寨的事情。尤其是到一些茶叶和旅游都做得较好的地方。“我组织人员出去容易，但是，吃住行的费用比较难筹备，这确实是个难点。”秋月说。

“我的计划是，分3批出去，一次46人。所有费用我出，你要特别强调安全，注意人身安全、财产安全。只有安全，出去才愉快。”黄世云说。秋月说，我千个同意，万个支持。接着，用右手跟黄老总的右手拉钩。强调说，一拉钩，把事情办妥办好，绝不后悔。

中寨第1批46位妇女由秋月带队到东南新兴茶学院参观学习。她们下榻学院宾馆。当晚，秋月团队虽然到宾馆很晚，但是，她们不觉得疲惫，感觉样样都新奇，都觉得看看，在宽阔的院里散步，观赏很长一段时间，夜深了才睡觉。

第二天早上，这里天亮时间比家乡的早1个小时。秋月团队很早就到餐厅吃早餐。餐厅摆有粳米饭、红薯、芋头、玉米、馒头、猪肉、鸡蛋、鲤鱼、上海青、果汁、牛奶、红茶水，随你挑选，任你吃饱。“这些吃的东西，除了馒头外，我们家乡样样都有。以后，我们可以多加糯米饭和酸草鱼、酸猪肉、酸藠头、酸萝卜各种酸食。”秋燕吃饱后跟姐妹们说。

秋月她们参观茶园。宽阔的茶园，这是绿的海洋，又像地面上披着一层绿毯。茶树摇晃，茶叶飘香，好像走进古代御厨闻到的香味。

她们又到学院加工厂参观，厂里全部安装自动化设备，随着机器的轰鸣声响起，绿色扁茶立刻产出，工艺特高，色香味绝佳，大大提高了茶叶生产的效率。

来到学院的荣誉厅，墙壁上挂满了荣誉证。世界茶叶博览会、全国茶叶博览会、省级茶叶品鉴会、茶叶音乐会等各种奖项超过 100 项。走道两侧，挂满茶文化方面的绘画、摄影和书法作品。到了学院前的大院，中间位置矗立一座茶圣陆羽的雕像。在茶叶博物馆，物博、书多。秋月问管理员，《茶圣陆羽的故事》这本书卖吗？“这本书印量大，您可以买。”管理员回答。于是，秋月买了这本书。

参观茶店，吃过晚饭。秋燕和其他姐妹去散步，秋月不去散步，她一进卧室，就认真阅读《茶圣陆羽的故事》。她一口气读完这本书，秋月有这个习惯，对哪本书感兴趣，就夜以继日地阅读，直至读完为止。

中寨第 2 批中青年学习组由村委主任带队，他们乘波音飞机从桂林飞往北方古镇旅游景区。这是一个国家 AAAA 级旅游景区，一条河从西向东流去，把古镇分为镇北和镇南两个部分。河岸两边白杨树整齐排列，茂盛挺直像卫士一样。景区内古建筑保存完好，人文景观精美。走一步，就有一个奇观。喜欢玩相机的潘礼仁，每到一处，总要照几张照片。有时一蹲下来，就连拍几十张。更好玩的是，他为了仰拍较高的景物，一个人睡在地上，吸引很多人观看。

村主任一行人走进古镇博物馆，学习组从 1 楼参观到 2 楼，再从 2 楼参观到 3 楼。馆内陈列很多文物，有犁耙、斧头、锯子、铁锤、柴刀、菜刀，数不胜数。当参观到古镇的木床时，大家很感兴趣。雕刻技艺之高，无不赞叹。龙凤呈祥，府邸生辉。一生平安，两岸和谐。三生有幸，四季吉祥。五福临门，六路大顺。

七星高照，八方顺利。九州繁荣，十分幸福。这些祝福文字，个个苍劲有力，字字力透纸背。中寨的书法家杨学之在那里看了半天，别人都走回去了，他依然不舍得离开博物馆。

学习组离开博物馆，到清河两岸走一走。这是北方一条水最清、江最宽的河流。河流清可见底，河鱼游来游去。虾子躲藏，乌龟慢爬。这几年来，古镇的人们都自觉地投入到整治河道的行动中。他们知道，人的长寿跟水的质量有密切的联系。思路决定出路，于是，人们自发组织，自觉行动，自愿服务，取得了意想不到的效果。因为有了清河的清理成功，才有古镇获得国家AAAA级旅游景区的牌子。

秋燕带文艺学习组到东方新世界歌舞剧院参观，这是世界一流的音响和灯光。当晚，表演的戏曲是《大运河的故事》。主人公是一辈子在大运河上以捕鱼为生，他培养了一位教育家，名叫李尊师，为国家的教育事业做出了积极的贡献，同时，把自己的一生积蓄奉献给家乡，为家乡学校建设添砖加瓦，成为大运河的一段佳话，从古流传至今。

秋燕与《大运河的故事》的编导、主演张小勤聊了半天。从古代戏曲谈到当代戏曲，从古镇曲艺谈到中寨曲艺，从古镇文化旅游到中寨民俗文化旅游，从古典美谈到现代美。张小勤说，如果时间允许，就要亲临中寨调查研究，写一些文字出来。“欢迎您，中寨欢迎您，侗乡欢迎您!”秋燕诚恳地说。

秋燕继续说，如果有机会，我们将深入思索一些中寨发展新的思路和路径，探讨一些中寨新的方法，尤其在民俗风情文化旅游方面，张小勤导演您要多加指导，不吝指教！“我将用心用情用力把中寨的文艺这件事做好办实。”张小勤说。夜幕降临，古镇的月亮出来了。张小勤在古镇餐馆接待秋燕她们46人。古典的桌椅，独具文化的饭碗，配上古镇的乐曲，在张小勤的倾情演绎下，主客在欢乐的气氛中，品古镇名酒，喝古镇名茶。

秋燕带队去参观的地方，都是跟文艺有关的地方，同行人都建议去看城市的最高楼，大家双手赞成。于是，一行人乘着公交车到东方时代大厦，这座大厦共有 78 层，从底下往屋顶看，帽子自然掉落。他们到最顶层远望城市的全景。潘礼仁拿出相机把城市东南西北 4 个方向的美景拍下来，然后，全体学习组选好脸朝东最佳位置拍合影照留念。

学习考察六天，明天就要回家了。各位都归心似箭，晚上，很多人睡不好觉，唯有潘礼仁摄影师和杨学之书法家这两位睡得好。潘礼仁拍了不少珍贵的照片，他愉快之余，还买了一台高档数码照相机，有鸟枪换炮的感觉。杨学之买了 9 本书法书籍，跟一位古镇书法名家傅爱书结为好友，特别是傅爱书赠送给他的亲笔墨宝，价值很高，值得永久收藏。

上午，从古镇机场飞抵桂林，下午，再从桂林乘班车回中寨。

晚上的中寨，沉浸在欢乐的海洋中，中寨大型“多耶”舞正在进行中。粤港澳文艺巡演队与中寨文艺队手拉手、心连心，形成大大的圆圈，这个圆圈是灵动，是团结，是圆满。晚会结束，33 位贵客与 33 个侗胞一对一，主拉客，到自家吊脚楼打油茶，话家常，聊趣事。

中寨 3 批走出去学习组都圆满回家。他们在音乐楼举行简单的座谈会。秋月先讲几句感恩的话，然后，村主任说一些体会和心得，秋燕也谈了较多的感受，最后，姚娴媛董事长做个小结。我想告诉各位三句话。看是为了做，看到外面的旅游，做好中寨的旅游；把走出去看到的知识转化为中寨的东西，立足中寨实际，提高中寨的文化品位；学习外地好经验，小结中寨的成绩，知晓本村的不足，提升中寨的服务质量。做好这几件事，出去就值得，花的精力和时间更值得。“非常感谢姚董事长，董事长话语不多，内涵深厚，意义深远。我们为中寨的民俗风情文化旅游而尽自己的最大努力！”秋月说。全场与会人员都站起来，并异口同声地说：“非常感谢姚董事长！”接着，响起雷鸣般的掌声。

刚刚秋收结束，张小勤导演一行六人来到中寨。晚上，入住秋月音乐楼。因为路途遥远，途中劳累，他们睡得较早。

在音乐楼一角，秋月、秋燕与张导坐在长长的木凳上一起商讨中寨的音乐发展之路。张导先讲自己的观点，中寨已经闻名遐迩，秋月、秋燕已经小有名气。在这个个体的基础上，把中寨文艺队整体水平提升一个档次，我们中寨的文艺事业就大有希望。我是这样想，我志愿担任中寨文艺学校的老师，然后，优秀的学员再当老师，良性循环，事业可成。“这样的好事，我们一万个同意。张导您的到来，中寨的音乐事业会更上一层楼。”秋月说。

中寨音乐培训班在一声晨钟响起时开幕。在教室里有 46 位，在教室外挤满了不少的人。

这是一个双语教学班，秋月教侗语歌曲，张小勤上汉语歌曲，将汉语歌曲与侗语歌曲完美地结合起来。从学员来说，汉语歌曲的基础较薄弱。张导从最基础的知识开始，有的学员就是从零开始。张导因材施教，从学员实际出发，写学员不同的教案，因材施教。只要有利于学员学习的提高，他都会想尽办法，一丝不苟地教，从来不叫一声苦，不叫一声累。

张导每天都布置作业，学员都能按时完成作业。有个别学员学习进步略慢一点，老师找时间给学员补课，把学员当作自己的亲兄弟姐妹一样看待。老师对学员一视同仁，学员倍加努力。

两个月过去了，学员的汉语歌曲基础知识得到巩固，侗歌的唱法得到提高。在中寨音乐培训班结业典礼上，3 个组每组都有合唱节目，每个组的组长和副组长都上台独唱。台下观众睁大眼睛欣赏侗家人唱侗族大歌和侗家人唱汉语通俗歌曲。不管唱什么歌曲，都报以热烈的掌声。“很多事都是这样，原来认为不可以，后来，努力了，尽力了，都变成可以。”秋月小结说。

张小勤导演一边走上楼梯，一边跟秋月说话。举办中寨音乐培训班，只是个开头。要办一个南方民间歌手培训班，才是我们的目标要求。我们邀请全国知名音乐人来授课，在中寨这个地点办。地点是小山村，但是，办出的是高规格和大规模，结果是高效率。

秋月一边走，一边点头。张导的思路，跟自己的想法完全一样。在这里可以说，英雄所见略同。“理念一样的人，在一起办事，总能收到非凡的效果。虽然，流下了汗水，但是，收获了愉快。这是不少人的梦想和追求。”张导继续说。

张导上了床，夜已很深，未能入眠，这是他不好的习惯。他白天想的问题太多了，导致晚上睡不好觉。反正，不能睡觉，他就索性坐起来，走到书桌旁，写一些东西。天亮了，他的简单方案也写完了。

这是一个南方民间歌手培训班培训方案。一个月的时间，学员 46 人，地点在中寨秋月音乐厅。先到先学，先学先得，先得先享受。消息传出，各地踊跃报名。培训部的老师提问，有北方的爱好者很踊跃报名，给报名不？“给。踊跃报名，说明已经成功一半了。我们要为学员做好一切服务。”张导说。

按报名的先后顺序排列，在 46 名学员中，其中北方的有 20 个。男女的比例刚好是 1∶1，好像特意按要求安排一样。

腊月初旬，南方民间歌手培训班在中寨秋月音乐厅开班。主讲人是京城著名音乐人柳之音。柳之音毕业于南方音乐学院，专攻声乐，是高才生。毕业后，在京城音像出版社工作。她是作家，又是作曲家和歌唱家。名气很大，歌迷不少。

有很多人是追着柳之音而来到中寨，他们挤满了中寨几十个客栈和宾馆。46 位培训班学员下榻秋月音乐楼。把行李放好，他们到侗家餐厅。这个餐厅，经过再次装修，风格独特，独具韵味。与其说是餐厅，不如说是艺术殿堂。高级音响播出的音乐，如天籁一般。台上的演员美如天仙，给学员大饱眼福。四周的墙壁，悬挂着中寨的民间绘画，非常逼真，灵动有神，像真人真物一样。那些雕刻艺术品数不胜数，尤其是侗族英雄杨再思的塑像，精雕细刻，活灵活现，充满精神和灵气，人们都很崇拜和敬仰英雄以及艺术家！

柳之音老师步入教室，给人的第一印象，就是美丽。1 米 66 的身材，乌黑的短发，双眼皮，柳眉毛，直鼻梁，樱桃嘴，瓜子脸，白净的脖子，佩戴一条黄金项链，像天仙下凡一样。

到讲台前柳之音说，同学们好！“老师好！”全体同学异口同声说出致敬词。有的同学一看老师，就没闭过眼睛。洗耳恭听，聚精会神。从第一秒钟到第 45 分钟，柳老师讲课没有一句废话。从古至今，谈音乐的历史、现状和未来。学员们其实什么都不太懂，你讲什么都愿意听。有的学员是因为老师人长得美而愿意听，有的是因为讲得好而愿意听。一节课，一下子就下课了。

秋月问秋燕，你听得懂吗？“听得懂。如果讲得这么好，都听不懂，除非是刚出生的婴儿。”秋燕调皮地回答。

姚娴媛董事长也在后面的座位上听课，她后来与秋月和秋燕说，柳老师讲得真好，循序渐进，由浅入深。有举例，有比喻。

有现身说法，有对比讲法。有口头语言，有肢体语言。授课的方法对头，学员就容易学。看这个样子，我们邀请的人，不只是作家、作曲家和歌唱家，而且是一位优秀的教授。我们的思路对了，方法对了，措施得力，中寨的将来更加有奔头。有侗族大歌《走出大山山外有山》为证：

走出大山，
才知晓世界斑斓。
步出中寨，
更懂得山外有山。

水绕山环，
冲里建造侗人轩。
歌声嘹亮，
欢笑乐满稻田边。

双手相牵，
“多耶”舞来飘若仙。
两心相连，
互帮互助意绵绵。

村里乡贤，
携手高手上山巅。
鼓楼望远，
中寨上寨锦绣延。

第 23 章

回归侗寨添新乐　去往“耶”村献爱心

张小勤导演办的音乐培训班结业后，他向秋月、秋燕和村委主任及村民告别。村民们送张导到寨门外，一直望着他，直至背影消失在大山中。

秋月和秋燕起得很早就乘着面包车去县城秋月戏园看看，姐妹俩在商量家里的事。现在中寨的事务很忙，不管是农事，还是文艺事，秋月不得不管。县城秋月戏园的所有事务全权由秋燕管理，秋燕同意姐姐的建议，留在县城做事。作为联系城市旅客到乡村进行民俗文化风情旅游的桥梁和纽带，她既当管理员，又当服务员。

夜幕降临，秋月回到中寨。

天刚亮，秋月已经从大山背后的菜园摘菜回来。她躲进吊脚木楼成一统，只管写她的《中寨音乐》一书。从早到晚，闭门思考。她翻阅大量的资料，从古至今，歌曲手抄本一大摞放在桌上，在地板上还有 9 摞。这些歌本很不好读，都是用汉语记侗音。有的汉字跟侗音一样，直接读；有很多是谐音，间接转弯读。有的不是读汉字的音，而是读汉字翻译的侗音。为了翻译一句侗语，有时花了半天的时间。俗话说，“和尚写字和尚认”。这里可以说，“歌师记歌歌师会”。

秋月办事一向认真，除了吃饭和睡觉，其他时间全部用来写歌和编辑图书。几十本歌书，从第 1 页翻阅到最末页。页页细看，本本研读。分类为，中寨古代歌曲、中寨现代歌曲、中寨当代歌曲。

6 个月的工夫，秋月编撰的《中寨音乐》初稿已经完成。她把初稿寄给张小勤阅示，并请求张导撰写序言。一周后，张导回信，建议秋月在几个地方做修改，还提出了修改的方法和建议。秋月收信后，按照张导的建议，把该改的地方全部修改，再校对 3 遍，再把修改稿寄给张导。

张小勤撰写的《序言》写完了，题目叫《天籁之音，人间之乐》。分 3 个自然段，概括《中寨音乐》的历史渊源、文化成果和现实意义。秋月看后，心里充满了喜悦，脸上露出了灿烂的笑容，两个酒窝越显得好看。她心里在想，张导真会写，把这样一个小小的东西，写成如此的大气。自己有点不好意思。同样一件事，在村里人看来，是一件非常平凡的事，非常一般的事，但是，在张导那里，就是一件不平凡的事，不一般的事。

秋月跟村里的 3 位歌师继续探讨中寨的音乐，罗章歌师说，中寨的村史具有历史价值和文化价值。中寨的祖籍是江西，然后经过湖南，后到中寨。千年中寨，神奇侗乡。据传，在清代，就有获取功名的人，

杨有文秀才和李正和举人，当时的朝廷给他们建造相公府，悬挂精雕细刻的木板对联，具有浓郁的文化气息。这些古代乡贤，热爱家乡，建设家乡，把文化当作重大事来抓。逢年过节，有贴对联的习俗。他们走村串巷，发现不对不好的对联立刻撕

下，然后，补上合适的对联。

在中寨歌曲创作中，杨秀才撰写了不少，留下的不多。在动乱年代，一些坏人把几十本歌本用一把火烧掉。留下来的歌词是 80 多岁的老人口传下来。“我们要把这些歌曲研究、挖掘、保护、传承、展示、推介和发展，才能对得起祖先，也对得起自己和晚辈！”秋月说。

吃过油茶，秋月和罗章、吴山、李天几位歌师继续进村入户收集原创歌曲，继续研究、挖掘、整理杨有文秀才和李正和举人的文化财富。这两位古代文化名人，不但写诗作词，而且作曲，甚至撰写散文和骈文。秋月问，为什么当时李正和没有当过县令？“在科举时代，考取举人，获得功名，只是有当县令的资格。真正当得上，还有很多环节都要顺畅。自己的努力，人们的支持，寨子里经济的支撑，各方的配合，朝廷的聘用，都符合要求了，才能当上县令。任何事物都有相对性。在这方面强一点，在那方面就相对弱一些。当时，他不当县令，才有更多时间撰写文字的东西，我们今天才能唱他的歌。”吴山歌师回答。

李天歌师接着吴山的话说，在中寨，不只是考取功名的人写歌，我听老人说，很多歌是没有考取功名的人写出来的。高手在民间，这句话一点不假。只要我们认真研究，深入村民，深入生活，深入挖掘，做到不漏一首好歌，不忘记一个歌师。

在六个月里，起早贪黑，收集整理，补缺补漏。在初稿的基础上，再添加更多的原创歌曲，使这部《中寨音乐》的内容更加丰富，栏目也适当增加。秋月用一个月的时间初审初校。她数了一下，390 个页码，这本书也算比较厚。秋月心里想，如果成书后，送给专家学者老师朋友，就是一份厚的礼物。

中午，秋月到乡邮政所把《中寨音乐》稿子寄至广岭省民族出版社。

晚上 8 点半，秋月音乐楼里挤满了旅客，中寨文艺队为游客义演侗族大歌和侗戏。北方的旅客听不懂侗语，一边看戏，一边看舞台旁边翻译的汉语字幕。

一个叫王北望的旅客，在看完戏后，在睡觉前，学唱侗族大歌。在晨曦，继续唱侗族歌曲，讲侗话，唱侗歌，像模像样，受到村民的欢迎。王北望是学音乐专业的，学得很快，记性很好。同行的说，他读过的书，过目不忘。偶尔有表演，下午给台词，晚上要演出，他能出色表演，不漏一字一词。在学校念书的时候，办文艺晚会，王北望当主持人，自己写主持词，在正式上台主持节目时，手里一张纸都不要，只要管好自己的话筒。眼睛平视观众，语言幽默风趣，获得阵阵掌声。

在打茶油的过程中，王北望向秋月问不少侗族的习俗。秋月一边打油茶，一边回答他的提问。侗乡是百节之乡，而中寨是百节之村。从正月到腊月，月月有节，节节有戏。正月春节、二月二侗歌节、三月三花炮节和韭菜节、四月初八敬牛节、五月初五端午节、六月初六新米节、七月十四驱邪节、八月十五中秋节、九月九敬老节、十月坡会、十一月吃冬节和祭太阳节、十二月除夕，还有很多节，不一一细说。

有外地人体验后说，侗族的节庆跟吃有关。其实，他们评价的，不太全面，或者说不太了解侗族习俗。侗族节庆有丰厚的内涵，在各种节庆里，有神奇传说和爱情故事。当然，离不开吃饭这件事。俗话说，民以食为天。摆着长桌宴，接待客人，是侗家的最高礼仪。茶余饭后，拉开幕布，敲锣打鼓，侗戏演出，侗歌演唱，侗笛吹起，“多耶”团圆。方正做人，团结做事。表面简单，内涵丰厚，寓意深远。

王北望说，都说是北方人会侃，其实南方人很会聊，听你秋月姐姐一席话，胜读十年书。

以前的旅游团是先到桂林，后到中寨。王北望一行 40 多人的旅游团来中寨玩 1 天住 1 夜，第 2 天离开中寨，转桂林再回北方。在告别村民的时候，王北望用两句侗话跟村民说再见。最后一句话说，秋月姐姐，你的《中寨音乐》出版后，要寄给我一本。“好的。祝您一路平安顺利！”秋月挥手跟王北望告别。

秋月音乐楼，不管是餐饮部，或者是住宿部，都以一流的服务而获得旅客的称赞，诚信经营，生意兴隆。

去年，秋月把所有的债务还完，今年，她的生意更是红红火火。秋月和丈夫流下的汗水，得到了回报。

秋月心里想，音乐楼的生意好，是因为中寨的村民好，又因为邻村的支持，再因为旅客的帮助，加上仁义老总的关心和厚爱。人要知恩图报，自己过得好，要想到别人也要过好。自己暂时没有困难，要想到别人有没有困难。她的脑海里有了一个新的计划，去帮助喜欢文艺的村寨。

讲去就去。星期六的下午，秋月和她的姐妹们去罗家村，她们到妇女主任兼文艺队长的家里。“秋月，你也不早打一声招呼，说来就来了。”妇女主任罗生丽说。秋月说，我们来帮你来了。

罗生丽在家里接待秋月她们 16 个人，吃过晚饭，秋月及姐妹在罗家村戏台表演最新的编排节目。60 分钟的节目，一下子就表演完毕。观众报以雷鸣般的掌声。掌声过后，秋月向罗家村文艺队队员及村民敬礼！接着说，各位老乡，大家好！我们这次来，赠给贵村芦笙 100 把、琵琶 100 把、牛腿琴 100 把、侗笛 100 支、戏服 100 套。希望罗家村的文艺繁荣发展，但愿罗家村村民生活像芝麻开花节节高！罗家村文艺队长罗生丽接受秋月赠送的乐器，观众的掌声经久不停，一阵响过一阵。接着，罗家村的青年人以燃放鞭炮的形式，表示祝贺比邻村的友谊之花常开不败。

秋月姐妹们的罗家村之行圆满结束。回到村里，在秋月的音乐楼尽情地玩了1天。海阔天空，天涯海角，无奇不谈。从国外聊到国内，从省城谈到乡村，从村寨讲到家庭，从家庭侃到成员，从男人议到女人，从女人论到健康养生。秋月又有新的想法，她心里不断地思索，周边邻村罗家村、吴家村、石家村，一直以来，对黄家以及黄家村厚爱有加。现在黄家村的旅游事业繁荣兴盛，要想办法把比邻村拉一把，提上来。

帮有各种帮法。秋月帮吴家村的办法是，送茶苗，送技术。入冬，是备耕的很好时节。秋月姐妹们到吴家村开展文艺巡演，借这个机会，跟亲戚宣传推介种茶好处。第2天，带着亲戚扛起锄头到山上开垦茶园。在吴家村，坡地多，平地少，就开垦像梯田一样的茶园。亲戚带动房族，房族带动朋友。后来，上屯带动中屯，下屯不敢落后，形成全寨开垦茶园的热潮。

春暖花开，种茶季节到了。第1年，吴家村冬季开垦的茶园面积有300亩。秋月把捐献的优质茶苗用大卡货车运到吴家村中心鼓楼坪，然后，由村委分发给茶叶种植户。乡里知晓这件好事实事后，通知秋月到乡里召开表彰会。“区区小事，不必大夸。我正在办一件非常重要的事，未能与会，特此请假。”秋月回复。

这些好事，一传十，十传百，石家村的村民急了。都是比邻村，罗家村和吴家村都得到赞助，自村为何无人问津？先从自村存在的问题想起。想来思去，百思不得其解。石家村文艺队长是个女的，她叫石菊花。她在黄昏的时候，悄悄地走进秋月音乐楼。菊花不声不响，勾着头走上楼梯，秋月急忙办事，快速走下楼梯，两人在中间楼道撞个满怀。两人四眼冒出金星，细致看，认真看，原来是两个好朋友遇见。菊花在秋月的后背捶了几捶，表示不满意，要秋月马上帮助他一把。

好事讲来就来。秋月说，我早就想到你寨帮帮忙。最近，有不少事要处理，加上旅客很多，很忙，讲有多忙就有多忙。“这么忙着取钱，不喊闲着的我来帮取？你不喊我，我亲自登门拜访来了。”菊花调侃说。

秋月和菊花是初中同学，两人同年同月出生，性格相同，善良一样。身材外貌美丽相似，像孪生姐妹一样。见人打招呼，嘴巴甜蜜。属于人见人爱，花见花开那类型。两个人在村里巷道同行，分不清谁是黄家的姑娘和石家的女儿？她们很早就步入社会，在这所社会大学里学到不少的知识。多年的摸爬滚打，菊花当上了村里的豆腐厂厂长。生产的豆腐，以质量第一、服务第一，赢得了顾客的信赖。除去一年的家庭开销，还有一点余钱。比上不足，比下有余。老人健康，孩子活泼可爱，夫妻从来不吵架，邻里关系好，是和谐的家庭。

两个好同学、好朋友聊来讲去，谈到正事上。秋月问，菊花你有什么需求，特别，我可以帮你，在文化旅游这一块，其他方面我帮不了。“我石家村，现在也还没开垦茶园，一下子也种不了茶叶，那是以后的事。我想了一下，也不为难你，你给我的东西，与罗家村一样，行吗？”菊花恳求说。

“一言为定！”秋月说。秋月用右手与菊花右手拉钩。

秋月请师傅定制芦笙 100 把、琵琶 100 把、牛腿琴 100 把、侗笛 100 支、戏服 100 套，5 个师傅都答应在两个月内完成任务。

二月二侗歌节，这是石家村最隆重的节日，跟过年一样隆重。来自周边的村寨，邻省的村寨，18 个村的文艺队在这里会演。你方唱罢我登场，在演出到高潮之时，作为主办方的负责人石菊花走到台前，向父老乡亲和来自各村的文艺队鞠了三躬。我向大家通报一件善事好事，邻村黄秋月向我村捐献芦笙100把、琵琶100把、牛腿琴100把、侗笛100支、戏服100套，折合人民币26万元。侗族自古以来，就有行善积德的光荣传统。秋月的这一行动，是弘扬侗族传统美德的具体体现。她的善举和芳名，将流传千古。我们向黄秋月学习和致敬！下面请黄秋月给大家讲几句话。

秋月原来在菊花的左边，她走上前一步说，乐善好施是侗族的传统美德，我办了一件小事，不需要夸奖。我一直这样想，我的成功，是大家在背后默默地支撑。我的音乐楼生意好了，事业发展顺利，我就想帮大家。我的想法，就这么简单。祝父老乡亲和各文艺队，工作顺意，生活惬意！

掌声再次响起。侗戏继续演，侗歌继续唱。

表演结束，吃夜宵的时候。以前议论最多是，谁演戏最好，谁唱歌最好。在菊花家厅廊里，谈得最多的话题是慈善好事。菊花说，秋月真是好人，做了那么多的善事。单说捐献给吴家村的就26万元，还有捐给其他村若干。“她，一个是有善心，一个是有钱财，两个条件都具备。有的人，有善心，没有钱财。有的人，没有善心，有钱财。那些人，只管自己，没有考虑别人。甚至，有的人，有点钱了，牛高马大，牛气冲天，牛逼哄哄。一般来说，德不配位者，容易栽倒。不是一般地倒下，而是，死无葬身之地，留下的是遗臭万年。”石家村的歌师石家生补充说。

大道理，人人会说，但是，真正做起来，事事难做。哲人说过一句话，做一件好事容易，难的是一辈子做好事。

菊花和她的妈妈用木盆端着油茶给客人，主客不谈远的大的事，单谈吃油茶。菊花妈妈说，自从我嫁到石家到今天，30多年来，这次是我家吃油茶客人最多的一次。19张方桌100多人，同桌共品侗乡茶叶煮出的油茶。“客人喜欢演戏，主人喜欢唱歌。性情相同，喜好一样，能成为一家人。”罗家村歌师罗凤梅说。菊花的敬茶歌又唱起来……有侗族大歌《回归侗寨写新音》为证：

回归侗寨写新音，
饭养身来歌养心。
曲曲新歌村村户户唱，
户户唱来好开心。

户户唱来好开心，
唱好生活唱人生。
唱好旅游中寨有出路，
唱好城乡一家亲。

积善成德献爱心，
做好事来要用心。
一件好事做起来容易，
一辈好事靠真心。

城乡一体提振兴，
做好旅游中寨行。
传承文化侗乡侗胞事，
文旅融合土变金。

第24章 四季寻艺求高艺　三江铸才有正才

秋月行善，众人皆知。在百里侗乡，都流传着秋月的故事。罗家村歌师罗章新编侗族大歌《秋月之歌》，罗章首先在罗家村传授这首新歌。歌词通俗易懂，歌曲继承传统，有所创新，曲调悠扬，老少皆宜。半个月后，罗家村人人会唱。再过一周，吴家村和石家村的村民以《秋月之歌》为主唱歌曲，举办了一个擂台赛，金奖获得者石荷花把奖品的大红猪交给村民，大家在鼓楼坪举办祝贺宴会。

秋月干农活完回到家里，煮饭、炒菜，吃油茶，下楼喂猪，再喂鸡鸭鹅，然后到3楼书房兼卧室。拿着钢笔在笔记本画了一些东西，接着，看看地图，看到东部沿海的城市，在那里打个钩。她最欣赏东部沿海城市的文化，那里有全国最先进的文化市县。秋月心里谋划，能到这些市县乡村走一走，那是一生的荣耀。

秋月与丈夫商量，丈夫赞同，两人一同前往东部沿海，一边学文化知识，一边学旅游经验。

初夏时节，秋月与丈夫来到福市，福市的天亮时间，比中寨提前1个小时。他俩到海边看日出。从大山出来，最喜欢看海。以前，在课本上了解海上日出。现在，到海边实地看日出。感觉完全不一样。一个是梦想，一个是现实。自己能看到了辽阔的海，海潮涌来，冲走脚上的泥沙。秋月跟丈夫说，如果有机会，那么，下次带两家的父母来海边玩玩。老人家能够看看外面的世界，我俩也不冤枉做晚辈。“机会是人找出来，晚辈想到了，钱和时间到位，老人家的身体状况好，就能实现。”丈夫回答。

秋月和丈夫按照蔡东芳院长讲的线路找到了福市音乐学院，这所学院大门的样式是两支笛子做门框，门框上面架着一把二胡。既简约，又大气。对联是，乐唱乾坤盛；音哼世界欢。

蔡东芳院长到院门前迎接秋月俩。3人同步进入学院，几分钟后到院长办公室。蔡院长一坐下来，就聊中寨有趣的事。去年，蔡院长到中寨，住在秋月家。她俩性格相投，办事风格一样，结为好姐妹。从那时开始，经常打电话，聊家常，谈音乐。谈天说地，海阔天空，神聊有趣。

斗转星移，时间过得真快。秋月说，蔡姐，我这次来，是想听您的课，不知您同意不？“秋月，你去听我的课，我只要加1张椅子即可，没有什么难处。”蔡东芳认真回答。“我明早就到教室里听课。”秋月接着说。

上午第1节上课铃声响了，秋月跟着其他同学进去，她坐在最后1排的门边。旁边的学生以为是学院老师来听教研课，后来，蔡院长介绍后才知道，原来是自己的同学一起来听课。

一周的学习过去了。在一次互动节目中，蔡院长要求唱一首原生态的侗族大歌《侗之歌》。秋月走上讲台，没有什么伴奏，清唱原生态歌曲，歌美人丽，具有浓郁的乡土气息，获得阵阵掌声，同学们都投来敬佩的目光。蔡院长再一次介绍秋月，讲她的故事更细致一些，秋月的全身有耀眼的光环。获奖若干，行善无数。秋月应该是我们老师和同学学习的榜样。

下课后，同学们与秋月吃在一起，聊在一起，玩在一起。秋月体会到，这是她这半辈子以来最快乐的时光。无忧无虑，自由自在，愉快地学习，欢乐地生活。

一个月的学习结束。蔡院长因昨天出差没有空送秋月，吕小乔她们几个女同学送秋月到福市火车站，还有 1 个小时才到上车时间，秋月她们还在那里聊了很多，聊过去，谈未来。同学们期望以后抽时间去中寨度假。那个神奇的地方，是去了第 1 次，又想去第 2 次的地方。

秋月在午夜回到中寨，这个时候，夜深人静，只有几声狗叫的声音，中寨的夜显得更加的宁静。

西川城市职业学院一拨学生昨晚到中寨，比秋月早一个时辰。他们第 2 早起床后，就在村级路上晨跑，整个中寨像个田径场一样。有的学生在桂花树下读书，有的在榕树下唱歌，有的在福桥前面画画，他们都有自己的爱好，充分用好自己的时间，他们的学习是愉快的，学生们下乡见习，进行田野调查是充实的。

这些学生来自城市，他们虽然对农村了解比较少，但是，对农村非常感兴趣，他们想通过这次田野调查，能够与中寨建立长期协作，进行农业文化旅游综合开发，希望取得三赢的效果。

秋月带西川城市职业学院院长诸葛智到中寨村委，刚好，主任在那里整理资料，迎接上级的文化旅游工作检查。主任和秋月带诸葛院长到村里走走，这里瞧瞧，那里看看。1 块石碑被院长发现，他问，主任，这是什么？“这是 1 块清代立的《村规民约》。在春插期间，不准谁乱放耕牛和猪羊，以确保水稻茁壮成长；在秋收时节，不准谁践踏稻谷，以确保五谷归仓。以教育为主，如谁犯规，那么，犯轻的就轻罚，犯重的就重罚。”主任比较详细地解释。

诸葛院长听后，深知中寨历史悠久，文化底蕴深厚。自古以来，寨里没有偷盗行为，和睦相处，被誉为“路不拾遗，夜不闭户”的村寨。

诸葛院长一边听介绍，一边想着职院与乡村的合作计划。职院 1 万多名学生，每个学生都到中寨 1 次，这个数据也是不少，对中寨的文化旅游有拉动作用，对职院学生的社会实践活动有促进作用。诸葛院长想得多，一不留神，他被一个石头绊着右脚而跌了一跤。幸亏主任手脚灵活，把院长向里边扶了一下，不然的话，跌倒下河去就成了落汤鸡。

秋月早就听说诸葛院长是个多面手，在高校管理上有一套好办法，在业余方面，爱好音乐，是个吹笛子的高手。在前年参加全国艺术会演中，曾获得笛子演奏金奖。

秋月约诸葛院长到音乐楼音乐厅，向他请教中寨器乐方面发展的看法。诸葛智院长没有拐弯抹角，开门见山，提了很多的想法和思路。采取“走进高校”和“请进中寨”的办法，秋月很赞同，希望在很短的时间内能够实施。

诸葛院长采访了中寨 103 岁的老人黄祖灿。老人说，一辈子有两大爱好，既是个文艺爱好者，又是个养鸟护鸟爱好者。白天做农活，晚上演侗戏。吹拉弹唱略知一二。从小到大，没有跟谁红过脸。邻里和谐，心情愉快，吃饭吃得很香。白天不做亏心事，半夜叫门不吃惊。

诸葛院长与秋月一边品尝侗乡红茶，一边感悟。在以后的讲课中，将美妙的音乐渗透到职业教育之中，它可以愉悦生活，又能够使人长寿。两位有心建设中寨文化人，有聊不完的话题。诸葛院长看了一下手表说，时间不早了，先聊到这里，休息吧！“再喝一杯红茶，再休息吧！”秋月接着说。

送走诸葛院长以后，在1个月里，秋月带着同伴黄丽拜访百里侗乡40多个村寨99位歌师。这些歌师，有老年的，有中年的，有青年的。有男歌师，也有女歌师。在杨家村，秋月和同伴采访了杨卜能歌师。杨卜能身材略高，脸庞略瘦，有一些鱼尾纹，头上没有一根白发。身穿侗衣，脚踏半旧皮鞋，配一双黑色袜子，显得很协调。杨卜能坐在竹椅上谈，今年87岁，从7岁开始学歌，80多年来，学歌、唱歌、写歌、教歌。我最基础的侗歌是从父亲那里学来的，后来，又跟房族的叔叔学，再后来跟杨家村的老师傅学。有时候，一边做木工，一边跟木匠学唱歌。时间长了，自己创作一些，试唱，也比较好听。再创作新歌，更好听，于是，便藏了比较多的歌在自己的心里。我的记性算比较好，我的父辈，他们的记性更好，1千多首侗歌记在心里，随时随地可以唱给大家听。他指着桌边的一本线装手抄歌本，里边有6699首侗歌和“耶歌”。“嗯，嗯，嗯，记性这么好，真佩服！”秋月不断地发出赞叹声，“杨歌师年纪这么长，视力这么好，又健谈，又快乐，真幸福！”秋月跟黄丽说。

走进王家村，秋月和黄丽在王乃培花家住了3夜。她们俩与歌师同在一桌吃，同在一床住，同到山上一起劳动。王乃培花不只是歌师，又是个刺绣的好手。在王家村，谁家有姑娘出嫁，她当媒婆，又当化妆师，甚至当绣娘。她的裁缝手艺好，都喜欢她的刺绣服饰。裁的合身，缝得针线好，很难挑出什么瑕疵。

王乃培花正好要缝制衣服给房族的侄女，下个月，即腊月出嫁。“时间短，件数多，又要质量高。世上最难做的事，就是这种事。”王乃培花一边缝衣服，一边跟秋月聊。

王乃培花花甲之年，第1眼看去，像40多岁的年纪。一头黑发，一身黑侗布，一双黑色布鞋，一对黑色袜子，全黑的打扮，更显得牙更白、脸更白净、人更神气。

做针线活久了，要休息一下。她一直以来，埋头刺绣，稍微有一点点颈椎痛，稍微站立，做简单的体操，又继续干活。秋月的到来，她非常高兴。她曾经想过，要带一帮姐妹亲临中寨跟秋月比赛唱歌。之所以没有去过，因为天天在忙着针线活。

王乃培花说后又唱，“早听秋月唱侗歌，早晚唱来乐呵呵。前年脚踏福桥过，上游下游歌成河。”“早听歌师授侗歌，四季寻来多坎坷。借路又借福桥过，学歌唱歌有心得。”秋月笑看歌师而唱着。

对歌后的秋月继续唱，“寻找歌师到王家，不怕路远走天涯。遇见师傅我万幸，但愿引吭顶呱呱。”“喜欢唱歌我王家，秋月已走海天涯。歌天颂地齐心唱，王门黄府是一家。”王乃培花即兴唱。

侗歌永远唱不完，最后要离开王家村。秋月握着王乃培花的手，对方心里都明白，歌逢对手，朋遇知己，双方都依依不舍。没有不散的宴席。王乃培花目送秋月，秋月过了福桥，绕一个大弯，师徒双方消失在视线外。

回到中寨，秋月姐妹们在音乐楼聚会。打油茶、唱侗歌，跳“多耶”，这些少不了。做完这些活动，召开“中寨文艺诸葛献计会”。这次会议很新颖，以前开会，没有横幅。这次挂主题会标，意义不一般，姐妹们都在猜着。

秋月主持会议，她首先发言。今天召开“中寨文艺诸葛献计会”，请姐妹们来建言献策。俗话说，“三个臭皮匠，合成一个诸葛亮。”今天我们90位姐妹代表，理应合成30个诸葛亮。意思就是说，集中大家的智慧，献良策，出计谋，求发展。一句话，献计出谋求中寨文艺发展。大家明白了吗？“明白了，明白了。”姐妹们异口同声。

黄丽发言，我觉得团结很重要，把中寨及周边的文艺爱好者团结起来，对推动中寨文艺发展有好处。“中寨的文艺发展要邻村吗？我的建议是中寨的文艺事业，中寨文艺爱好者就可以搞定了。”旁边座位的黄梅花说。

陈新艳发言，前面两位的建议，我都赞成。黄丽的发言，我这样理解，中寨文艺事业，在中寨人原来的基础上，借助外力支持本村向更好的方向发展。黄梅花的发言，我的理解是，中寨文艺事业，只要中寨人做就可以了，不用麻烦别的村寨。从两人的建议看，我最看重的是，黄丽的建议。

会场里，你一言，我一语，畅所欲言，一片欢乐。

有的说，我同意陈新艳的发言；有的说，我同意黄丽的发言；有的说，我同意黄梅花的发言。

最后，秋月说，大家举手表决，同意黄梅花建议的请举手，得 3 票。同意黄丽建议的请举手，得 87 票。陈新艳是解释前面两位的发言大意，我们就不举手表决了。“就这样定了，同意黄丽的建议。”大家再一次异口同声。这时候，全场沸腾了。

秋月宣布，会议圆满结束。大家辛苦了，我今天请客，全体与会姐妹请移步到音乐楼侗乡客厅同餐共乐。

9 桌加厨师 1 桌，分成 6 横 4 纵。第 1 杯酒，100 个姐妹全体站立，共同祝愿友谊长长久久，中寨文艺事业越来越好，中寨文旅事业红红火火。陈新艳提出一个趣味的游戏法，大家暂时不要坐下，围成一个大圆圈，按顺时针方向轮流即兴唱，谁不唱谁喝酒，或者罚谁跳舞。“好，好，好。先从秋月开始唱。”大家看着秋月喊。

秋月唱，“喝酒唱歌又创新，姐妹携手歌振兴。中寨再建文艺苑，并肩同干又同心。”接着，第2位黄丽唱，“喝酒唱歌确温馨，姐妹同台为寨兴。侗乡合办文艺苑，兄弟姐姐献爱心。”

大家看第3位，第3位即兴就唱。一个比一个唱得声音大，一个比一个幽默。一直唱到第99位，不比不知道，一比见分晓。有些平时不太唱歌，一唱出来，词好歌美，声音甜美。真是高手无处不在。到了第100位，她叫李双月，看看这边，再看看那边。手摇来摇去，杯中的米酒差不多倒出一半，还是没有唱出一首歌。“不为难她了，请喝酒。”一个大姐说。“不唱歌。一要喝酒，二要罚站3分钟。”一个小妹抢着说。陈新艳说，还是按游戏规则办。“按游戏规则办。”大家又一次喊着。

游戏结束，正式话题来了。秋月提出，我建议，在中寨以及比邻村建立一个文艺志愿团体，叫八方文艺志愿服务中心，办公室设在中寨音乐楼。以志愿服务文艺为宗旨，用快乐享受人生，以节约为原则。如实在要支出一些费用，那么，我秋月音乐楼出资。我腾出办公室，出钱出物出力，还要大家齐心协力。大家还有什么顾虑?“没有顾虑。”大多数人高呼。“有顾虑。”个别人讲出这番话。

秋月讲，有顾虑，请说出来。给大家出出主意，帮解决问题。“有顾虑，就是怕有人到罚酒的时候，不喝酒。”陆美英再说一次。陆美英的幽默，引起哄堂大笑。

秋月强调，“不开玩笑了，我们谈正事。下面我把如何建立八方文艺志愿服务中心的办法告诉姐妹们，中寨和9个比邻村团结协作，先建立档案，填个《八方文艺志愿服务中心会员登记表》。中寨由黄丽负责，其他9个比邻村，即杨家、罗家、吴家、石家、王家、陈家、韦家、李家、潘家，分别由9个文艺队长负责。”“同意，同意。”姐妹们都举起右手。

正在姐妹们最高兴的时候，突然，有人进来大声喊着，秋月姐，大事不好了，姐夫没有声音了，快——快——快，快回去看看。拉着秋月三步并作两步，滚下木楼梯，往家里跑去。

秋月摸了摸额头，再摸摸心脏部位，没有跳动，心知不好了，立即用上海大众送着丈夫吴和寨去县人民医院。一路上，轿车像箭一样飞去。

到了医院，急救科主治医生和几个助手立刻抢救，一个半天过去了，用最好的医生，用最好的药，用最高级的设备，无济于事。医生通知家属，没有办法了，我院尽力了。患者是患心肌梗死，加上心脏病，一般来说，这种心脏病症，很突然，很难治愈。5分钟之内发现，就容易治疗。5分钟以后发现，肯定没有活的。

秋月哭得死去活来。几个妹妹扶着她，她昏迷过去了。有侗族大歌《青山绿水写歌谣》为证：

四季寻求艺术高，
不怕苦累和辛劳。
一心执着追随歌师去，
学习歌曲练技巧。

学习歌曲练技巧，
触类旁通能知晓。
两脚踏实追随歌师去，
青山绿水写歌谣。

青山绿水写歌谣，
兄弟姐妹建歌桥。
中寨邻村合办聚艺苑，
门前溪水涌文涛。

门前溪水涌文涛，
村寨生活步步高。
甜泉岭上美亭观远景，
中寨明天更妖娆。

第 25 章

高师指点村新望　侗寨蝉歌世妙音

吴和寨出生于甲子年六月初六，去世于庚子年六月初六，享年 36 岁。按中寨的习俗，36 岁以上的逝者，可以埋进祖先坟地。36 岁以下有子女的逝者，可以埋进祖坟。如属非正常死亡者，不能进祖坟，用火烧。地理先生潘先生选择吉日良辰，房族和亲戚把白、黄、紫、蓝、青 5 种颜色的纸放入棺材底部，接着，把 6 尺白色侗布和 6 尺黑色侗布放在 5 色纸上面，然后把 3 摞纸钱放在头部处作为枕头。寓意在阴府那里与阳居一样，衣食无忧，钱财有余。吴和寨的尸体入了棺，秋月又哭着死去活来，秋月的孩子跟着妈妈哭，泪流满面。房族的伯妈婶娘在吴侗歌身旁安慰着奶奶爷爷两位老人家。奶奶说，白发人送黑发人，没有哪个白发人不伤心？儿子从出生到现在，身体健康，没什么病症。又孝顺老人，只要有时间，就打电话给我，问寒问暖。有新鲜猪头、新鲜鲤鱼和新鲜蔬菜，就亲自送给我。冬天怕我受冷，多买几件衣服。夏天，买又白又薄的衣服给我。儿子如今连一句话都不告诉我，就突然走了，我很难过。奶奶流下了眼泪，大家看她这个样子，都很难过，也泪流满面。吴侗歌不说什么话，在妈妈的身旁继续哭着。爷爷愁容满面，一句话不说，孙子的右手与爷爷的右手紧紧地握在一起。

房族一位老师吴金星撰写吴和寨挽联：三十六个春秋，一心务众传佳话；九百八件好事，两寨行仁建新村。一个孩子举着1杆祭帐在前面引路，朝着祖先坟地的方向而小跑去。

吴家村和黄家村两个寨子房族亲戚朋友抬着棺材到了白云山的吴家祖坟地，在半山腰处，坐北朝南，很开阳望得远，入土为安。

房族亲戚朋友在吴家陪着秋月七天七夜，兄弟姐妹都劝她不要太悲伤，太悲伤会伤自己的身体。要化悲痛为力量，把孩子养大成人，以后的事还多着呢，任务还很重。要节哀，祝顺利！

第八天，吴侗歌去学校读书。四年级的班主任吴老师跟他谈了很多，最后，鼓励侗歌要以最好的成绩报答父母的恩情。

一个月后，秋月回到黄家村。秋月和妈妈爸爸商量，把家公家婆接到黄家。秋月去接家公家婆，家公家婆不同意。他俩说，我还要管小姑的两个孩子，外孙的爸爸妈妈长年在外打工，没有空照顾孩子。

两个月后，秋月把家公家婆和两个外甥接到黄家。两个外甥转到黄家村小学读书，与吴侗歌同个年级和班级。秋月爸爸与家公到山上去劳作，都喜欢养鸟护鸟，有时候，一聊就是聊一个半天。

秋月妈妈和家婆在家里煮饭、炒菜，到楼底喂猪喂鸡，到菜园摘菜。两个都是急性子，办事蛮快。有时候，也为争论一些东西，争得面红耳赤，但是，过后，都说自己不对，和好如初。

小姑吴和英把在吴家村听到的话传给家公家婆。你家的吴和寨已经上门，你两老和外孙又去上门，儿子、孙子无知，村民不说，你两老应该知道规矩和习俗，仍然装聋作哑，真的脸皮厚，实在不要脸。

作为小姑，他们说我吴家没有能力，没有骨气，我也觉得没有光彩。有时候在人多的地方，他们一议论这个事，我就赶快离开，溜之大吉。

家公家婆把小姑的话一字不漏地讲给秋月听。秋月理解家公家婆的心情。秋月说，如果吴和寨上黄家门，我们的孩子应该是姓黄，现在是姓吴，吴侗歌家在吴家村，户籍在吴家村，现在只是在黄家村小学读书。家公家婆来黄家村，在音乐楼里面办事，是干活做生意，绝对不是上门。我有义务和责任孝顺家公和家婆，不管在吴家还是在黄家，尽义务和责任都一个样。以后，你俩就跟小姑说好，解释好。小姑去村民那里讲清楚、道明白。以前，一切无事。以后，所有的事，都是好事。

秋月的说法和理论，给小姑一讲，一些不觉悟的村民觉得有道理，意识提高了，没有原来的讽刺意味。久而久之，不好的言论没有了。自己该做的事，努力去完成，不管那么多闲事。

秋月最后一切都想通了，一心把音乐楼的事做实做好。

黄昏，一大拨旅客进了中寨，秋月音乐楼楼上楼下全是新人。100 多人全部入住住宿部，住宿部的服务员忙得不可开交。客人来到中寨，已经过了餐点，肚子咕噜咕噜响，餐饮部的人员更忙得团团转，马上要弄吃的东西。

一阵忙碌，客人每人先吃两三个红薯，垫垫肚底，喊饿声减少了。不到半个小时，晚饭正式开餐。

这是京城来的贵客，带队的叫老马，名字是奔驰。他马年出生，有马的吃苦耐劳精神，长年在外做生意。建设旅游，经营旅游。他的业务遍布东南西北。任北方马氏文化旅游有限公司董事长，他最近得了一个美梦，与南方村寨有缘，拓展一个新景点。今天到南方侗乡中寨，就是一次圆梦之旅。

秋月与马奔驰董事长谈了一个上午，很多生意的思路都讲到。两个性格相近，思路相似。当谈到旅游合作时，马董事长更是口若悬河，讲得头头是道。他多年的实践，积累了一些经验。把北方的文化旅游理念与南方侗乡中寨实际结合起来。

马董事长再说，黄家村与吴家村两三公里的距离，在中间地带，建立一座综合大楼，比中寨秋月音乐楼规模更大一些。楼层加到5层高，面积是原来的3倍，还有停车场地加宽，能同时停车500辆，各种配套设施齐全，具备吃、住、行、游、购、娱6大元素。就是建设一个中寨旅游景区的延伸点。对中寨的发展有好处，对吴家村的推动有益处。一箭双雕，一举两得。我的办法是，我出钱，两个村，中寨和吴家村的村民出物和出力，这样的好事，应该没有人反对吧？

“应该没有人反对，如有人不同意，那就我做思想工作。哲人说，无事就是本事，摆平就是水平。”秋月接着说。

秋月把马董的指点先告诉家里人，爸爸妈妈、家公家婆都说是好事，家公说，但是，不排除有些人不赞成。秋月一家人到鼓楼里去说服父老乡亲。一位老人黄生活说，虽然老板投资了，但是，最终发财的是他老板。一位青年人黄吉利接着说，做生意的，肯定要有回报。人们常说，能一本万利的老板，是最好的老板。话又说回来，老板发财，我们村寨发展，中寨和吴家村都向前发展。话再说回来，老板不主动投资，我们就应该主动投资，搞好家乡建设，村民才显得有主见、有骨气、有作为。“是，是，是，我们应该自觉搞好家乡建设。”整个鼓楼里的人都举起右手大声喊着。

秋月再细致地考虑，从名誉测验来看，父老乡亲对家乡建设还是有激情的，但是，仅仅这样做还不够，要召集10个生产队的队长来开个会议，专门讨论，形成会议纪要。之后，还要拟好一份合同，广大村民同意，各队队长联合签字，就可以按照合同办事，依照方案细则实施。这就是，公家的事公家办，公益事业大家做大家享受。

中寨文化旅游发展会议在村委会议室召开。秋月主持，村委主任发言。大家畅所欲言，把有利的方面说出来，把困难的一面摆出来。立足中寨，携手吴家，把两个寨子的文化旅游项目做好做实。首先，中寨要统一认识，共生共荣。心往一处想，劲往一处使。其次，中寨鼓足了干劲，才能动员吴家村把事情办妥做好。

村主任的话，讲得清楚，大家心里都明白。“马奔驰董事长投资中寨和吴家两村文化旅游这件事，10个生产队队长说出的看法，跟在鼓楼里的议论说法差不多。这就进一步说明，这事有百利而无一害。父老乡亲，我们就不等了，明天，去吴家村跟村委商量，把这件文旅事办好办快。”秋月说。

中寨村委主任、秋月、第一生产队队长、第六生产队队长、马董事长5人组在第二天清早赶到吴家村。

在吴家村的会议室里，聚集着村委主任、生产队队长各界代表23人，开会不到30分钟。全体起立，异口同声，同意中寨的建议，同意马奔驰董事长投资建设文化旅游项目。“吴家村地盘上存在什么问题，我们自己解决，坚决配合马董办好文旅这件事。”吴家村主任吴恒信保证说。

马董事长回去后，把时间安排妥当。他负责中寨的文旅项目建设，落实一个副总分管公司内的事务。

几个设计员把原来的项目图纸拿出来看看，在几个地方略作修改，增加几个创新的元素，就形成《中寨吴家文旅综合楼建设图》的施工建议案。呈交给马董，马董阅后，再提几点建议，转给设计员。马董他有要事要急需处理，火速走出办公室。

秋月音乐楼住宿部负责人说，最近几个月，忙得团团转。他们每天加班到凌晨 1 点，早上 6 点多就起床了，总是有做不完的事，几个员工的脸色有点憔悴，眼眶有点黑。

秋月看在眼里，记在心上。她把黄丽找来，近耳边告诉几句话，黄丽明白意思。第二天，给特别辛苦的员工特殊的假期。

无论是北方旅客，还是南方旅客，到过中寨音乐楼听过侗族大歌《蝉之歌》之后，都有想再听的欲望，特别是专家学者。俗话说，内行看门道，外行看热闹。尤其是音乐学院的老师，对《蝉之歌》这个节目，百听不厌。他们确实是懂行的人，这首歌是经典侗族大歌中的经典。

“好的歌曲，要得到很多人来欣赏，传播率越高越好。巡演是传播好声音的渠道之一。”马奔驰董事长在自己的书屋里走来走去，同时，在那里想来想去。“巡演是传播好声音的渠道”这句话讲了 99 次。最后，他的思路有点清晰，首先，侗族大歌南方巡演；其次，侗族大歌北方巡演；再次，侗族大歌国际巡演。

马董拨打电话给秋月，一看时间是深夜了，立刻关掉。他太困了，不洗脸、不洗脚，一倒进床铺，鼾声雷动。

次日，马董拨通秋月的电话，把最新最好的想法告诉她。讲了一个小时，都还没说完，电话自然断了。稍后，秋月从中寨打电话过来，又聊半个小时。“这个想法非常好，组织歌友我负责，有些歌友家里不同意，我去做思想工作。难点是，经费紧张。这些歌友，家里上有老，下有少。她们不愿意花这些出去玩的钱。”秋月说。

“在出钱这块我负责，出去旅游搞文艺巡演，是我公司的正常业务。不管是公司还是个人出钱，反正，够大家吃住行的费用就可以了。”马奔驰董事长大声地说，好像声音小怕对方没听见一样。

《蝉之歌》巡演在南方新时代大剧院举行。这是一个全国一流的大剧院。一流的装修，一流的音响，一流的灯光。里面可容纳 1 万人，平常人们习惯说是万人大剧院。

晚上 8 点半，万人剧院座无虚席。98 位侗族大歌队演唱《蝉之歌》，整个剧院响起雷鸣般的掌声，万双眼睛认真看戏，聚精会神听内容。大剧院院长是马奔驰董事长的夫人，她叫牛金凤，祖籍北方北市牛家庄，她生在那里，长在那里。在那里读书，与马奔驰同年同月生，以前是同学，现在是夫妻。

牛金凤对剧院的同事说，这个歌队是侗乡最优秀的歌队，她们从小就学唱歌，习跳舞。会说话就会唱歌，会走路就会跳舞。在农村做农活，在山上采蘑菇。听惯了鸟的歌唱，听懂了蝉的歌声。她们演唱的《蝉之歌》，像天籁之音。这是世界绝妙的声音，让人如醉如痴。不仅是声音好听，而且，她们长得好，人人直爽，个个美丽，如天上仙女下凡尘。你们看她们的服饰，头戴银帽，发别银簪，耳戴银耳环，脖子戴银项圈，手戴手镯。绣花的服饰，特制的绑腿，脚踏绣花鞋。银光闪闪，记者的镁光灯不停地闪亮。《蝉之歌》的配舞，与灯光十分搭配，构成一幅古典美与现代美相互交融的民俗画卷。

《蝉之歌》巡演队再启程，她们到达北方全民乐广场。北方全民乐广场是马董事长经营的娱乐场所之一，这是一个露天的舞台，演员不管是雨天，还是晴天，都要演出。观众在三个方位可以坐下观看演出。五光十色的灯光，让演员倍加兴奋。这里的生意非常好，因为马董会经营，还有，那些员工把娱乐场当自己的家。他们工作极端负责，薪水也很高。巡演队受到主人热烈的欢迎，热情的款待，一周的巡演顺利结束。

巡演队回到中寨，秋月她们继续彩排，她们准备去国外巡演。秋燕委托人管理县城秋月戏园，她回中寨参加彩排。秋月说，这是一次难得机会。我们巡演队一定要一炮打响。这是巡演队的荣誉，也是中寨的荣誉，再就是侗乡的荣誉。“大家一定看我，我唱高音的同时，略有一些动作，这是美妙的舞姿。我们整体要协调，眼随手动，音与舞有机结合。”秋月接着说。秋月几年的磨炼，不仅有实践经验，而且有一定的理论功底。

9 个唱得好的演员排在前排的中间，特别身材高挑的又排在最中心位置。彩排一周，修改 3 次，再调整 3 次，唱的没有问题了。在跳舞方面，还是要加强。东西方国家语言是不同的，审美标准也不一样，但是，爱美之心人皆有之。没有声音的肢体语言，就能博得大家的欢迎。秋月和秋燕在这方面下了苦功夫，严格要求团队成员都要达到预期的效果。吴新丹便是一位学得进步慢，却很努力的人。其他人都回家休息了，老师还在排练场给她作辅导。有一夜，到凌晨 1 点才回去睡觉。有另一个夜晚，到了凌晨两点还在彩排，吴新丹的老公亲自到排练场去接她。无独有偶，陆牡丹的老公也不约而同到场接老婆。他们两对夫妻确实是兴趣相投，同住在中寨西侧。

秋月、秋燕、黄丽她们一行乘南方航空公司的波音飞机抵达欧洲的法国。在法国正举办中法文化交流年活动，真是无巧不成书，秋月的巡演队恰巧碰上。

国际著名歌唱家汇聚巴黎，这是一次全球的文化盛宴。前 8 位全球歌坛名家表演完后，就轮到秋月巡演队闪亮登场。她们的团队比在南方和北方的巡演演技更胜一筹。无论是演唱的技巧，或者是舞姿的柔美，甚至是服饰的搭配，都是更上一层楼。十几个在观众席前排的专家都竖起大拇指，口中说着“OK，OK，OK”。满面胡须的艺术家说，这是十分动听的声音，是音乐的最高境界。自然的声音和人类的声音融合在了一起。《蝉之歌》是侗族大歌的经典之作。侗族大歌是中国侗族地区一种多声部、无指挥、无伴奏、自然合声的民间合唱艺术形式，起源于春秋战国时期，已有2500多年的历史。“非常棒，真的非常棒。这是天上传来的声音，此曲只应天上有，人间难得几回闻。”同坐一排的中国音乐专家异口同声说。有侗族大歌《稻田埂上唱新声》为证：

高师指点中寨村，
三百六行文旅行。
音乐楼名传扬海内外，
稻田埂上唱新声。

中寨吴家都是亲，
排练场上唱金声。
鼓楼故事编导演侗戏，
福桥上下绕祥云。

要取真经出寨门，
要获真才振精神。
脚踏实地学艺跟师去，
要有一颗向善心。

发现一颗向善心，
贵人都往善里奔。
贵人艺人群里合声唱，
侗寨蝉歌世妙音。

第26章

九寨吉祥歌舞地　八方富贵旅游人

吴家村的几个老太婆在路边树下乘凉，闲谈时，没有什么话题，想到哪聊到哪，吴培更说，最近，有一个媒婆进秋月家。说有一个叫吴根基的老师，在乡中学教书，年纪有39岁，比秋月长3岁。一直单身，20多岁时，自己挑别人，没有一个合适的。现在，30多岁了，别人挑自己，到今天还是光棍一个。吴根基的妹妹早都成家了，成为两个儿子的妈妈。吴根基妈妈很焦急，怕自己儿子一辈子打光棍，就托根基的姑妈当媒婆，悄悄地进秋月的家，村里人看见背后都认得是她。

秋月说，孩子的爸爸才去世3个月，按以前习俗，要戴孝3年。有个别人3年后也改嫁，我暂时不考虑改嫁这个事，您以后不要再来说这个事。努力干好音乐楼的事，是我这几年要操心的事。

有人继续聊，听说秋月眼光蛮高，一个寡妇都不愿意跟后生家老师结婚。也难怪别人，现在她财大了，肯定气粗一点。“听说，现在一个村就有几十个到百多个光棍。男的讨老婆比较难，有的蛮帅气，也还没有对象。女的相对好出嫁，有个别女的不太健全、不太端庄，也没有剩余。”有人调侃说。

后来，有人添盐加醋，传言秋月已经跟广东老板走了。秋月听到闲言碎语，刚听时，有点愤怒，想把那些管闲事的人大骂一通。后来，想通了，身正不怕影子歪。她说她的，我走我的路。

秋月一心想着如何把中寨和吴家村的文旅综合楼建设好。半年来，白天加黑夜，苦干实干加巧干。达到“两耳不闻窗外事、一心只建文旅楼”的境界。

差不多一年的工夫，文旅综合楼所有项目全部竣工。村民黄红发说，我做泥水工 20 多年，没有哪个项目进展这么顺利，这么快就结账了。以前我做的项目，就是承包工头已经跟上面领到工程款，但是迟迟不发给工仔工钱。现在好多了，上级督查严格，承包工头有所收敛。往后，所有的工程质量绝对要保证，实行终身负责制。

月亮升起了，有两个长头发每人提个皮包进入了秋月家。这两位是县城来的客人。一个姓陈，叫说好，做媒半辈子，通过她一撮合，成功率很高。据说，至少有 100 多对顺利完婚，成家生子。另一个是她的助手，叫伍合。她俩一唱一和，一对好搭档。但是，有的不喜欢这两个媒人同时参与，万一婚事不成功，全世界都知晓，有点尴尬。

吃过晚饭。陈说好媒婆说，秋月贤惠能干，在十里八乡，家喻户晓。我们最近了解到，秋月是单身。我们的亲戚有一位副县长叫王信心，44 岁。去年老婆因病去世，一个孩子正读大学，现在一个人在家。要找一位老来伴，我们便找上门来拜访你，说说这门亲事。“我确实是单身，目前，丈夫刚去世，我暂时没有考虑改嫁这个事，以后，您也不要再来说这个事。说其他事，干事创业，我时时欢迎您！我现在只是想把孩子抚养成人，遵纪守法。如有机会读书就尽量读书。如没有机会读书，就耕好自己的责任田。”秋月说。秋月跟她们聊其他事，聊了很晚，各自休息。

中寨和吴家村的文旅综合楼顺利竣工和投入使用，旅客越来越多。周边村村民看在眼里，记在心里。如果有哪一天，自己的村也能把文化旅游搞上去，那就好了。心里想就说出来。杨家村的乡贤杨进步提出，要把村屯旅游做好，必先做好村屯文化。杨家村自祖先入村以来，建楼造寨，行善积德，村史悠久，积累了丰厚的文化。这些建筑、服饰、饮食、节庆、音乐、舞蹈、绘画，构成侗族灿烂的文化。作为村里人，自己的文化不了解，自己的祖先也不懂。不懂规矩，不知礼节。夸夸其谈，摇头晃脑，这样能做旅游吗？因此，我们村的进步人士，要坐下来，谈谈村屯发展。有思路，才有出路。我预测，如果村民大家都跟我思路一样，不到 3 年，杨家村的文旅一定能搞得上去。

杨家村不求外援，先按自己的思路进行一些文化研究。10 多个文化人，背自己的米，办公益的事。一年多的努力，汗水没有白流。《杨家村歌集》《杨家村风情画》《杨家村志》《杨家村文化》几本厚厚的手抄本都收集齐全、整理完好。杨家村自筹资金，还建立了一座独柱鼓楼，在侗族地区堪称宏伟的建筑。

杨家村的文化研究，说做就做，一举成功。中寨村广大村民刮目相看，引起了秋月和几位董事长的关注。“杨家村虽然起步较晚，但是，进步很快。他们没有等、靠、要的依赖性。特别是，捐钱捐物，出人出力，建造鼓楼。群众积极性高，我们要支持他们。”秋月对着董事长们说。马奔驰董事长说，杨家村真好。我走到哪，逢谁都很礼貌。来啦，吃饭没？听了这句话，非常的亲切，客人像自己的亲戚一样，他们的真心真情都写在自己的脸上。

杨家村的文化探源做得比较好，罗家村的村民心里痒痒的，都有赶上和超过杨家村的信心和决心。罗家村的9位乡贤聚在鼓楼旁的罗自信歌师家里，他们聊了很多很多，但是，聊得最多的是，罗家村的“多耶”。9位乡贤都是编唱“耶歌”的高手，在罗家村，“多耶”哪时哪地都可以派上用场。歌师随时撰词编歌，即兴演唱，是考考歌师思维灵活应对的一种边歌边舞的艺术形式。歌舞时，少则几人或几十人，多则百余人或几百人。罗家村利用“多耶”这个独特的艺术形式，举办桂湘黔三省比邻村“多耶”文化艺术节。村寨虽然较小，但是，影响力非常大。从村尾到乡政府的路上停泊着三四百辆轿车。有长头发的，有短头发的。有说普通话的，有说侗话的。近万客人把罗家村挤个满满的。这天是罗家村的六月六新米节，是这个村最热闹的一天。

节目连着一个节目演出。作为东道主的罗家村，首先是自村开台演出。接着，中寨、杨家、吴家、李家、韦家、石家、陈家、潘家8个寨子轮流表演，演侗戏、情歌对唱、双歌演唱、琵琶弹唱、侗笛独奏、牛腿琴演奏、吹木叶、吹芦笙。最后是罗家村领唱，9个寨子合跳“多耶”。台上是人，台下是人，敲起锣鼓人看人；戏外是情，戏里是情，翻开剧本情抒情。

马奔驰董事长恰巧在罗家村罗生财朋友家吃夜饭，猜拳打码，马董连输3杯，把3杯倒进大碗，一饮而尽。在这欢乐无比的时候，听到外面敲锣打鼓的声音。在罗生财的耳边问了一下，外面干啥？“演唱侗戏，有周边8个寨子的艺人来到这里聚会联欢。”罗生财回答。接着又猜广码，后3杯是罗生财输了，把酒干了。马董事长站立起来，跟大家说，不猜拳了，不喝酒了，我们到鼓楼坪看戏去。

吃饱喝足，马董事在最后一个座位上坐下，聚精会神地看戏。一边听戏，一边跟着哼，看他的看戏样子，是个非常忠诚的戏迷。

罗家村有个习俗，在看戏的过程中，以燃放鞭炮来表示对客寨的欢迎和祝福。从这层意思来说，是好事。但是，对戏迷来说，又不是什么好事。内行想看门道，外行只是凑热闹。

马董事长去批评燃放鞭炮的人，那几个后生不是好惹的。争吵的时候，一个比一个声音大。有一个后生正举起右手想打马董时，罗生财赶到，把后生的手抓紧，一点动弹不得。

罗生财说，罗生朋老弟你想打马董，你不要想错了，不要做错了，你们6打1都打不过他。你不信，我放你过去打，或者同时6个打过去。罗生朋像一头饿虎猛力冲过去，马董用右手把他的右手往前一拉，罗生朋向前滚了一丈多，有两道深深的鞋印，最后卧倒在一坨牛屎上，像一只黑狗扑在地上正在吃屎一样。他慢慢爬起，眼睛迷迷糊糊，脸上的牛屎还没有落完，像一张白纸上画若干点墨花一样。马董把罗生朋拉起来说，还想玩不？“不打了，不玩了。不打不成相识。”罗生朋鞠躬说。

侗戏继续在演，罗生朋对罗生财说，堂哥，我们走，拉着马奔驰回家喝酒拜师去。他们到罗生朋家，生朋家与生财家瓦檐相连，都是3间5柱3层的吊脚楼。在生朋家，聚集了罗家村的后生，摆了3桌子。一边吃油茶，一边聊天。聊到最兴趣时候，大家请马董事长谈为人处世这个话题，说他见多识广。马董谈了城里不为人知的一些有趣的故事。从故事里，折射出做人的道理。做人，以德为先，其次是才能。哲人说过，如果一个有能力的人，办事失败了，就败在“骄傲”两字。如果一个非常普通的人，办事失败了，就败在“懒惰”两字。

那些后生洗耳恭听，点头称赞。“马董如果没有一点本事，我们听你个鸟。大家听你，是因为我败在你的手下。”罗生朋说。

马奔驰董事长说，看在憨厚和真诚的朋友份儿上，又看到罗家村村民的办事积极性。我送给罗家村一座鼓楼。资金这块我马某出，出工出力出物，父老乡亲负责。好吗？“好，太好了，感谢马董！”大伙异口同声地喊着，同时，跳了起来。特别是罗生朋跳得很高，头差点碰上楼上的天花板。“我大半辈子了，从来没有这样高兴。”罗生财说。“我差不多到终点站了，狗尾草已经盖在鼻子上了，从来没这样高兴过。”萨罗生朋老人家说。罗生财说，马董是有钱人，他喜欢做善事，回报社会，而其他有钱人则不同，钱只是花在自己身上。“堂哥，父老乡亲，这次投资是我被打败吃牛屎而换来的。”罗生朋说。生朋的一句调侃，引起哄堂大笑。

罗家村村民起早贪黑。跟着太阳起，追着月亮升。砍树、抬木，掌墨量柱，树柱建房，盖瓦镶房，设计装修，雕梁画栋。6个月的时间，一座新建的13层瓦檐鼓楼耸立于寨脚中心。它坐北朝南，避免日晒，极具侗族特色。在举行竣工宴前，马奔驰建议说，想把这座鼓楼取名为“利群鼓楼”，他妈妈乳名叫利群，为了不忘慈母的恩德，以作永久的纪念。同时，祝福天下母亲健康长寿，愿世间父亲康宁有福！

“我们一万个同意！”在鼓楼坪的所有村民高呼。罗生财说，马董，您只是这点滴要求，您有更大更高的要求，我们都同意。“感谢村民的好意，感谢您，生财好友！我最讲缘分，这充分说明我和您有缘，我与罗家村有缘。但愿，有缘人万事如意！”马奔驰说，接着，他点一支玉溪香烟，右手的食指和中指夹着，形成一朵兰花。嘴里吞云吐雾，眼睛看着罗生财，两个好友一起微笑着，同时，遥望着很远层层起伏的山峦。

利群鼓楼竣工典礼那天是农历八月十八日，周边邻村送来不少贺匾和对联。贺匾的内容为，“风调雨顺，国泰民安。”“罗村有福，侗寨生辉。”“利群鼓楼，行善人家。”

对联很多，值得大家一读的是这一副：“添利加益，群众合力，鼓楼共建；有安享康，大家并肩，罗寨同行。”撰联并书者是杨家村的杨卜言。

罗家村与其他比邻村善男信女，在鼓楼坪上，办百家宴。罗家村寨老举起酒杯说，今天，在这里大家祝贺利群鼓楼竣工大吉，非常感谢马奔驰先生的投资建楼，感恩比邻村大力支持和帮助，感谢全体村民的共同努力，祝福在座的各位，吃百家宴，纳百家福，办百样事，享百年寿。“牵啦——呜呼，饮啦——呜呼，索啦——呜呼”全体高呼，一饮而尽。

九月九日重阳佳节，是中寨的重要节日。兄弟在家、姐妹回家孝敬老人家。杀鸡宰鸭，祭天祭地祭祖先。赠秋裤送棉衣，加火炭添新粮，说家常道新闻。演戏唱歌，吹笙弹琴，打球下棋，非常热闹。

四面八方的游客来了，一是看中寨自然山水，二是体验侗族的民俗风情，三是看周边罗家村新建利群鼓楼，特别是喜欢看鼓楼的贺匾和对联。

西市的罗红日先生，他是民族文化的爱好者、研究者。到侗族地区，就是喜欢侗族文化。他先到中寨，后到罗家村。把周边村走一圈，一天看一个村，八九天的时间就过去了。他从来没有烦闷过。

在罗家村，罗红日单看鼓楼，就是半天。鼓楼文化多姿多彩，底蕴深厚。利群鼓楼，集各村鼓楼的精华，独具一格。13 层瓦檐，有 3 层的楼道供人行走。在第 11 层瓦檐设置瞭望台，可看村寨全景。鼓楼顶上有葫芦，寓意幸福美满，大梁底下有“风调雨顺，国泰民安”八个楷书，瓦檐画有龙凤呈祥、古松立鹤、喜庆有余、五福临门。摄影爱好者可在那里聚焦最美风景，画家在那里可以写生，诗人、作家在那里可以思考美好的诗句和华章。

罗红日数了数贺匾，共有 33 块，33 个村寨送来祝福。对联 123 副，用红布书写金字对联 122 副，悬挂在墙壁上；用楠木雕刻阳文对联 1 副，钉好悬挂在门两边，门额上横批就是“利群鼓楼”4 个行书。所书线条显得沉着、饱满、圆润、结实。既有劲健之美，又有洒脱之韵。罗红日把这副对联“添利加益，群众合力，鼓楼共建；有安享康，大家并肩，罗寨同行”。读了 3 遍，他用手指在算，上联嵌有“利群鼓楼”4 个字，可见作者的功底很深，感觉越读越有韵味。

那些鼓楼、戏台、福桥、井亭，不懂行的旅客，看看几眼，拍几张照片，某君到此一游，一走了之。懂行的旅客，这里看看，那里瞧瞧，总有看的地方，总觉得新鲜和奇特。走到鼓楼前，从包里拿出相机，把东南西北几个方位都拍照，再把里边的对联都拍了，又躺在地上，做个仰拍，把大梁的“风调雨顺，国泰民安”也拍。有时候拿起笔记本记着，一本很厚的笔记本一下子记完了。俗话说，好记性不如烂笔头。

东市的旅客听到自驾游好玩，又有一拨人首先来到中寨，参观村容寨貌，欣赏音乐楼；接着到吴家村，看看福桥；再到罗家村，瞧瞧鼓楼；后到杨家村看戏台、到石家村看井亭、到李家村看凉亭、到韦家村看长廊、到陈家村看酒坊、到潘家村看茶厂。这条起点是中寨，终点是潘家村，由旅客行走的旅游线路自然而然就形成了。导游再整理导游词，由 9 个乡贤合作编撰《侗乡九寨游》一书由省民族出版社出版发行。该书发行 9 万册，成为年度畅销书。侗乡九寨游，一传十，十传百。侗乡九寨知晓率和美誉度越来越高，四面八方的旅客蜂拥而至。

黄丽跑步到2楼向秋月说，音乐楼住宿部负责人要求增加员工，从前个月以来，旅游人数成倍增长，工作量大大增加。我们的服务质量要不断地跟上。有侗族大歌《九寨歌舞绕吉祥》为证：

中寨引领音乐场，
九寨歌舞绕吉祥。
千村万户携手并肩唱，
侗族文化获弘扬。

你方唱罢我登场，
村村寨寨永吉昌。
比邻村寨撸起袖子上，
民族文化溢芬芳。

专家四季访侗乡，
学者全家走吉方。
一心专研一辈子向上，
劲往一处建侗乡。

八方贵人到歌场，
跳起多耶同步唱。
东南西北旅客常来往，
侗地新年写新章。

第27章
五代同堂同唱戏　全家共喜共临京

太阳落山了，人们都纷纷回家的时候，一个穿着华丽衣服的媒婆进了秋月的家。她是前面已经来过的媒人的朋友，叫陆丽华，人称陆美媒。她本人年轻时，美如天仙。有沉鱼落雁之容，闭月羞花之貌。现在风韵犹存，一点不减当年。头发乌黑，眼睛明亮，鼻子高直，脖子白净。大酒窝一对，美垂耳一双。脖子戴金项链，手上戴金手镯。一副贵人相，一尊美人坯。有一双行走四方的脚，配一张吃喝九寨的嘴。更有人说她，树上的鸟都被她说服下来。陆丽华对她的媒人朋友说，为什么不把秋月这件婚事做成？你真不中用，你看我去试试，一定成功。

陆丽华一进门，开门见山地说，我是媒人，叫陆丽华，因为与中寨有缘，所以来了。3年前，我到过中寨。我祖籍浙江，生于苏北，长在苏中。之前，在文化部门工作，退休后，在一个文化公司做事。写与画并存，工与休同在。一年有一半的时间在家写东西，有六个月的时间出去旅游。儿子长大了，已经结婚。现在孙子健康成长，作为祖辈，找一些好事做做，以休闲度日。

丽华一打开话匣子，就讲个没完。已经讲了半个夜晚，秋月只是听着，没有插一句话。丽华继续讲，秋月啊，你要为自己着想，同时，为儿子着想，再为父母着想，又为祖父母担忧，又为曾祖父母解愁。现在，有一位富翁，他叫陆祖财，是南方首富，家大业大。德才兼优，因为事业心重，因此，没有时间去考虑婚姻这个事。到了现在 42 岁，还是单身一个，想找一个有缘人结成伴侣，年龄不限，离婚的，或是有孩子的，都可以。尤其是已经有孩子的，那就更好，一进门就可以喊爸爸了。“他这样优秀，家藏万金，是单身汉子，完全可以娶一个非常优秀的年轻的姑娘，为什么要娶我这样的老太婆?”秋月回答丽华。

丽华说，说来话长，陆祖财原来有一个女朋友，叫伍温馨，是他的同乡，又是他的下属，分管财务。伍温馨当了 3 年的财务人员，挪用南方儿童玩具有限公司公款 3000 多万元，跑了，在南方北方到处躲藏。后来，法网恢恢，疏而不漏。伍温馨被绳之以法，最后，追回 10 多万元，被判处有期徒刑 15 年。

丽华继续说，陆祖财算是有情有义的人，但是，别人对他假心假意。从那时候开始，他怕那些不三不四的人，他怕稍有不慎，又被害。陆祖财跟我说，要找的伴侣，人品第一，其他方面排在第二。因为，秋月的知名度高，口碑好，远近闻名。因此，陆祖财就委托媒人来跟秋月您谈婚论嫁。如果秋月嫁过去，衣食无忧，金钱有余。陆家家大业鸿，秋月后半辈子，可享受荣华富贵，能游遍祖国山山水水，能游遍世界各地。

“陆阿姨，你好！您的一番话，我听明白。听陆祖财的故事，我非常感动，他是一位慈心善人，还很年轻，完全可以配一个才貌双全的未婚女人。我已经决定，这辈子不改嫁，尽自己的最大努力，养好儿子，教育好儿子，培养成对社会有用的人。阿姨，您以后不用来说这婚事。如您来谈其他合作的事，我时时欢迎您！我秋月的吊脚楼、秋月的音乐楼大门敞开着。”秋月有礼貌地回答。

上个月，秋月的爸爸妈妈、祖父祖母、曾祖父曾祖母，都跟秋月说过婚嫁的事，都被秋月的情真意切深深说服，之后，再也没有谁跟秋月聊婚嫁的事。一家老少，努力做事，万事无忧。

在秋月音乐楼，秋月与孩子、爸爸妈妈、祖父祖母、曾祖父曾祖母，都有自己力所能及的事干。孩子在厨房洗菜，爸爸妈妈在厨房煮饭炒菜，祖父祖母晒被子，曾祖父祖母帮村民织制侗衣扣子，还配合旅客照相留念。曾祖父曾祖母，两个同年同月生，99 岁高龄，下个月就是 100 周岁，在中寨算是高寿人家。认真说起来，应该是福寿世家，秋月的高祖父享年 103 岁。中寨 100 岁以上的老人有 10 人，是长寿之村。有很多旅客想沾寿星之光，合个影留作纪念，照张相都要排长队等半天。

秋月收到一封信，她打开一看通知内容，是进京城参加艺术家庭文艺会演。秋月策划编导一个接地气的文艺节目，题目是《古寨新声》。以侗族大歌为主题歌，秋月 1 人当主唱，儿子吴侗歌，外甥李礼、李仁，小姑吴和英，父母、祖父母、曾祖父母 10 人当配角，跳着简单的舞蹈。

他们在音乐楼的排练厅排练。因为只有半个月的时间就要晋京会演，因此，不管白天，还是晚上，他们更加地努力。练习和巩固原来的动作，再调整一些舞蹈动作，尽量没有一点点的瑕疵。秋月既是编导，又是演员。她把每一个人的动作都记在心里，常常指出这个动作不规范，那个舞姿不优美。等他们的动作都到位了，秋月才说最后一句话，今晚我们暂时休息吧，晚安！

在进京前，秋月到杨家村进行试演活动。一进村，杨家村文艺队把他们当贵客，拉进家先吃饭，演戏稍后再说。“吃饱喝足，才有力唱戏。演戏活动，一般是茶余饭后的事。”文艺队小杨梅拉着秋月他们朝自己家的方向，一边走，一边说。

在小杨梅家，宽敞的厅廊，就是最好的戏台。秋月他们喝了三碗酒之后，在那里试演着。声音一出，两边的邻居和四周的人们把家里家外走廊楼道全部挤满，都伸长脖子聚精会神地倾听《古寨新声》最新的最动听的声音。

在路边树下好乘凉，同时，总有几个少妇喜欢闲聊。聊来聊去，就聊到秋月的婚事。高个子少妇说，秋月眼光蛮高，一个没有结过婚的知识分子，她不愿意嫁；一个副县级领导干部，她也不愿意嫁；还有富商，家里屋外都有钱，她同样不愿意嫁。不知道她愿意嫁给哪种人？矮个子的少妇接着说，是秋月的另一半还没有找到，或者说，还没有出生。我看，秋月有她的想法。她怕继父对自己的儿子不好，现在她经济能够独立。古代妇女以贞洁为荣，一辈子不改嫁。一方面为自己的孩子，另一方面是要名声。最终考虑的是孩子一辈子的幸福，放在第一位。在古代，中寨人给一些人立了牌坊，得到这个荣誉的人确实不容易。

吴侗歌的小姑把道听途说、闲言碎语告诉秋月。秋月回答，嘴巴长在她们的身上，她们想怎么说，就怎么说。总有一些人没有事干，就喜欢闲聊。一闲聊，就有一拨人说另一拨人的闲话。我们忙得不得了，哪有空闲去讲别人的闲话。哲人说得好，让他们说去，我走我的路。如果他们侵权，那么，我就要认真对待。

“欢迎旅客，接待旅客，欢送旅客，成为秋月学习和工作的全过程。秋月只是读到初中，但是在实际的社会实践中，已经学到了在学校没有学过的东西。她现在已经相当大学学历，比一些书呆子本科生强多啰。”中寨的黄学贤歌师在闲聊。

吴永真歌师说，秋月暂时不改嫁，或者一辈子不改嫁，也有她的道理。我们也看过很多人，改嫁后，又离婚，何必多此一举。以前，妇女没有地位，经济没有独立，为了养育自己的儿子，才改嫁过去。现在，不同了，妇女地位提高了，有独立的经济能力。改不改嫁，自己把握自己的命运，不是掌握在别人的手里。

秋月和往常一样，哪里最忙，她就去帮哪里。从音乐楼走到餐饮部，再从餐饮部走到住宿部。三点一线，成为常规线路。吃饭、睡觉、唱歌，成为常态。晚上，秋月在音乐楼接待来自西北的客人。在客人的强烈要求下，在休闲的长廊里，秋月清唱一首准备进京会演的歌曲《古寨新声》。

秋月长辈和晚辈五代 11 人乘着南方航空公司波音飞机从桂林国际机场飞往京城。他们下榻京城广安宾馆。

第二天晚上 8 点半，秋月一家 11 人在新时代电视台演播厅会演。简约而大气的幕布写着，“新时代新家庭新歌声全国最美家庭文艺会演”。来自全国崇尚文艺的家庭，汇聚一堂，把自己的艺术才华大胆突显，把家庭最美最好的面貌展现给观众，把家乡最美的风景告诉全天下。大家在宽松、愉快、幸福的环境中度过。因为在各省已经预赛，因此，在进京会演后，参会家庭都获奖，最低也是三等奖。秋月组合的《古寨新声》荣获一等奖，奖金 3 万元。儿子、外甥、父母非常激动，非常高兴，祖父母和曾祖父母更加兴奋。除秋月曾经来到京城外，其他 10 位晚辈和长辈，一辈子第一次到京城，他们非常激动、非常感动，流下了眼泪。“请曾祖父和曾祖母说几句获奖感言。”主持人说。“第 1 句，第一次到京城，非常高兴。第 2 句，能和晚辈同台唱歌，非常愉快。第 3 句，得到奖金 3 万元，非常兴奋。回家乡后，哪时死都可以，死也瞑目了。”曾祖母抢先说。曾祖母是用侗话说，秋月翻译成汉语。“请曾祖父说两句。”主持人把话筒拿到曾祖父的嘴边。“我的话，前面已经说了。我现在不用说了。”曾祖父说。“曾祖父，您聊聊长寿的秘诀是什么？”主持人。“也没什么秘诀，其实就是心态好。早上吃油茶加红薯，中午吃糯饭与青菜，晚上一二两小虾送二三两米酒。饭后百步走，活过九十九。”曾祖父回答主持人。观众的眼睛一直看台上，他们的手一直没有闲着，老人家的幽默，又迎来阵阵掌声。

秋月一家人回到宾馆，再到附近的餐馆吃夜宵。大家都喝酒庆贺，曾祖父觉得难得在京城喝酒的机会，喊秋月再加一杯酒。他说，古人有借酒消愁的说法。其实，在实际的生活中，烟不解真闷，酒不解真愁。他一杯酒分两次喝完，继续海阔天空地神聊。曾祖父继续说，我们的高祖父最厉害，在侗乡酒坛，有“不倒翁”的美誉，越喝，说话越说越好，和蔼可亲，从来没有得罪过谁。一生做好事，103 岁仙逝。听老人家说，高祖父的预测力非常强，知晓自己哪时去世。高祖父鸿福告诉儿子孙子，你们可以烧香烧纸了，3 分钟后，他的心脏停止跳动，安然离世。村民对高祖父高度称赞，一辈子德高福鸿，享受康宁和富贵。既长寿，又善终，是一个享受五福的典型村民。

秋月带着一家人到天安门广场走一走，在人民英雄纪念碑前瞻仰人民英雄，又到八达岭长城看看古代雄伟的建筑。这里照一景，那里留个影。一周的时间过去了。曾祖母跟秋月说，想家了，我们回家吧。“再看看，我们一家人一起来京城不容易，有不少景点还没看。”秋月说。

吃过早点，全国最美家庭文艺会演主办方负责人邱运行来找秋月，聊了一些家常，接着，就讲正事。“秋月，你家来京能延长时间没？东北阳城市阳光大剧院特邀您家去演出，您同意没？”

“时间，说有也有，说没有也没有。近段时间，我们的音乐楼接待旅客越来越多，事务也越来越多，员工们忙得连鼻涕都没法擦一下。若要延长时间，我跟分管的说一声，又加班加点，再辛苦一下，可以解决这个问题。现在最主要的一点，也就是最关键的一点，就是曾祖父的身体状况。他的身体是否健康，决定我们一行是否成行。”秋月回答。秋月拉着邱主任去二楼跟曾祖父谈谈。邱主任把来意跟曾祖父说一遍，曾祖父立刻同意。但是，曾祖母说，我想家了，我们回去吧。来到京城也有10多天了，我们家里事务多，我们要去帮忙。京城那么大，看1年，也看不完。俗话说，金窝银窝不如自己的狗窝。秋月，我们回中寨唱歌去。

邱运行原来以为事情容易办，谁知不好办。曾祖父同意了，而曾祖母又不同意。她略思索，跟秋月合计，又去做曾祖母的思想工作。

秋月最懂曾祖母的脾性和爱好，曾祖母最喜欢弹琵琶，她年轻的时候，弹唱琵琶歌非常好，有一把琵琶是祖传的，她爱不释手。有一次，有人借去弹了半年，才拿来归还。后来，孙子喜欢上琵琶，她教孙子弹唱琵琶歌，有所长进，她心情舒畅，脸上总是带着笑容。再后来，孙子在去中学的路上，为了火速急救落水的孩子，他把琵琶一丢，在岸上停留几秒钟，几秒后掉入河中，孩子得救上岸，孙子的琵琶被水冲走了，永远找不到。曾祖母脸上灿烂，因为孙子做了一件救人的好事，内心不太舒服，自己心爱的琵琶丢失了。最后，曾祖母对村民说，一把琵琶算什么，人命大过天。她还亲自到被救孩子家里去慰问，祝福永远健康平安!

邱运行心知肚明，这个故事说明，孙子做了好事，值得称赞。还有一层意思，曾祖母对祖传的琵琶非常有感情，虽然，永远失去了，但是，如果送给一把新的琵琶，她一定会很喜欢。

“秋月，我送给曾祖母一把琵琶，你看怎么样?”邱运行出主意跟秋月说。“不知她喜欢不?因为新的与原来的有所区别。”秋月回答。邱运行拉着秋月，一边走，一边说，我们试试看。

邱运行把京城的乐器商店走完了，与侗族琵琶相似的乐器有几把，完全一样的根本没有。不管怎样，邱主任先买下来，如果曾祖母不喜欢，就自己用。

太阳升起来了，邱主任自己驾车往秋月住的宾馆奔驰而去。

“这把琵琶，送给曾祖母您老人家，是我的一点点心意，望您笑纳!”曾祖母拿在手上，看看这端，瞧瞧那端。她把拇指和食指拉开，从这一端量到那一端，刚好是她原来祖传琵琶的长度。从琵琶形状上来看，跟原来的很相似。当时，高祖母制作琵琶时，与众不同，做了一些改良，比侗族琵琶略长，其他地方有所改变。看到曾祖母这么喜欢这把琵琶，邱运行特别高兴，他说，曾祖母好，您在北方多住几天，教我和我的同事学侗族琵琶歌。一听说喜欢侗族琵琶歌，作为一辈子教唱歌的曾祖母，立刻开口答应了。曾祖母说，教唱侗族琵琶歌，我可以教，但是，这琵琶很贵，我叫秋月把钱付给你。于是，拉着秋月，把钱付给贵人。我们要感谢贵人，他帮我们买侗族琵琶。“这是邱主任送给您，您就收下吧。”秋月跟曾祖母说。

秋月说，邱主任，感谢您，帮曾祖母买这么好的琵琶。实在太贵了，据我了解，这把琵琶起码15000元，或者更贵。“这把琵琶，是京城最贵的琵琶。只要曾祖母喜欢，就是比这把琵琶更贵的东西，我也要买。能留住曾祖母的心，我们可以一起去阳城市巡演，享受音乐的快乐，是我最大的幸福。”邱运行一边抽烟，一边跟秋月说。

秋月一家人在邱运行经营的饭店吃了早点，两辆商务车离开京城往阳城市而去，有侗族大歌《五代献艺京城中》为证：

中寨六路顺利通，
各行各业敬英雄。
东南西北四面八方闯，
财源似水永无穷。

京城唱戏五代同，
秋月献艺舞台中。
侗歌一曲山爽水也爽，
又颂千里万物荣。

旅客游西又游东，
民族文化最认同。
大家不忘本来不忘农，
耕田读书一样重。

弘扬新村与群众，
立德立志再立功。
文促旅发村村寨寨崇，
侗乡百姓永昌隆。

第 28 章

饭养身来同种地　歌养心来共搭台

秋月一家五代人侗族大歌《古寨新声》在京城会演获一等奖后，接着，收到阳城市的特邀，她们应邀出席阳城市的巡演。

阳城市是全国戏曲之乡。每年都有来自全国的优秀曲艺团体到市里乐满城剧院演出。阳城市有光荣的传统，市东、市南、市西、市北都有曲艺苑、京剧院、舞蹈厅、故事屋、书画楼，到处都散发着艺术的芳香。

今天是非常特别的日子，阳城市乐满城剧院不仅汇聚全国的著名歌唱家，而且集合世界著名音乐人。各个团队按抽签号依次出场，共有 21 个团队参加，其中国内的有 15 个，国外的 6 个，秋月五代组合抽得第 18 号。

前面的 17 个团队都闪亮登场，无论是唱功，还是舞韵，都是一流的。鼓掌的声音，从来没有停止。

轮到秋月团队登台了。首先登台的是吴侗歌、两个外甥李礼和李仁、小姑吴和英，接着是爸爸妈妈，紧跟是祖父祖母和曾祖父曾祖母，最后登台是秋月，她一边走，一边唱。秋月今晚的演唱超级地发挥，声音像天籁之音，形象如仙女下凡尘。那些银光闪闪的服饰，更加地吸引观众。外国专家竖起大拇指，国内戏迷无不称赞。“这次邀请秋月组合，真的很值得，也是很难得。秋月组合的到来，给巡演增添了不少的光彩，带来无穷的欢乐。”邱运行对同行说。“我走访全国著名歌唱家，到过世界很多音乐名城，欣赏过很多名曲，从来没有听过像今天晚上的曲子，无指挥、无伴奏、美妙的复调音乐。只有生于侗乡，长在侗乡的人，才能唱出这么好的声音。我为能参加这样大规模、高规格、高质量、高品位的音乐盛宴而自豪!”邱运行的朋友全国著名音乐人蔡欣说。

蔡欣邀请秋月组合到她的工作室。盛情难却，秋月为他们再唱《古寨新声》。听者如痴如醉，他们沉浸在美妙的旋律中。蔡欣的戏迷轮流跟秋月组合合影留念，之后，再跟曾祖父曾祖母合照一张。谈侗族的大歌、情歌、敬茶歌、敬酒歌，又聊侗乡一些有趣的故事。美妙的声音，无限的欢乐，主人和客人尽情地享受。夜已经很深，各自休息。

秋月刚回到中寨，听到一则非常新的新闻。李家村的李双星和王馨香这对夫妇在去年的六月初六，也就是庚子年六月初六日生下一男孩，叫李王兴。今年刚 1 岁半，刚刚说话，就把自己的前世的所作所为，说给爸妈和亲戚听。他的前世是吴和寨，他去世那天，王馨香从井亭挑着一担水回家，他就跟着王馨香到李家，他呱呱坠地的时候，刚好是亥时出生。他到能说话的今天，就说是他的妻子是黄秋月，把建造音乐楼的经过，说得清清楚楚。王馨香听老人家说，是再世再生人，要给他吃红鱼，就会忘记前世的所有东西。爸爸说，既然是前世都能说出来，我们不妨听听。如果前世做坏事，也不怕，那已经过去了。只要这辈子修行好，做好事就行。后来，不给他吃红鱼，他喜欢说什么就说什么。李王兴天天吵着要到中寨看妻子秋月，不给他去中寨就哭，而且哭得很伤心。李王兴说："很可怜秋月，又要管孩子，又要管老人。上有老，下有少。家里人要照顾，事业要搞上去。她非常辛苦，我要去安慰她，再苦再累，也要把孩子抚养成人。"

李双星和王馨香把儿子带到中寨找秋月。秋月很惊奇，以前听邻村说有这种现象，现在这故事，居然是自己的故事，而且是神奇的故事。目前，没有什么办法可以解释，现实中，又有这种现象。

王馨香把李王兴拉到秋月的面前，李王兴把秋月左看看，右瞧瞧。对秋月说，秋月啊，你比以前憔悴多了，操心多了，该休息就休息，不要累垮自己。你还有更重要的任务，把孩子拉扯大。我对不起你，于是，在秋月面前鞠躬3次。

此时的秋月悲喜交集。喜的是，刚刚巡演结束捧着金奖回家，好好祝贺一下。一年半的时间过去了，已经忘掉悲哀，悲尽喜来，苦尽甘来。但是，看见这个小小的孩子说的话，像大人一样。难道真有再生人？在她的面前又确实有一个真实的孩子，难道是假吗？她不断地反问自己，没有答案。于是，悲从心底来，丈夫英年早逝，没有说一句话就离开了人世……秋月又伤心地昏迷过去。

李王兴说，等秋月她醒来后，我们再聊一聊以前的。

1个小时后，秋月醒来。秋月对这件事半信半疑，不能单凭孩子的几句话，就确定是自己的丈夫。

王兴乖乖，你把前世说一说，再讲一讲我和你的出生年月日，银行账号及密码。李王兴把前世如何，到后来怎样投阳，说了一遍，出生年月也记得。秋月对密码是记得清楚的，但是，对自己的银行账号还是记得模糊。她去房间的包里拿银行卡出来，要求小王兴把银行再说一遍，与秋月的账号完全相符，这时的秋月完全相信这个小王兴就是她的丈夫转世再生。

秋月在客厅里招待了李双星夫妇和小王兴，又聊一些家常，吃过油茶，秋月送给小王兴两套新衣和一些玩具，送给孩子的父母一些礼物和两千块现金。李双星执意不领现金，把现金放到桌子上，只是领一些特产，挥手告别，说一声，再见！秋月目送小王兴和他的父母，一直到背影消失了，她才回到音乐楼。

秋月跟妈妈说，过去就让它过去吧，有些事该放下就放下。现在我把音乐楼的事做好，就是最大的快乐，再有儿子的陪伴，与爸爸妈妈、祖父祖母、曾祖父曾祖母一起享受健康平安和快乐。

清晨，秋月扛着锄头挑着撮箕到山上劳作，铲掉红薯地的杂草，又到菜园摘 3 兜菜，回家后，煮饭、炒菜，打油茶。昨天，送走四辆大巴的客人，今天，稍微轻松一点。明天，有旅客预约，在太阳落山的时候有 200 多人进中寨，听说是来自西北的旅客，他们的眼睛和肤色像俄罗斯人，会说地方方言，又会讲普通话。

太阳已经落下中寨的后山，西北的旅客如期而至。秋月音乐楼住宿部的前台挤满了长头发，蓝色的眼睛，白净的脸蛋，高挑的个子，像电视上的明星一样。秋月先安排旅客吃晚餐，酒足饭饱，走村串巷，欣赏中寨夜的景色。“这是她半辈子看到的村寨最美的夜景，一路走来，她感触颇深，水泥路也是全国最好的村级路。”旅客张北莉说。

中寨把最近村委的鱼塘都整好塘埂，把底部的泥巴抬到埂上，保水保质。在塘埂上种黄豆，在鱼塘上养鸡养鸭养鹅养猪，让家禽家畜的粪便养肥草鱼。放进鱼塘的是高山的山泉水，把环保的绿色的食材奉献给旅客。

秋月每年都种杂交水稻，长出的穗子饱满，亩产 1000 多斤。山上种玉米、红薯、木薯、花生。菜园里种韭菜、芥菜、上海青、大白菜、青瓜、黄瓜、白瓜、大蒜、葱花。只要中寨能种的那些品种她都种，村民想要什么菜种，到她那里就能够得到。

今早，天未亮，秋月已经从菜园摘菜回来。来中寨的旅客非常多，她到厨房帮忙，淘米煮饭，洗菜炒菜，立刻就端菜上桌。客人送给她的是，竖拇指和笑脸。

吴家、李家、杨家、罗家、韦家、石家、陈家、潘家各个村都护理好鱼塘养好草鱼。山上种果，田里种稻，塘中养鱼，园内种菜。没有一点空地，能用的全部用上。中寨与比邻 8 个村，田连田，地连地，塘连塘，园连园。中寨的文旅红红火火，需要大量的食材，音乐楼餐饮部与比邻村签约，长期采购。旅客来到侗乡旅游，竹林环绕，层层梯田，村民在耙田，黄牛往前拉，农民在后面拿着鞭子赶，形成一道美丽的景观，吸引了不少的摄影爱好者。

在茶园里，到处是采茶的妇女。她们头上戴着侗帕，身上穿着紫色的侗族服饰。绿色的茶园在雨后的蓝天下，她们灵巧的双手，一下子就采满一大竹篓，倒进箩筐后，继续往北边采茶。这是一幅茶园春色图，它告诉人们，春色满园，预示着秋收将是硕果累累。她们一天的劳作结束了。从茶园回家的路上，一首侗族大歌《中寨茶歌》唱响山谷，山谷回音。天在听，地在看。天也称赞，地也称赞，姑娘脸上更加灿烂。

邻村的歌师和爱好唱歌的人同在中寨音乐楼一起吃饭，同在住宿部住宿，同在排练厅排练。他们得到一个新的任务，侗族地区优秀的文艺节目《芦笙踩堂》将参加全省民族传统体育运动会开幕式。

秋月的排练模式是，第 1 站在中寨音乐楼排演，第 2 站到李家村试演，第 3 站到吴家村交流，第 4 站到杨家村会演……

吃过晚饭，好客的吴家村村民，上午已经把戏台打扮得美丽无比，各种道具准备充分，包括对联都帮写好并贴好。观众座无虚席，往日孩子的吵闹声没有了，观众的眼睛一直朝着台上看，工作人员从左边走到右边，以为是开演了，他们非常期待《芦笙踩堂》节目马上试演。

李王兴跟着妈妈出来看戏。在演出前，小孩子到台上闹着玩。秋月与演员正在交流试演场地调整的时候，小王兴到秋月的前面喊一声，秋月你来这里，不跟我先说一声。旁边的演员一时半会不知是什么情况，你看看我，我看看你，丈二和尚摸不着头脑。在场的黄丽，把故事简略地跟演员说一遍，大家明白了，就到鼓楼坪上开演。1000 人的侗族大歌演唱和芦笙踩堂，这个场面很大，规格很高。秋月在中寨平时排练的时候，严格律己，按时到场。要求演员最基本的是，演唱和谐，动作协调。能给观众点赞唱好舞美，观众的精神需要，就是我们音乐楼演员的追求。

侗族大歌《神奇侗寨》1000 人的演唱，无指挥、无伴奏、多声部，旋律和谐，歌声美妙，唱出了侗族同胞的心声。《芦笙踩堂》舞出了美丽的姿态，舞出了侗寨自然美与人文美。这么多人参演能如此整齐有序，步调一致，歌师们都这样认为。

《芦笙踩堂》排练交流的第 3 站是吴家村。晚霞满天之时，秋月团队已经到达。吴家村的观众比李家村还要多，其他比邻村都蜂拥而至，来凑热闹的人真不少，像过春节一样隆重而热烈。

吴家村的新戏台，把侗寨的各种建筑元素融入其中，集楼、桥、阁、廊、台于一体，在楼的部分，就是戏台。雕梁画栋，民间美术凸显。画有吉祥的图腾，龙凤呈祥，古松立鹤。这些画作都是侗乡最优秀艺人的作品，与京城的名家作品没有什么两样。

因为演员很多，戏台的空间有限，因此，选在鼓楼坪上排练试演。这次试演与前面两次试演不同，先与吴家村的群众同台演出，在中间变换队形时，去省里参会的演员立刻归队，能迅速找到的自己指定的位置。这种排练试演模式，练出了参会演员的实际本领，应变能力、吹奏水平、舞蹈艺术都有所提高。黄丽跟秋月说，这个排练试演模式，我很喜欢。我在走村串户中，得到了很多的侗族歌本，增长了很多的见识。从村民的脸上可以看出，群众更喜欢这个节目，更喜欢这种模式。姐姐，我们走这条路走对了。

秋月一边向前走，一边听黄丽的体会。她在想着，继续反问自己，去第 4 站试演，是用怎么样的方式？试演方式不能跟前面雷同，一定要有新意，有突破，最后是，在试演的过程中，给观众带来无穷无尽的欢乐。

从首站到末站的试演，给 8 个比邻村真的带来了快乐。

潘家村的一位 100 岁老人潘忠义紧紧握着秋月的双手，很是激动，半天才说出一句话。“你唱歌太好了，不仅唱歌好，而且会跳舞，样样都懂。我喜欢你这样的媳妇。”她继续说，“我家的潘忠义，今年刚刚大学毕业，你当我的媳妇，愿意否？”“我姐姐已经成家了，有一个孩子读小学了。”黄丽解释说。

秋月说：“感谢您老人家对我的夸奖，我今后会继续努力，唱更多的歌给您听。再感恩您的信任和厚爱，我已经成家，婚事，您就不用跟我开玩笑了。我跟您说，老人家，我身旁这位姑娘，是我的堂妹妹，叫黄丽。她这个年龄，是谈婚论嫁的黄金期。如果有缘，那么，她可以成为您的媳妇。”秋月跟老人家挥手告别，最后说：“老人家留步。欢迎您来中寨做客！”老人家站在寨门前，望着秋月远去的背影，直至只望见山峦层层，云雾缭绕。

还有3天就去省里参加民族传统体育运动会开幕式，秋月在音乐楼的办公室书桌前思考着，能否在哪个地方增加一些侗族的元素，或者说，推介一下中寨文化旅游。她的铅笔在笔记本上写了几个字，又在空中比画一下。秋月高兴地跳了起来，有了，在《芦笙踩堂》节目结束前，亮出“侗乡中寨欢迎您”7个大字。造型设计为前面7位姑娘每人拿一个字，一字儿排站。这个站姿，不能呆板，要像青松一样挺立，又要与后面的吹笙队舞姿相协调。

晚上10点，在排练场，秋月告诉姐妹们，明天早上就要去省城，希望大家早睡早起。

凌晨3点，中寨的防火员吴金把3条主要巷道走了一圈，他去睡觉了。

在黎明前的黑暗里，伸手不见五指。有一个老头在喊，救火啰——救火啰——救火啰，上牙屯陆新来家起火，救火啰——救火啰——救火啰，上牙屯陆新来家起火……喊声震天，越喊声音越大，后来，声音越来越沙哑。

瞬间，中寨村民从四面八方蜂拥而至。有的提水桶，有的提尿桶，有的拿水盆，有的拿水枪，有的拿斧头……拿得最多的是水桶。潘有能他们几个年轻人，早就到楼的最高处，在那里把瓦片掀开，给火苗烧上天空，不向两边烧，尽量把损失降到最低。从四面八方倒进陆新来家的水，像天降暴雨一样。不到20分钟，火灾消灭了。老人和孩子集中在安全处，全寨中青少年都到齐，他们全身衣服裤子都湿透了。不知是塘中水，还是尿桶水，从头发流到脸上，再流到脖子下面。

准备去省城参加开幕式的文艺团体个个都在救火中，从头到脚水淋淋的，人人都像是只落水的鸡。秋月说，寨火已经彻底灭了，我们快点回家换衣服，在寨脚停车场等车，9 点钟出发。

这次陆新来家发生火警，3 间 5 柱 3 层的木楼，烧了一半，还剩一半。村里老人协会罚他家出红猪两头，全村村民在鼓楼坪里吃一餐。人人加强防火教育，个个是防火宣传人员，以防后患，以确保村寨群众生命财产安全。村民潘有能对陆新来说，原来老人协会跟你协商，你家旁边的水塘，不要种水稻，要养草鱼。一能防火，二可吃鱼。你自私自利，傲气十足，还跟别人吵架。现在，你看，亏的是你自己。如果没有村民来救人救火，你早就死定了，“是，是，是，我自私，我自私，应该得到惩罚，应该得到惩罚。”陆新来低头羞愧地说。

中寨 1000 人《芦笙踩堂》节目以总分 99. 88 的成绩，荣获全省民族传统体育运动会开幕式表演金奖。

当晚，秋月他们入住邕兴五星级饭店。秋月进入梦乡，看到了中寨新村新貌。茂密的森林，宽阔的公路，高耸的教学楼，标准的篮球场，多功能的音乐厅，利群的卫生院，现代化的科技馆，舒适的休闲中心，高标准的会议室，一流的宾馆，宽敞的停车场……五湖四海的旅客带着行李箱走进中寨，寨门前的芦笙队吹着芦笙、侗歌队唱着侗歌，欢迎远道而来的贵客！

东南西北的客人，春夏秋冬四季喜欢到侗乡游玩。在中寨后山茂密的森林里，享受天然的氧吧。蔡旅是山东人，他第二次到中寨旅游。这次他带 40 多个老总来玩玩，他们有一半是年轻人。

当晚，20多个年轻人在森林里搭棚住宿，体验室外的生活，增添不少的情趣。看中寨的夜景，满天星星衬托着月亮，月亮光撒满全村，像披了一层白银一样。

山西的自驾旅客，行走在中寨宽阔的公路上。五年来，公里越修越宽，但是，依然存在弯弯曲曲。有人统计，从村到乡10公里的3级柏油公路上有89个弯。旅客杨帅气车组的车技非常高，技高胆大，来来往往的自驾车像飞一样。

湖北人张少英，她是支教队员，在美丽中寨高耸的教学楼里上课，起早贪黑，勤备课，严教学，抓辅导。她爱生如子，学生的成绩逐渐提升，知礼节，懂仁义。她所教班级被评为全县优秀班级，张少英获得全省德育工作先进个人称号。

湖南的王晓阳，她是篮球爱好者，她的团队曾获全省文旅杯篮球邀请赛一等奖。她带着团队来中寨跟中寨女篮队进行友谊赛，全场时间到，66分比66分，主队高兴，客队兴奋。

西北姑娘胡祖英，她是一所高校的音乐老师。3年加班加点，从来没有节假日。最近特批放假，一边调研，一边旅游。于是，也到了中寨。胡祖英在多功能的音乐厅亲自主持民歌演唱擂台赛。她说，以我这块手表为奖品，价值8888元，在场的所有人，谁都可以参加，谁赢谁获奖。“好，好，好。唱—唱—唱。”在场的人高呼大叫着。胡祖英主持说，中寨民歌演唱擂台赛现在开始。谁先上场？

第1个叫吴小英的登场了，她是宁夏人，唱陕北民歌，就是平常电视上唱的那一首《信天游》。陕北民歌是中国民歌的一种，广泛流传在陕北，用陕北方言唱出的一种地方歌曲，是陕北汉族劳动人民精神、思想、感情的结晶。观众聚精会神听歌，吴小英全神贯注唱歌。瞬间，她唱完了。第2个上场的是黄金星，广东人，用粤语演唱《上海滩》。比赛分数宣布，黄金星赢，作为新擂主。第 3 个上场的是四川人，他叫诸葛新生唱了一曲《家乡美》，自己作词、自己作曲、自编自导自演。他得 98 分，赢了。观众报以热烈的掌声……到了第 11 位上场，叫姜晓俭，她唱赢了 10 位歌手，稳保擂主宝座。最后 1 位即第 21 位，是中寨的黄秋月，是侗乡著名作家、歌师，半辈子已获国字号演唱比赛金奖 90 多项。她的上场，引来无数名摄影师蹲在台前。她演唱《美丽中寨》侗族大歌，秋燕、黄丽、吴嘉、杨英、石莲、潘燕、陈爱、韦红、陆欣、伍舞 10 位为伴舞，歌声绕梁，天籁之音飞向空中，飞向遥远的地方。主持人宣布，人美歌美服饰美，无可挑剔，秋月得 100 分，获得最后赢家，奖励价值 8888 元手表一块……

秋月醒来，睡眼惺惺，知道刚才是在梦乡之中。

第二天 8 点 9 分，中寨秋月《芦笙踩堂》表演团队 1008 人乘动车去京城参加全国民族传统体育运动会开幕式。有侗族大歌《饭养身来歌养心》为证：

春雨纷纷浓雾腾，
中寨梯田层上层。
耙田景中景百姓赶牛行，
百里侗乡高产村。

采茶进了绿园林，
卖茶进了南北城。
千山集绿叶万店获双赢，
全靠一双巧手勤。

饭养身来歌养心，
音乐楼里遇之音。
向善又向上鼓楼侗寨魂，
侗族大歌远近闻。

耕田种地过一生，
中寨敬重读书人。
万卷书读智万里路能行，
神奇侗乡享天伦。